U0450761

我24岁知秋

今年二十九岁

从今天开始

我们算是朋友了吗？

我可不是小心眼

I'm not being Petty.

一个米饼 著　*Yi Ge Mibing Works*

长江出版社
CHANGJIANG PRESS

图书在版编目（CIP）数据

我可不是小心眼 / 一个米饼著. — 武汉：长江出版社，2024.3
ISBN 978-7-5492-9370-4

Ⅰ．①我… Ⅱ．①一… Ⅲ．①长篇小说—中国—当代 Ⅳ．①I247.5

中国国家版本馆 CIP 数据核字（2024）第 050581 号

我可不是小心眼　　一个米饼　著
WO KE BUSHI XIAOXINYAN

出　　版	长江出版社
	（武汉市解放大道1863号）
选题策划	眸　眸
市场发行	长江出版社发行部
网　　址	http://www.cjpress.cn
责任编辑	罗紫晨
封面设计	小　茜　小叮当
印　　刷	长沙鸿发印务实业有限公司
版　　次	2024年3月第1版
印　　次	2024年3月第1次印刷
开　　本	880mm×1230mm　1/32
印　　张	10
字　　数	251千字
书　　号	ISBN 978-7-5492-9370-4
定　　价	54.80元

版权所有，翻版必究。如有质量问题，请联系本社退换。
电话：027-82926557（总编室）　027-82926806（市场营销部）

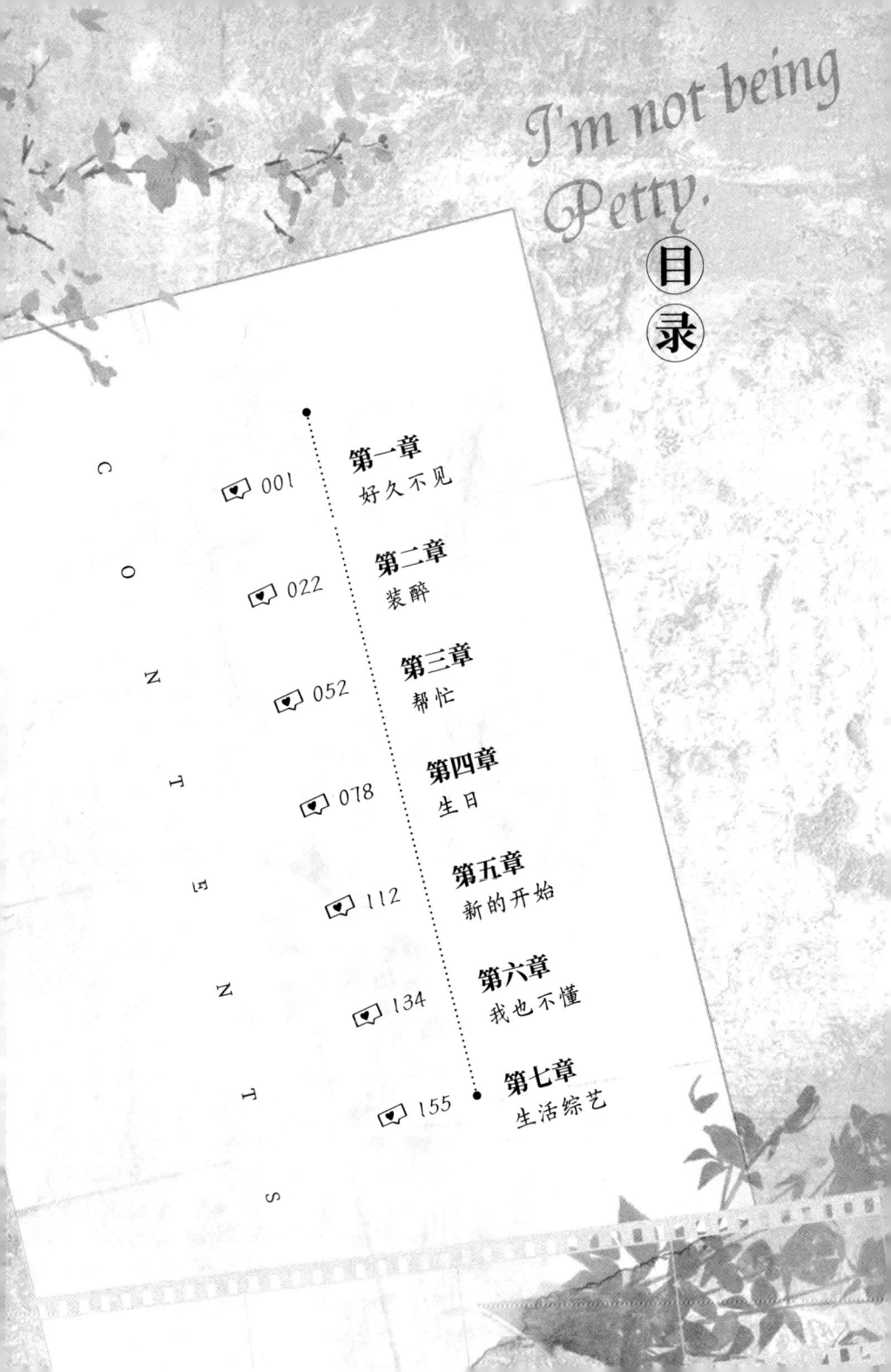

I'm not being Petty.

目录

CONTENTS

001	**第一章** 好久不见
022	**第二章** 装醉
052	**第三章** 帮忙
078	**第四章** 生日
112	**第五章** 新的开始
134	**第六章** 我也不懂
155	**第七章** 生活综艺

I'm not being Petty.

目录

180	第八章 卖蘑菇
203	第九章 乌龙
234	第十章 新星之夜
261	第十一章 往事
294	番外一 粉转黑
299	番外二 客串
304	番外三 小心眼

第一章
好久不见

贺知秋再次见到江呈，是在一场时隔十年的同学会上。

在此之前，他们还偶然见过一次。

不知是不是因为那次的久别重逢，触动了江呈的心。他先跟贺知秋要了手机号码，随后就有了这场声势浩大的高中同学会。

说"声势浩大"一点都不夸张，这次聚会确实算得上历年来人数最多的一次，就连当时任教的班主任，还有如今退休的教务主任都被请来了。

聚会的地方也相当奢华，在本市数一数二的高档酒店，包了整整一层。

还是最贵的观景层。

都说风水轮流转，当年毫不起眼、阴郁孤僻的江呈，一转眼竟然成了班里最有出息的人。

陶央端着酒杯走过来，跟贺知秋打了个招呼。上学的时候他们两个关系很好，是前后桌，虽然这些年联系得少了，但逢年过节也会发个短信问候一下。贺知秋从老家回来，第一个联系的就是陶央，陶央抽空去火车站接他，并帮他租了一间房子。

"你见过江呈了？"陶央问。

贺知秋站在自助餐桌前，拿了一块干巴巴的老式饼干，点了点头。

"在哪儿？不会是片场吧？"

贺知秋："嗯。"

陶央爆了句粗口，冲着人堆里江呈的后脑勺翻了个白眼："这人的尾巴都翘上天了吧？"

贺知秋嚼完饼干又喝了一口柠檬水，说："不至于。"

"不至于？"陶央说，"我都能想象到他看见你时，那副小人得志的样子。"

贺知秋笑了笑，没说别的。

陶央忍不住皱眉："如果当初不是你爷爷出了意外，哪里轮得到姓江的耀武扬威？"

贺知秋摇摇头："算了，陶央。人各有命，就算当年我有幸参演，也不一定会比江呈演得好。"

"他会演什么！"陶央往旁边的垃圾桶里啐了口唾沫，"一个三线明星而已，还真把自己当个角儿了。"

江呈是个演员，高中没毕业就出名了。当时刚好有个剧组去他们学校取景，缺一个十几岁的少年演员，导演为了还原最真实的青春效果，在校内展开了一次轰轰烈烈的选角。

那时候也正是少年们追求梦想的年纪，不少怀揣明星梦的同学都特别积极地准备。

贺知秋从小就喜欢表演，得知那次机会开心得不得了，每天下课都会拿着剧组发下来的剧本研究角色。导演也很看重他，希望他能在那次选角中脱颖而出。

但往往事与愿违，集体试镜的前一天，贺知秋的爷爷出事了。贺知秋和爸爸妈妈连夜赶回老家，再回来时，电视剧已经拍完了……

贺知秋想起往事，看着手中的玻璃杯有些出神。

"说到底，咱们班混得最好的，还是李郁泽。"

贺知秋手上一颤，原本平静的柠檬水面皱起了一波涟漪。

"他……没来吗？"

"谁？"

"李……郁泽。"

"开玩笑，"陶央哧笑道，"江呈能请得动他？就姓江的这咖位，给李郁泽提鞋都不配。"

旁边站着几位女士，刚好听到李郁泽的名字，也凑了过来。

许蓝岚是班上的文艺委员，头发大波浪，嘴唇涂得鲜红，身上穿着一条优雅的黑色长裙，勾勒出凹凸有致的玲珑曲线。不说话的时候像个冷艳的大美人，一张嘴就知道是追星族。

"李郁泽不来了？那我不是白忙活了？为了这次同学会，我连压箱底的镜头都拿出来了！结果就只能拍拍你们这群油腻中年人？"

陶央瞅她："你说谁油腻呢？"

"肯定不包括贺知秋啊。"许蓝岚咧嘴一笑，冲贺知秋抛了一个媚眼。

他们这届同学，到了今年刚好二十七八岁，成家的成家，立业的立业。

大家十年不见，模样早就大变样，不注重保养健身的，身材确实有些走样。就拿班长来说，原本一个精神小伙，眨眼就大腹便便了，远看就像怀胎五月，近看满面油光。再一问如今干了哪行？夜市烧烤大排档！跟学生时代想要研究国学的清隽少年相差甚远。

不过大排档的日子也挺滋润，连锁店开了十几家，儿女双全，夫妻恩爱，没了那些缥缈的向往，赚得盆满钵满，踏实务实。

班长把如今的变化全数推给岁月，全赖岁月是一把杀猪刀，在他的身上大刀阔斧，让他每每夜不能寐，捧着老照片暗自神伤。

不过有些人却也没怎么变，最多磨平了一些棱角，增添了一些成熟的气韵。比如陶央，比如许蓝岚，再比如贺知秋。

尤其是贺知秋，凡是见过他的同学，都能第一眼认出来。

他好像还是那个纯净的十七岁少年，穿着白色的衬衫，留着细碎的短发。岁月似乎没在他身上留下一点痕迹，笑起来依旧阳光灿烂，说起话依旧温声细语。

许蓝岚原来觉得他最好看,后来见到了李郁泽,一秒就"叛变"了。用她的话讲,没人抵挡得住李郁泽的颜值,贺知秋尚且属于人类,而要是顶着李郁泽那张脸,基本就可以告别人间了。

"阿秋这些年过得怎么样?"许蓝岚抬起酒杯跟贺知秋碰了一下。

贺知秋说:"挺好的,前些年有点忙,最近好多了。"

"那你爷爷身体好了吗?我也是后来才听陶央说的。"

"恢复得差不多了,"贺知秋抱歉道,"当时走得突然,也没有好好跟你们告别。"

"说什么呢?告别都是小事,没耽误爷爷的身体就行。再说咱们这不又碰上了吗?你要真觉得对不起我们,以后就常联系。"许蓝岚性格好,爽朗大方不扭捏,有什么说什么,从不藏着掖着。

"那你以后就留在 A 市发展了?"三个人正说着,组织今天这场同学会的主角终于从人堆里挤了出来。

江呈穿着一身深灰色的高定西装,面带笑容地跟他们打了个招呼。

他原本长得就还行,当了多年演员又做了些脸部调整,确实比一般人帅气,气质也提升了不少。

按道理来讲,江呈跟贺知秋的关系应该比陶央更近一些。他们都是跟父母一起来 A 市打拼的外地人,十几年前一起住在流动人口比较多的筒子楼。

贺知秋的父母手艺好,开了一家小饭馆,江呈的父母又刚好是隔壁菜市场的摊贩,平时给小餐馆里提供蔬菜,一来二去就熟悉了。

只是江呈始终看不上父母的工作,上了高中之后更是躲着贺知秋,生怕贺知秋告诉别人他家里是干什么的,让他丢脸。

一晃多年过去,江呈给自己立了一个吃苦耐劳不畏辛苦,并且勇于在困境中坚持梦想的励志人设。觉得父母菜农出身不够惨,还添油加醋好一通修改，把身体健康的父亲塑造成了残疾人。

陶央是做媒体工作的，算得是半个圈内人，看不惯江呈直接把贺知秋曾经勤工俭学的一段经历挪到自己的身上，博取粉丝的怜爱。

"你看他走那两步，把酒店大堂当国际秀场了？三伏天，还穿个呢子加绒的三件套西装，是想焐点痱子出来，接个痱子粉广告？"陶央嘴毒，从来不掩饰对江呈的厌恶，江呈也知道，所以一般不招惹陶央。

媒体记者和娱乐明星也算互惠互利、互相牵制，可偏偏陶央所在的那家报社跟江呈所在的娱乐公司有些合作关系，双方员工都签署了保密协议。所以，哪怕陶央知道江呈的人设都是胡编乱造，也不能到处去说，而且光凭他一个人，说了也没用。

网上的那些假假真真，许多人看不清因果全貌，只听他们愿意听的。

"好久不见。"江呈跟贺知秋碰了碰杯，却看着许蓝岚说。

许蓝岚今天打扮得是真漂亮，红唇皓齿，万种风情，只是没空跟江呈寒暄，直奔主题："你在电话里不是说李郁泽会来？"

"当然会来，我什么时候骗过你？"他语气温柔，带着明显的讨好，显然对女神有那方面的心思。

陶央和江呈两看相厌，陶央自愿沦为背景板，本想拽着贺知秋躲江呈远点。谁想江呈一过来，刚刚没跟他说上话的同学也都跟了过来。

一时间，大家七嘴八舌地聊起了近况，聊着聊着，就聊到了贺知秋的身上。

毕竟他这么多年一直没有出现，又在临近高三那么关键的时候办了停学手续。

"听说是你爷爷生病了？"说话这人名叫冯圆，人如其名，长了一张圆圆的脸。

贺知秋点头,告诉他,爷爷的身体已经没事了。

参加这场同学会,被问及最多的就是这个问题。也不怪大家好奇,当初情况紧急,贺知秋走得确实比较匆忙。

冯圆说:"没事了就好,这么多年没见,你还是老样子。对了,你现在做什么工作呢?我记得你好像也挺喜欢表演的吧?"

说到这里,陶央脸色一变,刚想扯开话题,就被江呈抢先了一步:"贺知秋也当了演员。"

"啊?"围在一起的同学全都有些惊讶。

冯圆说:"真的假的?那我怎么没在电视上见过你?演过什么?演过什么?我回去看看!"

冯圆是真的以为自己孤陋寡闻,正想掏出手机搜贺知秋的名字,就见江呈把酒杯放在桌上,打断他:"估计还没开播,我也是碰巧在剧组遇见的,才知道他也入了行。"

"演的是……"江呈想接着说,又突然像失忆了一样,抬手敲了敲太阳穴,略显为难地看着贺知秋,"演的好像是……"

贺知秋始终面带微笑,提醒道:"一具尸体。"

他这"一具尸体"说得落落大方,分外坦然,就好像没有一句台词的龙套角色被他演成了镶着金边的主角,话里话外没有一点下不来台。

江呈恍然大悟,也跟着轻笑起来,笑容却不及眼底。他向来讨厌贺知秋,不为别的,就为这人每时每刻都不卑不亢的态度。

以前就是这样,明明父母只是开了一家破烂不堪的小饭馆,接待的顾客全都是灰头土脸的建筑工人,却敢带着同学一起过去吃饭;明明跟陶央、许蓝岚这种有钱人家的小孩不是一类人,却根本不知道什么叫自卑,还跟他们成了朋友;明明就是普通家庭,没那么多钱上电影学院,却还痴心妄想、起早贪黑到处打工,天真地想要赚取学校用的生活费。

江呈从来不想承认他嫉妒贺知秋,明明他们家庭相仿,成绩一样，却在漫长的学生时代，过着完全不一样的生活。

"呈哥。"

冯圆还在跟贺知秋闲聊，江呈的助理拿着手机走了过来，附在他耳边说了句话。

江呈挑了挑眉，透过不远处的镜子看着自己一身剪裁得体的高定西装，勾起嘴笑了。

他没想到能在片场看到贺知秋，更没想到贺知秋如今竟然混到当群演的地步。他永远记得当年贺知秋没办法参加学校的选角，导演那副遗憾的表情，以及最后用他时勉强的神态。

就好像他仅仅是个替代品，还是个不合格的替代品。

他永远记得这个仇。

所以当他在群众演员的人堆里看到穿着破烂的贺知秋时，那股突然涌出的狂喜让他根本无法平静。他想让所有认识他们的人都见识见识，他江呈现在混成什么样，当年人人看好的贺知秋，又混成了什么样。

陶央瞧着他那副嘴脸就知道他没憋好事，拽着贺知秋想走，却听江呈说："再等一会儿吧，李郁泽还在路上，不见一面再走吗？"

话音落下，大厅更加热闹了。

人人都在讨论李郁泽，就连教导主任都带了一张明信片过来，打算要个签名，送给自己的小孙女。

李郁泽这个人，在学生时代一直都是个挺神秘的存在。他是个转学生，家里有钱，长相耀眼，学习成绩也拔尖，转学过来第一次模拟考，就把年级第一给挤下去了。

只是他跟班上的同学走得不近，平时懒懒散散的，对人也不冷不热。

许蓝岚仗着是个富家小姐，对贺知秋还敢上前调侃几句，整天嘻嘻哈哈的。后来见到李郁泽，她却连当面说话的勇气都没了，最多就敢背后偷瞄几眼。

李郁泽跟贺知秋是前后脚办的手续，一个停学，一个转学。据说李郁泽高三那年就出国了，再回来就直接进了演艺圈，一夜爆红。

陶央没想到江呈真的能把李郁泽请过来，还以为他只是为了讨好许蓝岚在吹牛……

但不应该啊。

以江呈的咖位，还有李郁泽在圈内的地位，这两人应该没有任何联系才对。要说同学关系，那就更不可能了。陶央隐约记得，对谁都爱答不理的李郁泽跟江呈之间还发生过一次不小的冲突。虽然时隔多年，但陶央不认为李郁泽那样冷傲的人会跟江呈握手言和……

"贺知秋。"

"贺知秋？"

"啊？"

"看什么呢？"同学会上能见到李郁泽，倒不算白来一趟，但要跟江呈长时间共处一室，也着实让陶央头皮发麻。他本想拽着贺知秋离开，却发现贺知秋端着酒杯怔怔地看着大厅尽头的电梯，有些出神。

叮的一声电梯开了，里面走出来两名服务人员。

贺知秋握着杯子的手指动了动，垂下眼说："没什么。"

他们来到宴会厅的后面，避开了嘈杂的会场，周围难得安静下来。陶央先去卫生间抽了一支烟，让贺知秋在外面等他，再出来时两人没往回走，而是来到落地窗前的沙发旁一同坐下。

"我记得给你找的那部戏没有江呈参与吧？"陶央随手拿起一本旅游杂志翻了翻，内页刚好有一版江呈代言的产品广告，立刻翻了个白眼，嫌弃地扔到一边。

贺知秋看着他的反应笑了笑，说："没有。"

陶央问："那你怎么会碰到他？"

贺知秋说："应该只是凑巧，听说他是去探班的。"

"探班？探谁的班？"

"朋友吧。"贺知秋不太确定。

"他有朋友？"陶央再次翻了个白眼，不喘气地骂道，"那种损人利己、唯利是图、虚情假意、鸠占鹊巢的龌龊小人，也配拥有朋友？"

贺知秋噗的一声笑出来。

陶央瞥了他一眼："还笑？他邀请你的时候，你就不应该答应。"

陶央之所以这么讨厌江呈，还是因为高中那次选角。本来是公平竞争的事情，江呈却不停地在背后搞小动作，估计是怕被别人比下去。把人关在厕所迫使试戏考核迟到，这种小把戏就不说了，最让陶央印象深刻的，江呈竟然在贺知秋的自行车上面动手脚，害得贺知秋摔了一身伤。

"这件事如果不是因为李郁泽，根本没人知道是谁干的。"陶央现在想起来还恨得牙根痒痒，顺了口气又问，"说起来，当时江呈到底是怎么惹到了李郁泽？"

贺知秋怔了怔，想要开口，一时之间又不知道应该从何说起，最终还是沉默地摇了摇头，看向了窗外。

观景层的风景果然名不虚传，透过宽敞的落地窗，能将整个A市收入眼底。

川流不息的城际高速上车水马龙，滴滴滴的鸣笛声不绝于耳。

七点多钟，晚高峰还没结束。

又碰巧个别路段封闭施工，导致本就不是很畅通的道路更加拥堵。

七人位的保姆车上，算上司机只有四个人。

孟林坐在副驾驶上大气都不敢出，时不时瞥两眼后视镜，跟坐在第二排的化妆师小岳交换眼色。

两人一前一后离得有点远，憋着气交流了半天，谁也没读懂谁的意思，最终孟林拿出手机比了比，示意打字。

小岳点头同意，轻轻地敲着手机问：我怎么觉得车里有点冷？是不是开空调了？

孟林说：这都九月底了，谁还开空调？

小岳牙齿打战：那你回头看看，咱哥还在睡吗？

孟林秒回：你离得近，你看。

小岳说：我不敢！今天收工的时候，我跟他的眼神对上了一秒，吓得差点尿裙子！

孟林嘴角抽搐：哪有那么夸张。

小岳说：不夸张，你倒是回头看看啊。

孟林慎重地考虑了几秒，脑袋缓慢地扭了四十五度半，又立刻扭了回去，心虚地想，还是透过后视镜看比较保险。这一看不要紧，正好对上一双黑沉沉的眼睛，吓得赶紧挺直腰板，戳着手机说：醒了。

小岳头皮发麻，打字的声音又轻了不少：怪不得这么冷……咱哥最近到底怎么了？气压低得吓人，谁又惹到他了？

孟林说：谁敢惹他啊，如果我没猜错的话，应该是跟这次同学会有关。

小岳说：以前泽哥不是从来不理这种聚会吗？怎么这次同意去了？

孟林说：不知道。不过，这次江呈打来的邀约电话跟以前确实有些不同，好像特别提到了一位叫贺知秋的人。

小岳问：贺知秋是谁？

孟林说：不清楚。但提到他的时候咱哥立刻就同意参加了，而且我总觉得在哪儿听过这个名字，有点耳熟。

又堵了半个小时，路面上依旧没有任何松动的迹象，孟林倒是不急，堵上的时候他就跟江呈的助理通过电话了。他又偷偷瞥了一眼后视镜，发现那双黑沉沉的眼睛已经看向了窗外。孟林松了口气，刚准备放松身体靠在椅背上好好休息一下，就听到有人说："把门打开。"

这声音低沉有力，带着一点沙沙的颗粒感。

很明显说话的不是司机，更不可能是小岳。

孟林急忙扭头，不确定地问了一遍："哥，你说什么？"

李郁泽坐在最后一排，依旧看着窗外："把车门打开。"

孟林说："可现在还没到酒店……"

"我让你打开，哪那么多废话？"李郁泽皱着眉瞥了他一眼，语气里带着明显的不耐烦。

孟林不敢惹，赶紧让司机把门打开，连带小岳提着化妆箱一起跟下了车。

"哥，等会儿路就通了，我已经跟江呈的助理说过了，让他们别着急，再等一会儿……欸哥！哥——"孟林的话没说完，李郁泽已经迈开长腿绕到了路边，顺着纹丝不动的车流跑了起来。

小岳还在犹豫要不要带着化妆箱，一抬眼看到李郁泽远去的背影，箱子直接掉在了地上，大喊："孟林！咱哥跑了！"

"我看见了！"孟林第一时间想追，可看了看四周拥堵的车辆，又看了一眼李郁泽毫无遮挡的装扮，先拿出手机给公关部门打了个电话，才拽着小岳跟了上去。

所幸堵车的地方距离江呈给的地址不算太远，路上也没遇到什么围观群众，才一路畅通，没有什么阻碍。

此时不到八点。

李郁泽跑到酒店门口，反而停下了脚步。

孟林追上的时候，领带都甩到了后脑勺，他抹了一把汗，刚准备和李郁泽一起进去，就见那人紧紧盯着酒店自动旋转的大门，没有动弹的意思。

"哥……"孟林跟了李郁泽好几年，很多时候还是摸不清他的脾气，小心翼翼地问，"咱们进去吗？"

李郁泽没出声，等到气息平稳下来，才对着自动旋转门上倒映出的影子说："走吧。"

顶层的同学会还在进行。

因为李郁泽的关系，中途没人离开。所有人都在迫切地等待着这个真正意义上红透了半边天的大明星。就算要不到合影，站在旁边拍一张照片，也能拿出去吹嘘很久。江呈始终拿着酒杯跟各种上来寒暄的同学聊天，偶尔瞥一眼刚刚回来的贺知秋，笑得意味深长。

他知道，李郁泽和贺知秋之间应该有些不为人知的秘密。

虽然不清楚来龙去脉，但这种分别多年，物是人非的精彩会面，还是让人有些期待。

他抬手看了眼时间，盯着电梯开始倒数。

叮的一声，电梯门再次打开，李郁泽站在里面，面无表情地走了出来。

"李郁泽！啊啊啊！真的是李郁泽！"许蓝岚尽量压低自己的声音，捂着嘴低声叫，"我快十年没见到他的真身了！我的相机，我的相机呢？"

陶央也有点激动："我也有几年没见过他了，他刚红的时候还有幸做过他的采访，后来我不负责娱乐版块，就再也没有机会见到他了。而且他现在基本不会出现在媒体面前，除了电影宣传，都不怎么露面。"说着喝口红酒，补充道，"不过就算不怎么露面，也照旧隔三岔五横扫热搜榜。这要是经常现身,娱乐热点估计看不到其他人了。"

陶央想不明白,问贺知秋:"你说他一个已婚男明星,到底是哪来的魅力让那么多人喜欢呢?"

贺知秋直愣愣地盯着电梯门口,直到陶央问了这句话,才眨了一下眼睛,端着酒杯的手也跟着颤了颤。

他透过围堵过去的人群,终于看到了李郁泽。

李郁泽也在看他。

贺知秋回味着陶央最后说的那句话,无声地跟李郁泽打了个招呼,随后又咧开嘴角笑了笑。

由于李郁泽的到来,同学会的气氛到达了顶点。

熟悉的不熟悉的,全都拥了上去。

教导主任更是拍着李郁泽的肩膀说他一点也没变,说着说着就拿出了签名照,让他帮忙签了个名。

说起来,李郁泽跟班上的同学相处的时间并不长,前前后后加起来,也只有一年半左右。

他是高一下学期转过来的,到了高三上学期,又转走了。

按道理来讲,这么短的时间不会给人留下太多深刻的印象。更何况十年过去,要是一个普通人,估计大家早就忘了。

许蓝岚挎着相机躲在贺知秋身后,连着拍了好几张李郁泽的正面特写。她一边拍还一边抽时间补妆,生怕李郁泽一抬眼,跟她有个对视,她不能以最美的面貌示人。

陶央不满道:"你的意思是说,我跟贺知秋陪你聊了半天,都不算人了呗?"

许蓝岚拍了拍粉,合上小巧的化妆镜:"别什么事都带着阿秋。单论你的话,跟李郁泽比起来,确实有不少差距。"

陶央无力反驳,瞥了眼贺知秋,见他垂着眼睛看着酒杯,关心道:"想什么呢?"

贺知秋说："没什么。"又抬起头，看向依旧被簇拥在人群里的李郁泽，问道，"咱们过去打个招呼吗？"

陶央说："待会儿吧，等那边消停下来，我带你过去聊几句。"

陶央知道贺知秋一直喜欢表演，如果不是贺爷爷的那场意外，贺知秋估计早就考上电影学院开始演艺工作了。

一错过就是十年之久，如今贺知秋回到 A 市，依旧要坚持曾经的梦想。

陶央作为朋友，很想帮帮他。

虽然不再负责娱乐版块，但是从业多年，陶央也认识很多导演明星，更知道这个行业水深，并不像表面上那么光鲜亮丽。

他不知道李郁泽还记不记得他们，毕竟分开太久了，别说上学那会儿他们没什么交集，就算有交集，这么多年没联系，估计也都忘了。

不过多个朋友多条路。

就算他们和李郁泽不一定能成为朋友，但带着贺知秋过去混个脸熟，还是有些必要的。毕竟以后都在一个圈子里面，前后辈的，希望能有个照应。

陶央打开手机开始翻找曾经采访李郁泽的那篇新闻稿，想等一会儿叙旧的时候，让李郁泽回忆起他是谁。

新闻稿还没找到，许蓝岚倏地发出了一声奇怪的音调，像是兴奋中带着一丝紧张，紧张里还裹着一丝矜持。

"你好，我是许……"

"许蓝岚。"

"你，你你还记得我？！"

陶央听到对话立刻抬头，看到了刚刚还在电梯门口的李郁泽，不知什么时候已经来到了他们身边。

"李……"

"陶央。"

"你也记得我？"这回不只许蓝岚的声音走调，就连陶央的声音也跟着上扬了许多。他赶忙跟李郁泽握手，笑着说，"好久不见，没想到你还记得我。"

李郁泽的眉眼始终淡淡的，看到陶央难得勾了勾嘴角，说道："记得，做过你的采访。"

"对对对，"陶央说，"距离那次采访也得有六七年了，没想到还能有机会这么近距离见到你。"

李郁泽点了点头，目光挪到了始终没有出声的贺知秋身上："这位是……"

"啊？你不记得了？"陶央说，"他是贺知秋呀。"

"贺——知——秋？"

李郁泽一字一顿地念这个名字，微微歪着头，似乎在回忆着什么。他长得高，垂下眼睛，刚好可以看到贺知秋颤抖的睫毛。

陶央说："贺知秋当时坐在我前面，家里开了个小饭馆。对了，你还误打误撞地帮过他一次，他的自行车被人动了手脚……"

"哦？"李郁泽没等陶央说完，打断道，"好像记起一点了。"

陶央忙说："就是他，不过他节假日基本都在外面打工，课间大部分时间在补觉，你对他没有印象也很正常。"

李郁泽应了一声，再次伸手，正式对贺知秋说："好久不见。"

这四个字像是把贺知秋钉在了原地，他怔怔地看着面前那只修长好看的手，迟疑了几秒，才缓缓握了上去。酒店的灯光耀眼，刚好照在李郁泽的无名指上，那上面套着一枚银色的指环，没有多余的设计，也没有夸张的点缀。

看起来毫不起眼，但所有人都知道，那是一枚结婚戒指。

贺知秋飞快地眨了两下眼睛，瞬间清醒过来，笑着说："好久不见。"

贺知秋说完继续笑着，扯开了话题。

至于说了什么，贺知秋自己也不记得，无非就是重复着多年不见。

"你过得不好。"李郁泽等他说完，才淡淡地开口道。

"啊？"贺知秋一时没明白这句话的意思，过了几秒，才明白握手时李郁泽摸到了他掌心深刻的掌纹。

没人注意到贺知秋掌心的皮肤有点粗糙，他这些年经历很多事情，过得确实不算太好，但嘴上却温柔地说："挺好的。"

于是贺知秋找了个借口，礼貌道："我去一下卫生间。"

同学会进行到九点钟，还没有要散的意思。

不少人想趁着这次机会和李郁泽套套近乎，排着队跟他碰杯，顺便签名留念。孟林始终站在李郁泽旁边观察他的表情，只要看到他眉眼间有一丝的不耐烦，就会上前阻拦，不让别人再靠近了。

他们是江呈邀请过来的，但人到了之后，江呈却没有过来打招呼。

他惹不起李郁泽，更不想站在李郁泽身边被夺去主角的光彩，最后干脆先走一步，声称还有通告要赶。反正他的目的已经达到了，让所有曾经认识他们的人，都看到了贺知秋不如他的样子。

江呈走后，其他人也陆陆续续回去了。

许蓝岚忙着跟多年未见的姐妹告别，陶央打了几个电话都没找到贺知秋，只好先联系了代驾，然后又去了卫生间。他刚才就觉得贺知秋跟李郁泽之间的气氛有些奇怪，并不像表现出来的那么陌生。

小岳到底是拖着化妆箱过来的，不过这种场合没她什么事。她一直坐在角落里吃蛋糕，刚吞下最后一口，就看到李郁泽朝她走了过来。

"要回去了吗？哥？"小岳急忙擦了擦嘴，站起来说。

李郁泽随口应了一声，走到小岳身后，打开了化妆箱。

化妆箱里什么都有，满满当当的，都是小岳的家当。

李郁泽在里面翻了半天，终于找到了一支护手霜。

他盯着这支护手霜看了有一会儿，突然自嘲地笑了笑。

他想丢回去，又下意识地握住手掌捞了回来。

小岳不知道他拿着护手霜做什么，准备离开的时候才发现，他随手把这支护手霜放在了一杯没喝完的红酒旁。

陶央找到贺知秋的时候，代驾的电话也打过来了。

双方约好了时间，还有几分钟的空闲。

贺知秋没在卫生间，而是站在休息区的落地窗前往下看。由于手机开了静音，他没注意到陶央打来的电话。

"我怎么觉得你有点不对劲？"陶央点了一支烟走了过去，站在贺知秋的身边。

贺知秋没说话，安静地看着窗外。过了几秒，贺知秋突然问了陶央一个问题："你说……时间真的可以冲淡一些事情吗？"

陶央说："肯定能啊，毕竟人的记忆有限，只会记得比较重要的事情。"

贺知秋问："什么算重要的事情？"

陶央思考了几秒："太多了，关于友情啊，爱情啊。无论好的坏的，总之，让人印象深刻想忘都忘不掉的那种，都是重要的事。"

贺知秋说："那你心里，有始终忘不掉的人或事吗？"

陶央说："当然有，每个人都有吧。"又不解地问，"你到底怎么了？从进入这个酒店开始，就一直心不在焉。"

贺知秋没想到自己表现得那么明显，笑着摇了摇头。

"不是沉默就是摇头，有什么事情是不能跟我说的？"陶央不满意贺知秋的回答，皱着眉问。

他没见过贺知秋这么失魂落魄的样子，明明嘴角挂着笑，眼睛里却没有光。虽然经历了很多变故，但此时此刻的贺知秋，根本不是陶央认识的贺知秋。

他所认识的贺知秋，阳光开朗，遇到任何事情都积极向上。哪怕过去了这么多年，经历那么多事，再次见面的时候，贺知秋依旧扬着灿烂的笑脸，对他说自己又回来追求梦想了。

可贺知秋眼下这副样子，明显藏了心事。虽然贺知秋极力地想要把这份情绪隐藏起来，但依旧没能逃过陶央的眼睛。

恐怕跟李郁泽有关。陶央笃定地想。

虽然李郁泽一副不认识贺知秋的样子，可他们之间的气氛，莫名的奇怪。

"李郁泽……真的不记得你了吗？"

贺知秋一怔，没回应。

"记得吧？"陶央说，"他看你的眼神明显不对。"

"难道……"陶央突然掐灭烟头，一脸"坏了"的表情，"难道你跟李郁泽之间有什么我不知道的过节？完了，你以后还要在演艺圈混饭吃，要是真跟他有什么过节，可就麻烦了！"

贺知秋见他为自己担心，收回流连在窗外的目光，笑着说："不是你想的那样，我跟李郁泽没什么过节。"

"那是怎么回事？"陶央先确认自己的猜想，"你们并不陌生吧？"

贺知秋迟疑了几秒，点了点头。

"我就说。"

陶央毕竟是娱乐记者出身，八卦能力实属一流。没事他都能看出点事来，更不要说李郁泽刚刚的表现根本没有藏着掖着。

李郁泽明显心口不一，嘴上说的话和眼睛里流露出的情绪根本不一致。

李郁泽本来就是个演员，演技更是一流。如果想要完全装作不认识贺知秋，估计也没人会发现。

可他偏偏不掩饰某些情绪的外漏，就好像是故意的。

故意说出这样的话，故意说给贺知秋听。

连陶央一个旁观者都看出来了，贺知秋应该也能看得出来了。

所以贺知秋才会借口去了卫生间，以免继续尴尬。

陶央觉得自己猜得八九不离十，但还是想不明白，贺知秋跟李郁泽这八竿子打不着的关系，能有什么事？

"到底发生过什么？你们不是应该……也有十年没见了吗？"

"嗯。"

"那为什么他对你是这样的态度？"陶央问道，"到底发生过什么事情？"

贺知秋动了动嘴角，似乎是想笑着跟陶央说出这件事，可话到了嘴边，又笑不出来了。

贺知秋沉默了许久，久到代驾的电话响起来了，才轻轻地说了一句："我们以前是非常好的朋友。"

陶央一开始没听清，反应过来后，有些惊讶，毕竟他作为贺知秋的好朋友，对这件事却一无所知。

贺知秋见他目瞪口呆的样子，又接着说："我离开的时候，放了他的鸽子。让他一个人，等了很久。"

久到十年都没有出现，久到一句话也没留。

其实事情已经过去很多年了，年少时的友情也不见得有多么深刻。

但贺知秋却怎么都忘不了，他一直对自己当初的不告而别感到愧疚。

贺知秋本想就这么算了，不打算见李郁泽跟他道歉，毕竟过了这么多年，两个人早已不是当初的好朋友了。

可是在片场遇到江呈时，当江呈打电话邀请他参加同学聚会的时候，他还是动摇了。他明明知道江呈的用意，却还是想要见见李郁泽。

贺知秋天真地以为李郁泽已经忘了，可李郁泽今天的表现，明显还记得。

李郁泽故意那样说，是在用话刺他。

贺知秋苦笑地看着陶央："我猜他是想忘记的。"

"但我似乎太过分了。"

"所以他还记得。"

第二章 装醉

不告而别又十年未见,不是一句道歉两句解释,就能算了的。

陶央忧心忡忡了好几天,生怕李郁泽因为再次见到贺知秋而想起了曾经的往事,就会对贺知秋产生厌恶,在工作上面再加以阻挠。

结果等了几天,风平浪静,陶央又托关系拿到了李郁泽的行程单,才发现是他以小人之心度了君子之腹。

李郁泽根本没把那次见面放在心上,昨天的航班,刚飞去新戏的拍摄现场。

想想也对,毕竟十年了,就算李郁泽还记得贺知秋,那也都过去了。

陶央叹了口气,心想:时间果然可以冲淡一切。

经过那天以后,贺知秋也恢复了正常。

他在A市彻底安顿了下来,跑了几部电视剧的龙套,又经陶央引荐,签了一家经纪公司。

这家公司规模不小,有着两三个时下当红的明星。剩下的虽然没有名气,但多多少少都有戏拍。

"你的年纪不算小,公司现在能给你的角色确实不多。"说话这人名叫作徐随,四十岁出头,胡子拉碴,穿着一身皱皱巴巴的休闲西装,靠在办公室的沙发上,打量着贺知秋。

"不过,你的外在条件确实不错,这也是我答应签下你的主要原因。但是你缺乏表演经验,即便是有好的角色拿到手,也不一定能很好地表现出来。"徐随看起来吊儿郎当,说出来的话却十分中肯。

贺知秋虚心受教，微微地鞠了个躬："无论是什么样的角色，我都愿意尝试。"

徐随挺喜欢他的这份礼貌，在群演片场也看到过他肯吃苦的样子。

"单凭一个人埋头努力也不行啊，还是要多学多看。"徐随说着，从桌上拿了一个本子递给贺知秋，"这是咱们公司下个月要拍的一部网剧，你拿回去翻翻，熟悉一下剧本。"

稍微有点能力的娱乐公司都会投资拍摄一些小成本的影视剧，主创人员都是公司内部的新人，剧本也会选择一些有粉丝基础的网络小说，不一定是多么热门的大IP，只要选角出来有人看就行。

徐随简单地跟贺知秋说了一些公司的规定，暂时当了贺知秋的经纪人。只不过，徐随已经很久没带过新人了，近年来的重心又都转移到了影视制作方面，签了贺知秋也只能让他先跟着自己，有合适的角色再安排上。

这部网剧里面刚好有个角色跟贺知秋的气质接近，徐随让他好好研究了一下，然后去试了戏，又让他跟着剧组的大巴，一起去了距离A市不远的拍摄现场。

至于李郁泽……

贺知秋坐在摇摇晃晃的大巴上面，拿出手机，点开了微博。

他的微博只关注了一个人，那个人的微博置顶也只有一句话。

@李郁泽：我结婚了。

"欸欸欸，你也崇拜李郁泽啊？"贺知秋听到声音抬头，看到了一双笑眯眯的小眼睛。

"我也特别崇拜他，他是我的偶像！"说话的这个人叫作唐颂，年纪不大，性格很好，一双别具特色的小眼睛非常具有代表性，刚进入公司不久,第一次演戏。

他跟贺知秋在剧中有几段简单的对手戏,上了大巴之后主动坐在贺知秋旁边,准备提前培养培养感情。

"对了,你说李郁泽结婚这个事情到底是真的假的呀?这事过去六七年了,都要成为娱乐圈的十大未解之谜了。"唐颂是个自来熟,贺知秋还没开口,他自己倒先聊上了。

"为什么……要怀疑这件事的真假?"贺知秋不解地问。

唐颂说:"当然是因为,这么多年都没有人拍到过李夫人的真身啊!"

"你见哪个公众人物能把自己的另一半捂这么严实的?但凡有头有脸宣布结婚的,别管另一半是圈里圈外,都能被拍到个一星半点。就算见不到真容,肯定也有点模糊的侧脸漏出来吧?更何况宣布结婚的这个人还是李郁泽。"

唐颂夸张地说:"那可是李郁泽啊!他宣布结婚的时间点又刚好是他最红的时候,你应该没围观当年的盛况吧?我抱着手机刷了三天三夜,感觉宇宙都要炸了!"

唐颂说得兴起,引来一车人的围观,前面有一个叫周珊的姑娘打趣道:"那是因为你三天三夜没睡觉,换我,我也炸!"

一阵哄堂大笑,连司机都跟着晃了两下。

既然唐颂提起了这个话题,车里的人也就跟着讨论了起来。

他们怎么也算圈内人士,知道的内幕自然也比网上流传的多一些。

但真假难辨,毕竟很多人说到最后都不能为自己的言论负责,争论了这么多年,还是没有一个明确的结果。

"我觉得他是真的结婚了,"周珊转过头说,"上次我表姐的同学特别幸运地进了《烽烟》剧组,又特别幸运地跟李郁泽的化妆师小岳住在同一个房间。亲耳听到小岳说,情人节的时候李郁泽要请假回家,说他每次拍戏如果赶上情人节,都不会在剧组度过。"

唐颂说："可单凭这一点也不能说明他结婚了吧？只能证明他有对象。"

周珊说："但他并不是回去过情人节的呀？"

唐颂疑惑："情人节那天不过情人节过什么节？"

"生日。"

"小岳说，那天是他爱人的生日，无论他有多忙，都会提前准备好礼物，回家跟爱人一起过生日的。"

有人问："真的假的？"

周珊说："当然是真的了，别人的话可以不信，但是小岳的话肯定是真的啊。"

毕竟所有人都知道小岳是李郁泽的化妆师，这么近的关系，说出来的话还能有假吗？

可唐颂还在挣扎。

他不相信一个当红明星的已婚对象，能藏得这么严实。

毕竟这个世界上没有不透风的墙，就算广大网友没见过，圈内人总该有那么一两个见过的吧？

"欸，你说，这会不会是他对外界抛的烟幕弹……"唐颂还想继续跟贺知秋讨论这个问题。

一扭头，却发现贺知秋盯着李郁泽的微博，走神了。

公司内部拍摄的作品相比那些制作精良的影视剧，肯定会有些差距。

选角就不说了，最红的一个，微博粉丝才十几万。

服化道更是处处透着一股子寒酸气，戏服不知道穿了几代人，其中有一件明黄色的龙袍，上面竟然还打了几个补丁。历经沧桑的年代感瞬间就涌现了出来。

"这衣服演过的电影、电视估计比我演的还多。"

到达片场，简单地休息了半天，一行人开始了第一场戏的拍摄。

男主角穿着龙袍拿着剧本，闻了闻上面的味道，扭过头打了个喷嚏。

周珊正在给贺知秋补妆，吐槽了一句陈年老灰，逗得贺知秋哈哈地笑了起来。

说实话，他有点紧张。

虽然这部戏只是一部低成本的网络剧，却是贺知秋第一次真正意义上面对镜头。

前几部都是龙套，不是蹲着演乞丐，就是躺着演尸体。

跟着一群群众演员混迹在人堆里，别说是台词了，镜头能不能扫到他，都还是个未知数。

就像徐随说的，他缺乏拍摄经验，即便是拿到好的角色，也不一定能演出好的效果。

果不其然，开拍后连着卡了三四条。

导演卷起剧本敲了敲头，无奈地把他叫了过来。

"试戏的时候不是挺好的吗？怎么这会儿僵硬得跟块木头似的？"

导演姓林，跟徐随的年纪差不多，黑白花的络腮胡子像是刻意漂染过的，身上穿着一件军绿色的马甲，拧开保温杯喝了一口养生茶。

贺知秋惭愧地说了一声："对不起。"

又听到导演问："是角色还没理解透？"

贺知秋摇了摇头，说："不是。"

贺知秋要演的这个角色其实很好理解，风度翩翩、温文儒雅、苦恋着青梅竹马的女主角的男二号，女主角却不爱他，一心一意地往男主角身上扑。男二悲情隐忍，深明大义，最后为了男女主能够顺利地在一起，还自我牺牲，命丧火海。

总而言之，这就是一个彻头彻尾的，为了烘托男女主感情的大悲剧。

还是强行悲剧，人设一般，并不讨喜。

为了这个角色，贺知秋认认真真地把原著读了好几遍。但无论他准备得多么充足，只要一站在镜头面前，所有的感情就全都消失了。

林导估计见惯了这样的场面，倒也没动气。先让他坐在一边找找感觉，又让刚化完妆的女主过来，先拍摄别的戏份。

唐颂搬了个马扎坐在不远处的凉棚下面围观。

看见贺知秋拿着剧本走过来，他急忙招了招手："秋秋！这边！"

贺知秋答应了一声，找了个小板凳，跟他一起坐在棚子下。

"怎么了？试戏的时候明明挺厉害的，怎么一正式开拍就不行了？是不是有些紧张了？"唐颂还没有化妆换衣服，暂时没有他的戏。

贺知秋苦恼地嗯了一声，又翻开剧本想要酝酿感情。

可是，对于角色所要表达的情绪他早就酝酿好了，台词也通宵达旦背得滚瓜烂熟。

此时越是盯着剧本，越是大脑一片空白，贺知秋又抬头看了一眼黑漆漆的镜头，手心的汗都冒了出来。

唐颂本想帮着贺知秋缓解一下紧张的情绪，但一想自己也是个没有任何表演经验的新人，张开的嘴巴又合上了。

他只好跟着贺知秋一起，盯着剧本发呆。

半晌，贺知秋放下剧本站了起来，先去跟导演说了几句话，又回来找唐颂，问他要不要跟自己出去一趟。

唐颂自然答应。

唐颂跟着贺知秋一起出了片场，来到了影视城附近的一条小街上。

这条街还算热闹，酒吧、饭店应有尽有。招待的全是前来影视城工作的演员或明星，偶尔遇到几个正当红的，都见怪不怪。

贺知秋带着唐颂找到一家超市，买了两瓶饮料，又跟店员要了两根吸管。

一瓶递给唐颂，一瓶留给自己。

贺知秋跟导演请了假，也没急着回去，准备先调整好自己的情绪，再全身心地投入到工作当中。

唐颂跟贺知秋在超市门口的台阶上坐了一会儿，直到饮料快喝完了，才扭头看了看贺知秋，想忍，却又没忍住地问："你喝个饮料，为什么要用两根吸管？"

贺知秋并着双膝，把饮料瓶放在膝盖上，咬着一根吸管说："缓解紧张。"

唐颂第一次见用吸管缓解紧张的，诚恳地问："什么原理？"

贺知秋思考了几秒，说："好像，也没什么原理。"

"怎么可能？难道你每次看到吸管就可以冷静下来？你这是什么奇怪的癖好？"

贺知秋见他嘴角抽搐，解释道："不是吸管的问题。"

唐颂问："那是为什么？"

"是我有一个朋友，曾经用这种方式，让我冷静下来。"

"朋友？"

"嗯。"

"吸管？一人一根？"

"嗯。"

"一人一瓶饮料一起喝？"

"嗯。"

"哦——"唐颂点了点头，拍了拍贺知秋的肩膀，"好朋友吧？"

贺知秋轻快地应了一声，看着瓶子里的两根吸管，似乎真的放松了很多："是很多年前的事情了，那是我第一次试戏，紧张得不得了，他就这样买了两瓶饮料，要了两根吸管。"

"然后呢？"

"然后我们就坐在一起，把饮料喝完了。"贺知秋说这些话的时候，声音很轻，不像是跟唐颂说的，倒像是跟回忆中的自己，把这件事又重复了一遍。

"然后你就不紧张了吗？"

"嗯。很奇怪，和他一起喝饮料的时候，我真的忘了要试戏时的紧张，好像所有的紧张感都被他弄走了，脑袋也跟着清醒了不少。"

唐颂的嘴角颤了颤："再然后呢？"

"再然后，我的试戏考核就通过了。"贺知秋笑了笑，"他还跟我说，他这样做是为了转移我的注意力，是他把我紧张的情绪全都弄走了，所以我才会那么顺利地通过考核。"

"……"

"最后还让我请他吃了一顿饭，以示感谢。"

"你请了？"唐颂问。

贺知秋说："请了，花了我一周的生活费。"

"哇！这也太欺负人了吧？！"唐颂说，"这人怎么这样啊？什么转移注意力，他就是想蹭你的饭！"

唐颂说完，站起来去扔饮料瓶。

他没看见贺知秋赞同地点了点头，然后轻轻地说了句："我知道的。"

贺知秋不仅知道那个人的用意，还知道自己为什么会忽略考核前的紧张。

另外一根吸管被贺知秋放在膝盖上，始终没有被拿起。

贺知秋用手指轻轻地碰了一下，让它晃晃悠悠地动了起来。

或许这是他最后一次用这个方式缓解紧张了。

感谢唐颂听他说了这些莫名其妙的话。

这样也算……有第三个人，知道他们的故事了。

贺知秋喝完最后一口就站了起来。这时，对面刚好走过来两个人，身上穿着厚厚的戏服，估计是别的剧组的。

其中一个人有些面熟，贺知秋辨认了几秒，等他们靠近，礼貌地叫了一声："高老师。"

这位高老师的名字叫作高奎，一米八几的身高，魁梧健硕，长相也周正硬朗。

二十七八岁，去年刚刚拿下了影帝桂冠，在圈内的地位很不一般。

贺知秋认识他并不意外，圈内如果有人不认识他，才是真的意外。

贺知秋跟高奎打了个招呼，本没想得到回应，却没想高奎站住脚步，竟然盯着贺知秋看了起来。

贺知秋跟他对视了几秒，不知道是不是那句"高老师"冒犯了他。

或许叫前辈更好？还是叫高先生？

"你是？"高奎眯了眯眼，突然双手抱胸，往前探了探头，不确定地说，"你是贺知秋？"

贺知秋一怔，先说了一声"是"，又奇怪地问："您怎么知道我的名字？"

"还真的是你？"高奎没有回答他的问题，反而莫名其妙地说了一句，"真的跟照片里长得一模一样啊……"

"照片？什么照片？"

"啊，没事。"高奎意识到自己失态了，直起身子，拍了拍贺知秋的肩膀，笑着说，"你也在这里拍戏？"

贺知秋点了点头。

高奎说："那改天请你吃饭，我还有点事，先走了啊。"

贺知秋被他这几句熟稔的话弄得一头雾水，唐颂扔完瓶子跑回来，刚好听见了两人道别，兴冲冲地问："你认识高奎？"

贺知秋摇了摇头，看着高奎远走的背影，迷茫地说："我好像不认识他。"

回到片场，贺知秋暂时把这件事情放到了一旁，赶紧让自己尽量放松下来，等男女主的戏份拍完，又找导演补上了刚刚的那场戏，赶上了进度。

虽然还是卡壳了几条，但他也渐渐找到了感觉，彻底进入拍摄状态。

此时，凌晨十二点半。

影视城内的部分剧组依旧在忙碌地拍摄当中。

高奎拍完一条夜戏，坐在导演的椅子上打了个哈欠。

恍惚了半晌，突然想起了一件事。他让助理拿来手机，翻出了一张今天下午偷偷拍的照片。

照片不太清楚，只能看到一个长相不错的青年穿着一件淡青色的古装戏服，手里拿着一个没喝完的饮料瓶子。

高奎把照片上的脸部特写放到最大，然后截了个屏，又打开通讯录滑了几下，点开了一个对话框，把截图发了过去。

助理见他靠在躺椅上一脸坏笑，走过来问："奎哥，碰到什么高兴事了？"

高奎顺便跟他要了一杯咖啡，晃着二郎腿说："大事。"

助理见他神神秘秘的不说，帮他准备了一杯咖啡就去忙别的。

高奎仰头看着夜空，一边品着咖啡一边竟然吹起了口哨。

结果咖啡喝完了，今天最后的一场夜戏也收工了，他身旁的手机却始终没有一点动静。

奇怪？

高奎收回了抖了半天的二郎腿，坐起身，看了眼手机信号。

满格。

不会睡着了吧？

高奎犹豫了几秒，直接把电话打了过去。

嘟嘟响了两声，对方接通了，冷冷地问："有事？"

高奎眨了眨眼，又靠回躺椅上继续抖腿："没事就不能给你打电话了吗？老同学。"

高奎的老同学是李郁泽，大学四年，住一个宿舍。

他们一起进的演艺圈，算是关系不错的朋友。

但两人的戏路不同，发展的方向也不一样，很多圈内人都不知道他们之间的关系。

李郁泽人红，高影帝戏路广，虽然忙起来一年半载见不着一回，但两个人只要在同一个城市，都会见见面，喝喝酒。

当然，见面这种事情都是高奎主动的。

李郁泽那种对谁都无所谓的冷傲态度，想要跟他成为朋友，实在太难了。

"忙什么呢？我刚刚发的那条短信，你看见了没？"高奎说这话的时候还有点紧张，生怕李郁泽没看见那张照片，如果待会儿猛地一见，再控制不好情绪，当场失去理智就糟了！

他嘿嘿笑了两声，反应过来赶紧噤声，假装清清嗓子。

谁想等了几秒，李郁泽非但没哭，反而极为平淡地说一句："看见了。"

高奎不小心咬了下舌头，对他的反应十分震惊："看见了？"

"啊。"

"就这样？"

"不然呢？"

"不是，"高奎说，"要不你再仔细看看？你不觉得这个人，特别像那个谁吗?"

李郁泽那边响起了倒酒的声音,喝了一口,才懒懒地问:"像谁?"

"贺知秋啊!"高奎说,"这不是贺知秋吗?你这反应也太不正常了吧?"

"呵。"李郁泽轻笑了一声,问道,"那我应该是什么反应?"

高奎说:"你最起码要惊讶一下吧?你们这么多年没见了,你看到贺知秋的照片都不激动吗?"

李郁泽又喝了一口酒,似乎找了个地方坐下来:"我见过他了。"

"啊?"这回轮到高奎惊讶了。

"上个月,同学会。"

"真的假的?"高奎立刻问道,"那你们说什么了?我看他穿着戏服,他以后也准备当演员了?"

李郁泽说:"应该吧。"

高奎咂嘴:"什么叫应该吧?你们没聊聊吗?"

李郁泽说:"聊什么?"

"就聊聊彼此的近况啊,你们不是久别重逢吗?这么多年没见的老朋友终于见面了,都没多说几句?"高奎突然恨铁不成钢地说,"你怎么突然这么笨了?"

"有什么好聊的?"李郁泽淡淡地回道。

"可是……"高奎还想说些什么,又噤声了。

过了会儿,高奎又纠结地问:"你该不会还在生气吧?不是我说,都这么多年过去了,有必要计较……"

李郁泽没等高奎把话说完,直接挂了电话。

李郁泽单手拿着酒杯,坐在酒店窗前的单人沙发上。高奎发来的那张照片一直是打开的状态,挂了电话,照片就显示了出来。

他就这么看了一会儿,直到手机黑屏,才闭上了眼睛。

影视城内的剧组生活并不轻松。

为了能在两个月之内赶拍完所有的进度,组内所有的工作人员都要起早贪黑,每天只能休息几个小时。

唐颂虽然是个新人,但家庭条件不错,从来没有受过这份罪。

开始几天他还能跟着贺知秋到处围观同组的演员演戏,这几天彻底瘫了。

只要一有空闲,他就会靠在院子里的凉棚底下休息。而且剧组的生活跟他想象中的很不一样,本以为可以随心所欲地发挥自己的表演特长,但因为火候不到家,总是被导演骂。

而且他们组太穷了,很多场景都是在棚里拍摄出来的。影视城内只取了两个实景,来来回回就那么一亩三分地换着拍,没有一点新鲜感。

唐颂年纪还小,沉不下心来,也不像贺知秋那样喜欢表演,只是单纯地想成为明星。

"你不累吗?"唐颂拿着剧本扇风,接过贺知秋递来的一瓶矿泉水。

今天没有贺知秋的戏份,按道理来讲,可以在酒店休息。

但他还是来了,精力充沛的,还帮着场务发起了盒饭。

贺知秋说:"不累呀,难得有这样的机会。"

唐颂捧着盒饭吃了两口:"什么机会?发盒饭的机会吗?"

贺知秋笑着说:"不是,难得有机会可以看到这么多不同的演员进行表演,我想趁着空闲,多学习一下。"

话音刚落,就听到一声凄惨的号叫,唐颂跟贺知秋猛一抬头,看到男主角正拿着剧本高声朗诵。

说朗诵绝不夸张,抑扬顿挫,表情夸张。

贺知秋记得他表演的这场戏应该是和女主分离的戏码,导演让他收敛情绪,把主角深情稳重的那一面展现出来。可此时男主的表现却跟导演所说的背道而驰，情绪放得太开，导致反而收不回去了。

唐颂默默看了几秒，问贺知秋："你知道他为什么一直没红吗？"

贺知秋说："为什么？"

唐颂小声嘀咕："因为观众不是瞎子啊！就这演技，我看着都觉得尴尬，观众能看得下去吗？"随后又自检道，"虽然我演得也不怎么样，没有资格说他，但你既然要学习，也应该去找一些有真本事的吧？"

唐颂的话贺知秋明白。

他们这个组里，人均表演水平五十分左右，没有特别出彩的，也没有特别优秀的。更甚者，像男主角这样，无论导演怎么指导，都演不出理想的效果。

徐随让贺知秋多学多看，却不是让他什么都看。

只是，除了同一个剧组的演员，他根本谁都不认识……

"唐颂，"贺知秋突然站了起来，问道，"你知道高奎在哪里拍摄吗？"

"知道啊，离咱们不远，"唐颂似乎看出了他的想法，说道，"不过像他们那种制作班底，请的都是一线大咖，一般情况是禁止围观的。"

贺知秋点了点头，但还是想借着这次休息的机会过去碰碰运气。毕竟机会难得，能亲眼看一次影帝表演，应该受益匪浅。

想到高奎，他就想到高奎对他说的那几句莫名其妙的话。

是认错人了吗？

贺知秋开玩笑地想：或许高奎也认识一个叫贺知秋的人，刚好跟自己同名同姓，又长得一样。

虽然在同一个影视城内拍摄，但高影帝所在拍摄现场跟贺知秋那边租赁的三两间四合院完全不同。

据说面前这座宏伟的建筑，是专门为了拍摄这部厚重的历史剧重新搭建的，光是从布景到服饰设计，就耗费了整整三年时间。

贺知秋站在空无一人的广场上面，有些羡慕。

这样的制作片场，应该要很优秀的演员，才可以进去吧。

守在片场门口的工作人员观察贺知秋很久了，见他迟迟没走，主动过来让他远离一些。说是剧组封闭拍摄，任何无关的人都不能进去。

贺知秋本来也没抱多大希望，礼貌地说了一声抱歉，正准备转身往回走时，看到了一辆黑色的越野车停在了他的面前。

开始贺知秋还以为是自己挡了路，刚想让开一些，就见驾驶舱的司机按下来车窗，然后露出了一张惊喜的笑脸，大咧咧招呼道："嘿，贺知秋。"

贺知秋眨了眨眼，没想到车里竟然坐着高奎，连忙礼貌地喊了声："高前辈。"

"哈哈，"高奎大笑，"怎么还变称呼了，前阵子不还叫我高老师吗？"

贺知秋也跟着弯了弯眼睛："您如果觉得前辈这个称呼听着不舒服，那我还叫您老师。"

"嗨，没那么多事，你叫着顺口就行了，"高奎又探着头问，"怎么着？今天没戏？"

贺知秋点了点头。

"那刚好，我也请假了。"高奎说，"上回说了请你吃饭，这么着，一起吧？"

"可是我……"我不认识你啊？

贺知秋本想拒绝，又不知道拒绝的话从哪里开口。

说他不认识高奎吧，影视剧里面又经常见。不仅经常见，刚刚他还想进入片场学习人家的表演技巧。

贺知秋一瞬间有点心虚，再加上高奎再三邀请，只好答应了下来。

贺知秋本想要坐副驾驶，高奎却让他去后面坐着。

贺知秋说了声："好。"

打开车门的一瞬间，他愣住了。

他没想到后排还坐着一个人，一身简约的黑色便装，头上戴着一顶鸭舌帽——是李郁泽。

李郁泽面无表情地看了他一眼。

半晌，李郁泽才皱着眉说："你今年三岁半吗？"

"他说请你吃饭，你就上车？你跟他很熟吗？"

说三岁半有点过激了，但随便上陌生人的车这种事情，就算到了三十岁，也还是要小心谨慎些。

所幸高奎不是个坏人，嘻嘻哈哈地说："熟不熟的吃个饭怎么了？"

说完没人理他。

李郁泽扭头看向了窗外。

贺知秋坐在李郁泽的旁边，大脑一片空白。

贺知秋无论如何都没想到，会在这里碰到李郁泽。

更没想到，高奎和李郁泽竟然认识，看起来还像是关系不错的朋友。

让贺知秋上车这件事，是高奎自己决定的。

高奎知道李郁泽最近结束了新电影的拍摄，昨天回了 A 市。于是趁着杀青之前给他打了个电话，约他过来一起吃个饭。刚好出门的时候高奎看见了贺知秋，觉得挺有缘分，就把车停在了贺知秋的面前，邀他一起参加。

高奎不是不知道李郁泽跟贺知秋之间的事。

相反的，他跟李郁泽走得近，所以他比谁都更清楚，此时此刻，坐在车上的那个人，对李郁泽而言是一个多么重要的朋友。

高奎第一次见到李郁泽的时候，就在他的钱包里看到了贺知秋的照片。后来还见过一张两人的合影。

那时的李郁泽还不像现在这么冷傲，顶多就是话少，不喜欢参加集体活动。

他在学校外面买了房子，下课就往那儿跑，一天到晚的，也不知道忙些什么。

后来高奎跟他熟了，才知道他在找人，找的就是照片上的这个人。

听说叫贺知秋，高三那年家里出了点事。

从此以后，这个人就在李郁泽的世界蒸发了。

他找了这个人好几年，终于在结束第一部电影的拍摄时，有了他的消息。

高奎清楚地记得，李郁泽当时放下手里所有的工作，买了当天最早一班飞机，一刻不停地飞了过去。

他去的时候很开心。

整个人都神采飞扬的，闪着光。

可不到两天，他又回来了。

高奎没见到照片里的贺知秋，也再没有在李郁泽清醒的情况下，听到他提起这个名字。

唉。

高奎想到一半，转着方向盘叹了一口气，透过后视镜，看了看两个人的状态。

贺知秋始终低着头，李郁泽干脆靠着椅背上，闭上了眼。

气氛说不出来的尴尬，高奎想帮着缓解一下，都不知道该从哪里入手，便问贺知秋想吃什么。

贺知秋犹豫了半天，才说，什么都可以。

影视城附近没有几家好吃的饭店，高奎请客，找了一家曾经去过的。

老板也是见惯了大世面的人，得知高奎来了，赶紧跑到门口亲自迎接，还没多说两句，就看见了比高奎还高了几厘米的李郁泽，激动地说："这……这位是李郁泽吗？"

高奎说是，又让他小声点。

李郁泽难得在公众场合露一回面，引来围观就麻烦了。

老板表示理解，仰着头眼巴巴地看了一会儿大明星，又带他们去了一间私密性很好的包间，拿来了菜单。

高奎没接，直接推给了贺知秋，让他随便点。

贺知秋也没再过分推拒，翻开菜单，点了两道不辣的菜，又要了一碗黏稠软糯的鱼片粥。

高奎问："你喜欢吃鱼？"

贺知秋怔了怔，轻轻地应了一声。

"哈哈，那巧了，李郁泽也喜欢吃鱼，就是不爱择刺。"

他似乎很早就想吐槽李郁泽这个毛病了，只是苦于之前吃饭的时候没有第三个人在场。

如今终于多了一个贺知秋，立刻忍不住地说："他还喜欢吃虾，但特别讨厌剥虾壳，对了，还喜欢螃蟹，反正就是那种越难处理的东西他越喜欢吃，越喜欢吃呢，就越不爱动手。我们每次吃饭必不可少的三道菜，绝对有蟹肉、虾仁和鱼片粥。"

"哎？"高奎说完眨了眨眼，"你刚刚也点了鱼片粥？"又顺便看了一眼贺知秋点的其他两道菜。

一道素炒虾仁。

一道蟹黄豆腐。

……

高奎瞬间明白了贺知秋这几道菜是按着谁的口味点的，顿时有些尴尬，打着哈哈让老板端壶茶来。

李郁泽自始至终没说过一句话，直到饭菜陆续上桌，才要了一瓶红酒，一个人喝。

贺知秋看了他一眼，嘴角动了动，想说点什么，但话到了嘴边，又咽了回去。

包间的气氛有点压抑，即便高奎一直努力地缓和气氛，依旧没能让李郁泽多说一句话。

撬不开李郁泽的嘴，高奎只能跟贺知秋闲聊了起来。

"那你是签了徐随的公司？"

贺知秋说："是。"

高奎说："徐随这个人还是挺不错的，能力很强，你跟着他能学到很多东西。"

贺知秋点点头，又说："只是我的演技不过关，希望不要拖了徐哥的后腿。"

高奎说："演戏没什么难的，一是靠天分，二是靠努力。你如果不是特别惧怕镜头，多演几年，肯定能演出个名堂，你要有什么不懂的可以问李……算了，问我也行，我多少比你有经验，能教教你。"

贺知秋忙说："谢谢前辈。其实，我今天去您那部戏的现场，就是想看看您是如何演戏的。"

高奎爽快地笑了两声，问道："那你现在住哪儿？不是公司宿舍吧？"

贺知秋说："刚回Ａ市的时候租了一间房子，这个月到期之后，就会搬到公司的宿舍。"

高奎说："可是你住在宿舍方便吗？"

贺知秋说："方便，宿舍距离公司很近，平时上完表演课还可以多留一会儿。"

高奎明显有些疑问："你是自己来的Ａ市？"

贺知秋说："是啊。"

高奎说："那你的妻子呢？没有跟你一起来吗？"

"妻子？"贺知秋眨了眨眼，不明所以地说，"我没有妻子啊。"

高奎明显一怔，立刻看了一眼李郁泽。

李郁泽的酒杯已经放下了。

高奎赶紧说："你没有结婚？"

贺知秋摇摇头说："没有。"

"可是，可是李郁泽不是看到……啊！"高奎话没说完，突然喊了一声。

李郁泽死死地踩着他的脚背，终于看向了贺知秋。

贺知秋也刚好对上了他的眼睛，听到他沉沉地说："你真的没有结婚？"

高奎怀疑自己的脚快断了，直到贺知秋再次肯定地回答了李郁泽的问题，脚背上的那份重量才渐渐消失。

"前辈，你刚刚怎么了？"贺知秋没忘了高奎那声突兀的怪叫，关心地问。

高奎咳了一声，说："没事没事，椅子压着脚了。"

这种理由也就只能骗骗小孩，但高奎既然这么说，明显是不想回答。

贺知秋也就识趣地没再问下去，而是换了个问题："前辈为什么会认为我已经结婚了？"

"啊，这个……"

高奎默默瞥了一眼李郁泽，见他靠在椅背上看着自己，立刻拿起一杯茶润了润喉，认真地解释道："像咱们这个年纪结婚很普遍嘛，可能圈子里的少一些，毕竟都在努力发展事业，但你刚刚入行，我就以为你应该早就把终身大事解决了。"

高影帝这话说得分外诚恳，却不承想桌子底下的脚背再次受到了无情的碾压，稍有差池，今天下午就得瘸着回去。

贺知秋表示理解，点了点头。

不过话说到了这里，高奎又好奇地多问了几句："那你为什么还没结婚啊？没碰到合适的？"

贺知秋垂着眼嗯了一声，拿起筷子吃了一颗虾仁。

其实贺爷爷出的那个小意外，对于贺知秋来讲，只是被命运捉弄的开始。他那天本来是要去找李郁泽的，突然接到了家里的电话，跟着父母连夜赶回老家。临走前他还跟李郁泽说明了原因，心里想着，或许一周，最迟一个月就能回来了。

却没想到，父亲的车开得太急，撞到了一辆拉着货物的大卡车。母亲为了保护他当场死亡，父亲被紧急送到医院，也没能支撑多久。

而爷爷在得知这件事情后，整个人都陷入了深深的自责中。贺爷爷本来就在病痛之中，经历这些打击，病得更加严重了。

如今想想，事情都已经过去了。父母都去了天上，不用为了支持他昂贵的梦想每天起早贪黑。爷爷的身体也渐渐好了起来，哪怕如今八十岁了，依旧可以提着鸟笼到处溜达。

但那时的贺知秋，还是花了整整半年的时间才走出来。

他带着爷爷换了一座城市治疗。等到一切平息，抽空回了一趟A市，办理了停学手续。

他当时是想找李郁泽的，却在陶央的嘴里得知，李郁泽已经出国了。

很多时候，贺知秋愿意相信人类敌不过命运。

因为它如果想要把一个人藏起来，无论如何，都不会让你找得到。

他在处理完父母的事情之后，曾经给李郁泽打过电话，可是电话响了很久，对方都没有接通，挂断再打过去时，却提示已经关机了。

贺知秋想，李郁泽也应该找过他，至少给他打过电话。

可是，他的手机在车祸发生的时候就完全报废，不能用了。

再后来，他终于在陶央那里知道李郁泽进了演艺圈，他们却再也没有交集。

贺知秋一口一口吃着饭，心里想着，这很正常。

毕竟他们那时已经分别三四年了，又没有再联系过。

"你待会儿要回片场吗？"高奎还在跟贺知秋聊天，他这人话多，一顿饭下来基本没有冷场的时候。

贺知秋说是，又随口问道："前辈呢？"

高奎说："我得先把李郁泽送回酒店，他明天还有个工作，一大早的飞机。"

由于是私人行程，孟林就没跟着。刚好李郁泽住的酒店距离影视城不远，高奎想着顺路，就不让孟林再跑一趟了。

贺知秋点了点头，刚准备说一会儿自己打车回去，就听哐当一声，李郁泽身边的红酒瓶掉在了地上，他想要去捡，却莫名地抓了几次空，迷迷糊糊地趴在了桌子上。

高奎被李郁泽这个举动吓得往后弹了弹，半晌才把手伸过去试了试鼻息："有气？"

贺知秋也吓了一跳，担心地看了几秒，又捡起空荡荡的酒瓶说："应该是喝醉了吧？"

"怎么可能，以他的酒量一瓶红酒……啊啊——肯定会醉的啊！"高奎突然站起来跺了跺脚，看李郁泽的眼神也变得有些微妙起来。

贺知秋没注意他奇怪的表现，把酒瓶放在桌上，微微蹙着眉，有些担心。

饭吃到现在也差不多了，高奎看了一眼时间，说："那咱们走吧，先把他送回酒店。"

贺知秋应了一声，想等高奎把人扶起来一起出门，却见高奎架着李郁泽的肩膀一使劲——人没站起来。

"不是……"高奎欲言又止，弯着腰想了几秒，让贺知秋过来试试。

不过，贺知秋是他们当中最矮的，只有一米七八，体形也偏瘦。

如果高奎都扶不起李郁泽，换成他的话，那就更扶不起来了。

而且李郁泽虽然看着又高又瘦，但身上的肌肉却很结实，上学的时候都能轻轻松松地把一个人举起。

如今这么多年过去了，他又长高了这么多，要扶起来肯定有难度。

果不其然，贺知秋把李郁泽的手臂放在脖子上，往上起了两次，依旧没能把李郁泽扶起来。

高奎站在一边两眼旁观，见李郁泽纹丝不动，默默地竖起了一个大拇指，对着他无声地说："行，处事严谨，滴水不漏。"

随后高奎搭了把手，轻轻一抬。

李郁泽终于晃晃悠悠地站了起来，但他站不稳，只能靠着贺知秋。

贺知秋怕他摔倒，紧紧扶着他说："我先帮前辈把他送到车上去吧。"

高奎刚说了行，就看到李郁泽的手指微微地晃了两下，立刻改口说："不行，我突然想起还有一件事情没办。"又套近乎地说，"小秋，你会不会开车？"

贺知秋说："会。"

高奎一脸得救了的表情，立刻把车钥匙递给他："那能不能麻烦你，帮我把李郁泽送回酒店？"

普通朋友醉酒尚且不能不管，更何况是李郁泽。

高奎看起来真的有事，丢下钥匙，拿着手机，急匆匆地跑了。

留下贺知秋一个人撑着李郁泽来到停车场，费劲地打开车门，让他靠在后座上。

又怕他不舒服，贺知秋找了一个小小的车载颈枕，垫在了他的脖子下面。

一瓶红酒的分量足以让一个酒量不好的人彻底昏睡过去。

贺知秋不怎么喝酒，在他的印象中，也从没见过李郁泽这样喝酒。毕竟他们分别的时候还没有成年，他也不知道李郁泽的酒量到底怎么样。

可是无论酒量如何，都没有人会在一顿普普通通的午餐上什么都没吃，就独自喝光一瓶红酒。

贺知秋越过李郁泽的身体帮他系好安全带，闻到他身上溢出来的淡淡酒气，轻轻地叹了一口气。

贺知秋从后座退了出来，然后绕到驾驶座，顺着高奎给的导航开往酒店。

贺知秋原本想把李郁泽交到他助理的手上就赶快离开，却没想抵达地下车库的时候，发现高奎留的助理电话，竟然是个空号。

贺知秋对着那个电话号码打了好几遍，提示的结果都是空号。

奇怪？难道是前辈记错了吗？

贺知秋想找高奎确认一下，于是翻出刚刚添加的联系方式，却发现高影帝那边始终占线，估计还没有忙完。

难道要一直在地下车库里面等着？

贺知秋看了一眼时间，正准备过半小时再联系高奎，就听见后排传来一声虚弱的干呕声。

他急忙扭头，看到李郁泽正捂着胸口，痛苦地紧锁眉头。

"怎么了？难受了吗？"贺知秋赶紧打开车门，去后排扶人。

不过李郁泽并没有清醒过来，磕磕绊绊地下了车，还差点摔倒在地上。

贺知秋被李郁泽的举动吓出了一身汗，又不知道怎么才能让他舒服一些,听着他含糊不清又委屈巴巴地说着头疼,忙道:"那我送你回房间休息好不好?你知道房间号吗?"

一般喝多的人,哪还记得自己住在什么地方?

李郁泽茫然地睁开眼,随便指了个方向,贺知秋立刻看过去,只看到了一个垃圾桶。

贺知秋:"……"

算了,还是不指望他了。

"你有没有带房卡?"贺知秋一边问,一边在他的身上找,终于在他的上衣口袋里摸出了一张薄薄的卡片,上面写着8203。

这家酒店应该接待过很多像李郁泽这样有名气的、行程又需要保密的人。

所以,个人隐私方面做得非常到位。

房卡上面有专属电梯的指引,贺知秋扶着他一步一步地挪到了电梯门口,又一步一步地挪到了房间,把他放在床上。

这么一折腾,用了将近半个小时的时间,但高奎的电话还是打不通。

贺知秋只好搬来一把椅子坐在床边,静静地守着。贺知秋担心李郁泽口渴,又怕他突然难受,没人在身边照顾。

所幸李郁泽躺在床上安静了很多。贺知秋盯着他看了一会儿,又把目光挪到了别的地方。

此时,下午三点。

午后的阳光透过宽大的落地窗,从外面照了进来。

连日的拍摄,再加上刚刚消耗了不少体力,贺知秋有点困了。

他强撑着眨了眨眼,最终还是没抵挡住困意的侵袭,趴在床边沉沉地睡了过去。

很多时候,贺知秋会想起关于李郁泽的事情。

想他是一个怎么样的人。

想他们曾经一起做过的事。

可是时间走得太快，又不对他格外开恩，回忆被一点点消磨殆尽，能想起来的事情，渐渐地也就只剩下那么几件了。

贺知秋有时怕忘了，就找了个本子记起来。

某年某月，如何发生，写得清清楚楚。

可他又怕记得太牢固，毕竟他们已经是陌生人，记那么清楚做什么呢。

理智和感性大部分时间都不会并存。贺知秋又不是像粉丝崇拜偶像那样崇拜着李郁泽，他们原本就是朋友。

接着他似乎又做了一个奇怪的梦，梦到他走在一条喧闹的大街上，前面有一个人始终背对着他。

贺知秋不知道出于什么心理，突然想看看那个人到底长什么样子，可还没追上去，就见那个人突然转过身，露出一张和自己一模一样的脸！

贺知秋猛地从梦中惊醒，吓出了一身冷汗。

他赶紧从椅子上站了起来。

晚上十点，天已经黑了。浴室里传来哗啦啦的水声，应该是李郁泽酒醒了，正在洗澡。

贺知秋不敢再多逗留一秒，正想趁着这个时间赶紧离开，就见李郁泽刚好洗完，从浴室里走了出来。

贺知秋本来就因为那个梦心慌不已，此时突然看到李郁泽，脚下一滑，差点坐在地上。

李郁泽也看见了贺知秋，发出了一句普普通通的疑问："怎么了？"

贺知秋尽量让自己的表情看起来没什么波澜，他笑着说："没事。"

自从两个人重逢之后，他对李郁泽的态度大多是客气且疏离。

毕竟无论他心里怎么想，至少在表面上，他不会表现出什么。

"准备回去了？"李郁泽走到桌子旁边，然后随手拿起一瓶矿泉水。

贺知秋点了点头，准备跟他说再见。

贺知秋握着门把手的手紧了紧，移开目光，冷静地说："你既然醒了，那我就先回去了。"

"哦。"李郁泽放下水瓶，瞥了一眼贺知秋，"不聊聊吗？"

"聊……"贺知秋说，"聊什么？"

"随便聊点什么。"李郁泽明显忘了曾经跟高奎说过的话，就这么走到贺知秋的面前，客气道，"感谢你把我送回来。"

贺知秋摇了摇头，又觉得不正视他显得不太礼貌，只好对上他的眼睛说："没关系，高前辈突然有事要忙，我又刚好会开车，就顺便帮了一下。"

李郁泽轻笑道："谢还是要谢的，进来坐会儿吧，想喝点什么？"

贺知秋打算开口拒绝，但李郁泽已经来到了房间内置的酒柜面前，拿起一瓶红酒。

"喝水就行。"贺知秋怕他又要喝酒，连忙走过去说。

李郁泽也没强求，倒了杯水，递到了他的手上。

贺知秋说了声"谢谢"。

李郁泽从衣柜里拖出来一个黑色的皮箱，先找出了一件上衣。

贺知秋想等李郁泽找好衣服，简单聊几句就走，可等了将近五分钟，李郁泽的衣服还没有找完？

贺知秋偷偷看了一眼，发现他的皮箱被翻得乱七八糟，内衣、袜子、外套、衬衫什么都有，可偏偏就是没有一条裤子。

李郁泽也皱着眉，似乎正在为这件事发愁。

贺知秋试探地问："没带裤子吗？"

"嗯。"李郁泽站起身，嫌弃地看了一眼今天才穿过的那一条，犹豫着要不要继续穿。

贺知秋说："你的衣服是助理帮忙整理的吗？会不会在别的地方？不然问问他吧？"

李郁泽说："助理又不去我家，怎么帮我整理。"

"啊？"贺知秋还以为生活助理可能会管得多一些，又想起李郁泽明早还有工作，如果再驱车回市里去拿，恐怕会有些麻烦，轻声地问，"要不要打电话联系你的……联系你的爱人，看看你的爱人有没有办法……"

"我没有爱人。"李郁泽随意地说。

"啊？"贺知秋愣了一下，没理解他的意思。

李郁泽想了想，半晌才说："我不是真的结婚，所以没有爱人。"

"不是……真的结婚？"贺知秋十分惊讶，"可，可你不是早就对外宣布……"

"假消息，"李郁泽淡淡地说，"骗人的。"

"为什么骗人？"贺知秋不敢置信地问，"你真的没有结婚？"

李郁泽点了点头，看似身不由己地说："你也知道我怕麻烦，如果不提前对外公布已婚，这些年，恐怕会有很多绯闻。"

贺知秋直到离开酒店都不敢相信这个事实，他在电梯口跟孟林擦肩而过，都没反应过来要打个招呼。

孟林一早就接到了高奎的电话，说李郁泽今天喝多了，不要打扰他休息。可刚刚接到了一个导演的邀约，孟林不得不上来问问他的意见。

孟林简单地说了工作情况，又看到李郁泽的皮箱乱糟糟地放在地上，于是走过去帮他整理。整理到最后，孟林发现少了点东西，奇怪地问："哥，我帮你拿的那几条裤子呢？"

李郁泽此时换了一身浴袍，正晃着一杯红酒站在阳台上吹风。

他所站的位置刚好可以看到贺知秋开着车离开酒店大门，直到贺知秋走远，他才转过身靠着栏杆说："在床底下。"

第三章 帮忙

李郁泽变了。

至少在孟林看来，他哥在这段时间里，真的变了很多。

脾气好了许多不说，就连工作方面都积极主动了起来。

虽然只是给新电影做了个宣传，又接受了之前的导演邀约。

但这些工作，如果放在从前，根本见不到他的影子。

就连亲自向他发出邀请的导演都吓了一跳，根本没想到李郁泽会应下这份工作。

"我本来只想碰碰运气，没想到你真的能来。毕竟以前这种工作你都不接的，所以在角色上面也没怎么着重刻画，就两三场戏。要不你先看看，觉得不行，我再给你多加几场。"导演姓孙，今年五十来岁，体形干瘦。

李郁泽刚入行的时候跟他见过两次，但一直没有合作的机会。

孙导演对李郁泽的执念也深，曾经多次在公开场合表示对李郁泽的欣赏，无论如何都想跟他合作一回。

所以不管拍什么电影、电视，只要觉得角色合适，就会向李郁泽发出邀请，一年能发个四五次，但没有一次能得到回音。

他跟李郁泽不熟，但对李郁泽的行事作风有所耳闻。知道他对剧本很挑，从不出席任何商业活动，讨厌被采访，也讨厌杂志拍摄，懒得赶通告，更不喜欢有曝光，每次拍完电影就直接回家。

只有他联系经纪公司的份，经纪公司基本找不到他。

这次李郁泽能接下这份工作，着实让孙导演震惊了好几天。孙导演心想，就算为李郁泽改写剧本，甚至把他换成男主都值了。

不过李郁泽倒是没觉得戏少，翻了翻剧本说："不用改了，这样挺好。"

他刚试完妆，换衣服的时候问导演："咱们这部戏前期需要保密吗？"

导演说："不保密，主角团的定妆照早就宣发了，你这个角色，我们准备单独发一组。"

李郁泽说行，又挺客气地说："之前您一直邀请我，我都没能给您答复，实在有些不好意思。"

导演忙说："哪里哪里，你是大忙人，能抽时间参演我这部没什么水准的小电影，已经很给面子了。"

"您太谦虚了，"李郁泽说，"您的戏我从小看到大的，我记得还有一部被编进了电影教材，无论是拍摄手法还是场景的转换，都让人十分难忘。"

孙导演没想到李郁泽看过自己的电影，更没想到传闻中脾气不好的大明星竟然如此谦逊，一时间好感倍增，又跟他多聊了几句，吐了吐苦水。

吐的无非就是如今的演艺圈大不如前，真正想要好好演戏的人实在找不出几个，再加上他曾经的辉煌不在，很多时候只能自掏腰包拍一些没人看的小众电影，拍的时候没钱，拍完了之后更是没钱。

他本意是想说李郁泽能来参演，必定会帮他们带来一波热度。

却没想，李郁泽好心地说："那不如，定妆照用我的微博来发吧。"

"啊？"孙导演一愣，"用，用你的微博？"

李郁泽说："剧方的微博我看了，粉丝的数量并不是很多，虽然我的粉丝群体也不算庞大，但在宣传方面，可能会比剧方有些优势。"

孙导演抽动着嘴角，咽了口唾沫："你是说，你要帮我发这部电影的宣传？"

李郁泽问:"有什么不妥吗?"

"没有!没有没有!"孙导演急忙说道,"你要是能帮我发,那真是太好了!我现在就让摄影师把照片导出来,咱们今天就发!待会儿就发!"

也不怪孙导演这么激动,剧方的微博粉丝量只有二十万,而李郁泽那个常年只有转发的微博粉丝量,已经上亿了。

他方才说的那句"粉丝群体不算庞大",实属有些过谦。

定妆照刚一发出,粉丝评论直接飙到了四位数。

"让我看看!让我看看!今天又是谁家的广告让我们李大明星亲自转发!啊啊啊!是定妆照!"

"沙发沙发!我是第一!"

"啊啊啊!我傻了!"

"等一下!这是哪部电影?什么角色?怎么一点消息都没有?"

"这么多照片?孟林发的吧?"

"第九张是自拍吗!天啦!李郁泽在他的微博上发了自拍!"

"天哪!真的是自拍!李郁泽真的发了自拍!"

"我我我感动得快要哭了!第一张自拍啊!"

"真的是自拍啊!"

不到五分钟,关于李郁泽发微博的消息直接占据了热搜前五,零零散散的还有一些电影相关,剧方微博也跟着水涨船高,噌噌噌地长了几十万的粉丝。

与此同时,贺知秋拍摄的那部网剧也杀青了。

剧组一干人等抱着捧花聚在一起拍了张合影,林导本想发个照片祝贺一下,却没想到微博页面卡了半天,竟然瘫痪了?

他奇怪问:"又发生什么大事了?"

唐颂作为铁粉捧着手机关注了全程，激动地说："李郁泽发微博了！"

林导说："发什么了？"

唐颂说："没发什么，就几张剧照，还有一张自拍！"

"哦。"林导点了点头，表示可以理解。等微博恢复之后他看了一眼热搜，又皱着眉点开了李郁泽的微博说："他接的是什么电影？"

唐颂说："不知道啊，好像是个没什么名气的导演，没听说过。"

唐颂年纪还小，没听说过孙导演非常正常。毕竟过了气的导演，也不指望谁还能认识。

但唐颂不认识，不代表林导不认识，他们不但认识，似乎还有些过节。

以至于林导看到电影热议，嫉妒心起，立刻就觉得李郁泽这热搜来得不太正常了："孙志春是走了什么狗屎运，竟然能请到李郁泽？还请他演了个配角？"

除了导演，剧里面所有的人都在关注这个事情，本来还想激烈地讨论一番，但看到导演这个态度，也就全都噤声了。

还有几个想巴结导演的，自然就顺着他说，说孙导演拍摄水平不行，过气不是没有原因。说着说着，无话可说了，就把话题转移到了李郁泽的身上。

李郁泽虽然很红，但也有很多"黑粉"。

这些"黑粉"还都不完全来自网络，大多都是圈里人。

毕竟他这些年独来独往，得罪了不少想要跟他合作却怎么都合作不了的人。

一时间什么耍大牌、爱黑脸、脾气差等传闻全都飘了出来。

其中一个小演员尤其讨厌李郁泽，一边刷着微博，一边阴阳怪气地说："花无百日红，照他这样发一条微博，就占了十几条公共资源的，早晚有被反噬的一天，我看他什么时候过气。"

说完感觉背后一凉,也不知道哪来的一股冰凉的水喷到了他的身上,顺着他的脖颈流进了他的衣服里。

他惊叫着扭头,刚好看到贺知秋拿着一瓶用力摇晃过的碳酸饮料手足无措地说:"对不起,我真的不是故意的。"

由于要准备杀青酒会,工作人员买了很多饮料,还有一个巨大的蛋糕。

贺知秋帮忙搬了半天,此时想拧开喝一瓶并没有什么问题。

而且碳酸饮料确实禁不起晃动,一个控制不好,的确会喷得到处都是。

贺知秋道歉的态度诚恳,又赶紧帮小演员拿纸巾擦干净,还要帮他洗衣服。现场所有人的目光都从李郁泽的微博上挪到了他们两个身上。

小演员原本不想就这么算了,但他的工作正处在上升期,如果此时咄咄逼人,反而显得他十分没有风度。

最后小演员只好狠狠地瞪了贺知秋一眼,示意他以后做事小心点。

贺知秋再次不好意思地鞠了个躬,大大地满足了这位刚入行不久的小明星的虚荣心。

算是大事化了。

唐颂一早跑过来站在贺知秋的身边,等那小演员走了之后还一脸"有本事来啊,我还怕你怎么着"的狰狞表情。

唐颂早就看这人不顺眼了,平时跟贺知秋聊偶像的时候,这人就有事没事过来黑几句,自己没本事还不努力,除了酸黑挑事,什么都干不了。

"跟他在一个公司发展,简直有辱我的身份!"唐颂恶狠狠地冲他的背影挥了挥拳头,又跟贺知秋说,"有些人就是不愿意承认别人很强,李郁泽那样的演技和颜值,他再投八辈子胎都赶不上!还等着人家过气?我呸!谁过气了,李郁泽都不可能过气！"

想要迅速地惹恼一个粉丝，最好的方法就是当着他的面骂他的偶像。

唐颂早就受够了，竟然还觉得贺知秋不小心往那演员脖子喷的那点饮料有点少，恨不得举着个矿泉水瓶再砸上去。

贺知秋赶紧拦住他，说："算了，以后避免交流就行了。"

唐颂说："一个公司的，抬头不见低头见，交流肯定少不了，但他下次再敢当着我的面多嘴，看我怎么收拾他！"

两个月下来，贺知秋跟唐颂早就混熟了，唐颂也认为自己是贺知秋在这个圈子里认识的第一个朋友。

当然，事实也是如此。

于是唐颂发愁地说："你有的时候也太温和了，性格跟个面团子一样。你说你刚刚跟他道什么歉？还让他趾高气扬地走了。"

贺知秋说："是我的错，肯定要道歉的。"

"你有什么错啊，你又不是故意的。"

贺知秋弯了弯眼，说："确实是我的错。"

唐颂当贺知秋顽固不化，又拿起手机打开了微博。

关于李郁泽的热搜依旧没有从前几名掉下去，唐颂当着朋友的面又恢复了理智，分析道："李郁泽这样的演技和人气，除非自己作死想过气，不然只会一直红下去。毕竟光凭一张脸就能吸引无数粉丝，再有精湛的演技加成，怎么可能不红？"

这时周珊也走了过来，赞同地说："而且他现有的人气还是在大家知道他已婚的情况下，他如果哪天宣布恢复了单身，估计会有更多的人喜欢他！"

唐颂说："不见得。"

"怎么不见得？"

"已知他结婚还喜欢他，是因为他的实力确实很强，还有他对大家的坦诚。如果他恢复了单身，或者媒体扒出他根本就没有结过婚，那对于大众来讲，就是一种欺骗，性质可就完全不同了。"

周珊说："你怎么还觉得他没结婚呢？我上次不是跟你们说……"

"但没有实质证据啊，"唐颂说，"就是因为我是他的粉丝，所以才担心他不是真的结婚，如果这件事真的被爆出来，他的人气和口碑肯定会受到很大的冲击。"

"为什么？"贺知秋始终没有加入他们的话题，直到说到这里，才不解地问。

唐颂在演艺圈算个新人，但是在粉丝圈却混了很久，他反问贺知秋："你知道为什么大家对光明正大宣布已婚的明星能报以祝福，但是对于恶意隐瞒婚姻事实的明星，却深恶痛绝吗？"

"为什么？"

"当然是因为欺骗啊！"唐颂说，"我不清楚别人是怎么想的，但我身边有很多朋友都把偶像当成某种精神寄托，无论哪方面都是真情实感的付出。试问，哪个粉丝希望自己的偶像对自己说谎？李郁泽没有隐瞒自己已婚，大大方方地向外界承认了这个事情，大家都觉得他非常勇敢，也很有担当。但如果这个事情不是真的呢？以他的影响力，说了一个长达六七年的谎，而且又不是什么善意的谎言。"唐颂看了看贺知秋和周珊，"你们觉得，如果大家知道这是一场骗局之后，会是什么反应？"

"如果按你这么说，把这件事的重点放在说谎上面，确实有点败好感。"周珊点了点头，又看了看贺知秋。

贺知秋始终认真地听他们说，此时神情担忧地问："那如果，我是说如果……"

"如果他真的没有结婚，要怎么样才能避免被媒体扒出来呢？"

"低调，少在公众前露面，"唐颂说，"像之前那种状态就可以。"说着又立刻把李郁泽发的那张自拍存了起来，惆怅道，"不过这次估计只是想帮朋友发个宣传,想等他再次这么轰轰烈烈地上一次热搜,不知道又要等几年咯。"

所有人都觉得这次是个意外,觉得李郁泽可能跟孙导演相熟,帮忙发个宣传。

却没想到,这件事刚过去两天,李郁泽竟然又发了一条微博。

这次他没有帮谁做宣传,而是发了一条普普通通的日常,还搭配了一张照片,光看背影,像是在厨房里面。

很多粉丝看到这条微博的时候都怔了一秒,反应过来才不可思议地留言表示:

"我是在做梦吗?我一定是在做梦吧?有生之年竟然可以看到李郁泽发日常?!"

"啊啊啊,好漂亮的厨房,哥哥竟然会做饭吗?"

"会做饭应该很正常吧!别忘了,阿泽已婚!哦吼吼,这张照片只有阿泽的背影,那拍这张照片的人到底是谁呢?"

"这还用说嘛?大家都懂的!"

"哥哥终于要把那个人介绍给我们了吗?"

"厨房是不是太干净了?真的有人做饭?摆拍吧。"

"呜呜呜,求求李总有事没事多发发这样的日常,施舍孩子几口糖吧!"

"我也觉得像是摆拍。"

粉丝的热议再次把李郁泽送上了热搜。

因为发的是日常生活,理所当然的,大家又开始讨论起他到底有没有结婚的问题。

有人觉得,他根本没必要对这种事情进行隐瞒,毕竟公布已婚对于一个明星来讲,并不是一件有利于发展的事情,况且他还是刚出道就宣布了这件事情。

有人则觉得,以他的人气和地位,如果真的已经结婚了,绝对不可能掩藏得这么好，就算是真想要保护对方不受到骚扰，也绝不可能做到一点小道消息都没有流出来。

更有些人，根本无所谓他结不结婚，捧着西瓜嗑着瓜子，看个热闹。

但随着这件事的热度再次飙升，各大媒体又开始蠢蠢欲动了，再加上李郁泽这段时间破天荒地开始出席各种活动，接受各种媒体的采访，导致最近一个月，他整个人都挂在了热搜上。

贺知秋结束了公司网剧的拍摄，并没有开始新的工作。

徐随帮贺知秋参谋了几个剧本，让他为新角色的试镜好好准备，每天准时准点地去公司上表演课。

上次和李郁泽见面之后，贺知秋就从高奎那里要来了他的电话号码，主动给他发了短信。

这段时间，两个人也偶尔联络，但能说的话实在太少了。

一方面是两人的工作都忙，另一方面是他们分别得太久，很多时候，都找不到共同的话题了。

哪怕贺知秋如今进了演艺圈，但跟李郁泽之间，还是相差了十万八千里。

但有件事情，贺知秋还是想要找个机会，跟他说明白。

上完表演课，徐随进来走了一圈，看到贺知秋一个人留在教室看剧本，拽了把椅子坐在他旁边问："准备得怎么样了？"

贺知秋站起来说："差不多。"

徐随点了点头，赞许地看了贺知秋一眼。网剧的片花他看了，对于贺知秋的表现基本满意。他喜欢努力又刻苦的年轻人，再加上贺知秋本身有点天分，短短几个月的时间，已经能看出非常明显的进步。

原本他是想把贺知秋交给别人去带，但仔细想了想，还是把贺知秋留下了。自己带最起码放心，好苗子还是要好好培养。

"明天给你放个假,好好休息一下吧。"

贺知秋说:"可是下周就要试镜了,我想再好好琢磨一下角色。"

徐随说:"放假也可以琢磨啊,而且试镜估计推迟了,那个剧组出了点事。"

"出事了?"除了李郁泽,贺知秋没有关注娱乐新闻的习惯。

徐随拿出手机给他看了篇新闻,点了一支烟说:"男主犯了众怒,估计要换人。"

"换人?"贺知秋不明所以。

据他了解,即将要去试镜的那部戏的男主角叫卫晟,在圈内的口碑一向很好,无论演技还是性格,都广受大众喜欢。贺知秋不知道这样一个演员做了什么过分的事情,可以引发众怒,仔细一看,才眨了眨眼道:"学历造假?"

"嗯,"徐随弹了弹烟灰说,"其实也不是新鲜的事,毕竟在这个圈子,学历造假的明星太多了。"

"那他为什么会引发众怒?"贺知秋问。

徐随说:"他这些年一直在拿高学历说事,不停地包装自己在学识方面高人一等的形象,再加上他本身人气不低,这部戏如果拍出来的话,事业上肯定会更上一层楼。据我所知,是有人眼红,等着揪他的小辫子,一直在等他这部戏官宣,再拿学历的事情打压他一波。"

说完他又让贺知秋看了看热搜,果然看到李郁泽的名字已经被卫晟挤了下去:"看来是成了。"

贺知秋并不关心圈子内的尔虞我诈,翻了翻围观群众对这件事的评论,大多都是讽刺和对于造假事件的深恶痛绝。大家都表示,可以接受他仅仅是个高中毕业的演技派,但不能接受他是个满口谎言的高才生。

对于这样的谎言,每一个人的容忍度不同,有些觉得无伤大雅，有些却觉得不能接受。

卫晟的口碑直线下滑，一夜之间掉了几十万的粉丝。

很自然地，贺知秋联想到了李郁泽。

当他想给李郁泽打电话的时候，李郁泽却主动联系了他。

第二天，他们约在了一个私人茶楼。

李郁泽的状态看起来并不是很好。

"你最近很忙吗？"贺知秋坐在他对面，喝了口茶。

李郁泽看似疲惫地应了一声，靠在椅背上揉了揉眉心，又强打着精神问："你呢？在忙什么？接新戏了吗？"

贺知秋说："还没有，最近一直在上表演课，下周应该会去试几个角色。"

李郁泽点了点头，关照道："有什么不懂的可以问我。"

贺知秋说："好。"想了想又问，"你呢？看起来有点累，是遇到什么事情了吗？"

他们此时就像老朋友一样聊天，也没有提及曾经的事情。

李郁泽似乎并不想跟贺知秋说太多，等了几秒，才道："你看最近的新闻了吗？"

贺知秋说："卫晟的事情？"

李郁泽："嗯。"

贺知秋一时无言，明白李郁泽想表达什么。

果然，他说："你觉得，我没有结婚这件事，如果被大家知道了，后果会怎么样？"

贺知秋尽量往好处想："应该不会像他这样闹得这么大吧？你们这两件事的性质不同，你这件事并没有造成……"

"但本质相同。"李郁泽打断贺知秋，黑亮的眸子在茶楼内昏暗的灯光下像是闪过了一丝精光，又稍纵即逝。

确实。

无论有什么样的原因,这两件事的本质都是说谎。

如果以后有人一定要抓着这个重点不放,那么对于李郁泽的事业来讲,肯定会有些影响。

"而且我最近的曝光率多了起来,热度始终下不去,已经遭到很多人的反感了。"

贺知秋说:"那要怎么办?"

李郁泽低头不语,手上的茶碗越转越慢。

突然,嗒的一声,他的食指敲在盖碗上,抬起眼看着贺知秋。

贺知秋被他看得有些奇怪,问道:"怎么了?"

李郁泽说:"我想到了一个办法。你能不能……帮帮我?"

贺知秋眨眨眼,问:"要怎么帮?"

李郁泽的手指又在盖碗上敲了敲,说道:"其他没什么。"

"但可能……需要你做我的室友,我这些年独来独往,得罪了很多人,我想做一些改变,让人知道我也是有兄弟有朋友的人。换句话说,我需要让大家看到我温情的一面。"

贺知秋说:"这样真的可以吗?"

李郁泽说:"可以试试。"

贺知秋刚刚搬进公司宿舍,因为要帮李郁泽这个忙,又从宿舍里搬了出去。

徐随问他要搬去哪儿住,他想了想说,一个朋友的家。

其实贺知秋也不知道自己和李郁泽之间到底算什么关系。

抛开曾经不谈,他们之间或许连朋友都算不上。

贺知秋这段时间几次三番地想要拿起手机,跟李郁泽解释自己当初为什么失约,又为什么在失约之后,这么多年没有主动联系他。

可每当话到嘴边,贺知秋又咽了回去。

他不知道李郁泽还想不想听,也不知道现在再说这些事情,还有什么意义。

离开宿舍,贺知秋按照李郁泽发过来的地址,打了一辆车,来到了一处私密性很好的高级住宅区。出租车距离社区三公里外就停了下来,司机说那里禁止外来车辆入内,不能再往前开了。

贺知秋提着行李箱站在路边看了看,发现不远处有一个接送点,这里的接送点大多是给不会开车的老人和小孩准备的,长椅旁边有个按钮,如果需要用车的话,只要按一下,物业方就会安排接送的人过来帮忙。

贺知秋想了想,没有给李郁泽打电话,准备自己坐车过去。

眼下已经是一月中旬了,风凉得有些刺骨。

贺知秋围着一条米白色的围巾,掩着下巴,站在接送点安静地等着。这时,迎面走来一个人,脖子上挎着一台相机,手里面拎着一份盒饭。

看穿着打扮,应该是个记者。

那人同样打量了贺知秋一番,招呼道:"刚搬来的?"

贺知秋没出声,只是礼貌地点了点头。

"怪不得没见过你。"记者黑着眼圈打了个哈欠,又随意地蹲在长椅上,打开了那份早就凉透了的盒饭。

盒饭里面的青椒冻出了冰碴,肉丝也硬邦邦地支棱了起来,他随意扒拉了两口扔到一边,叹了口气。

贺知秋看了他几秒,斟酌道:"你是在这里工作吗?"

记者可能是憋坏了,听到有人搭腔,立刻打开了话匣子:"可不是嘛,我都在这儿蹲了五年!也不知道什么时候是个头!"

五年?

贺知秋想了想,看着他的相机问:"是在拍景观植物吗?"

"啊?"记者扭头看他,噗的一声笑出来,"我又不是花草协会的,拍什么植物啊?况且这大冬天的,草叶子都黄了。"

"那你……"

"拍李郁泽啊，你刚搬过来，不知道他住在这里吧？"

果然。

贺知秋没说不知道，而且故意躲开了他的话茬，整理了一下围巾，盖住了半张脸。

这个动作立刻让记者警觉起来，刚准备再问点什么，就见贺知秋目光闪躲，拖着行李箱急匆匆地走了，还越走越快，最后竟然跑了起来？

记者立刻拿起相机对着贺知秋的背影拍了几张照片，若有所思地拿起了电话。

贺知秋跑了将近二十分钟才停下脚步，这个距离已经看不到那个记者，贺知秋不知道自己刚刚的举动会不会让记者产生怀疑，从而觉得自己跟李郁泽有些关系。

贺知秋答应的时候没有考虑清楚，此时却觉得这个办法漏洞百出。贺知秋隐隐有些担忧，拿着房卡上了电梯，按下了李郁泽家里的门铃。

李郁泽似乎刚好站在门口，听到声音，立刻打开了房门。

他此时穿着一身居家服，看到贺知秋的样子明显一怔，问道："你怎么过来的？"

室内室外温差太大，贺知秋穿着厚厚的冬衣，站在走廊里脸色通红。由于刚刚跑得太快，额头上冒出了一层细细密密的汗珠，头顶还若隐若现地升起了一缕白色的热气。

李郁泽对着那白烟看了半响，随手拎过他的行李箱，让他先进门再说。

"不是跟你说，到了给我打电话？"李郁泽帮他把行李箱放在沙发旁边，又给他倒了一杯温水。

贺知秋踩着刚刚换上的拖鞋，急忙喝了几口，直到气息平稳了才说:"不算太远,我不想麻烦你。"

李郁泽明显沉默了一秒,又无所谓地点了点头,说:"那你没看到社区门口有接送的班车吗?"

贺知秋说:"看到了。"

"所以,你也不想麻烦班车?"贺知秋头顶的热气快要没了,李郁泽比他高了不少,抬手晃了晃,幼稚地把那股热气打散了。

贺知秋没注意,又喝了一口水,才把刚刚遇到记者的事情说了出来。

"也不知道他会不会怀疑我,如果能混淆一下他的视线就好了。"

李郁泽轻笑了一声:"没想到你还挺聪明的。"

"哪里,"贺知秋惯性地客气道,"既然答应帮你了,这些事情还是要多注意一些。"又微微蹙起眉,"但我觉得你这个方法还是有些不妥,毕竟……"

"贺知秋。"李郁泽似乎不关心这些问题,叫了一声他的名字。

贺知秋瞬间没了声,怔怔地看着李郁泽。

李郁泽说:"你决定帮我,是因为心怀愧疚吗?"

贺知秋立刻明白了他所说的愧疚是什么意思。

这算是他们两个第一次面对面地揭起十年前的事。贺知秋一时沉默了下来,握着水杯的手也攥得紧紧的。

贺知秋其实很想借着这个机会道歉,也想借着这个机会跟李郁泽解释清楚。

可想说的话在嘴里转了几圈,他却发现怎么都说不出口。贺知秋急得嘴角打战,"对不起"三个字还没说出来,就听李郁泽说:"如果不是,那从今天开始,我们重新认识一下吧。"

李郁泽的家里很大,四面环窗,采光极好。开放式的厨房里煮着刚磨好的咖啡,一股股浓郁的香气正顺着透明的玻璃楼梯飘到二层。

贺知秋没来得及参观他的房子，听他说完这句话，站在原地，久久没有出声。

李郁泽的提议其实很好，他们如果重新认识，就可以把以前的事情全部忘掉。

两个人以后住在同一个屋檐下，也不会因为曾经的事情而感到尴尬。

贺知秋考虑了很久，等到李郁泽提起他的行李箱迈上了二楼台阶，他才跑到李郁泽的面前，拦住人说："我们可以重新认识，但我还是想要为以前的事情跟你道歉。"

李郁泽没有阻止，静静地听着他说。

贺知秋的眼睛里有着千言万语，但说出来的，却是最简单的道歉，他说："李郁泽，对不起。当年我出了点意外，不是故意失约的。"

李郁泽没有其他反应，淡淡地嗯了一声，算是知道了。

贺知秋紧紧地攥着毛衣的一角，紧张地问道："那你，能不能原谅我？"

这次轮到李郁泽久久没有出声，他站在台阶上一动不动，面无表情地看着贺知秋。

时间一分一秒地过去，久到贺知秋的手渐渐松开，一颗提起来的心也跟着缓缓地往下坠。

也对，现在还谈什么原谅不原谅的？时隔这么多年的道歉，又有什么意义？

道理贺知秋都明白，可还是忍不住说了。

李郁泽没反应，可能是真的不想再提这件事了。

贺知秋刚想再次道歉，却发现始终没有表情的李郁泽突然冲他吐了下舌头，还做了个怪异的鬼脸。

贺知秋蒙了一下，双手又立刻攥了回去。

李郁泽看着他傻乎乎的样子笑了两声，说道："原谅你了。"

"真……真的吗?"

"当然是真的。"李郁泽提着行李箱绕开贺知秋,准备带人去房间看看。

"可我……我……"

"我什么我?"

"没,没什么。"贺知秋语无伦次,心里觉得开心,又有点说不上来的失落。

毕竟这件事情他记了十年。

毕竟那个时候,是他做错了事情。

可无论如何,能走到今天这一步,已经是他们之间最好的结局了。

贺知秋调整了一下情绪,追上李郁泽问:"那现在,我们还可以重新认识吗?"

李郁泽说:"可以。"

贺知秋立刻笑了笑,自我介绍道:"我叫贺知秋。"

"今年二十七岁。"

"从今天开始,我们算是朋友了吗?"

李郁泽没有回答这个问题,而是冲贺知秋神秘地眨了眨眼。

贺知秋单方面给他和李郁泽之间的事情画上了一个句点。

以后这件事他不会再提了。

至于李郁泽让他帮的这个忙,贺知秋虽然觉得长久不了,但还是心甘情愿地在帮李郁泽。

但贺知秋没想到的是,关于"李郁泽到底有没有结婚"这件事情的热度,竟然悄然无息地沉寂了下去。

就连门外那个蹲守了五年的记者,也跟着消失了。

贺知秋跟李郁泽讨论这个问题。

李郁泽坐在餐椅上说:"不清楚,可能是工作调动吧。"

无论是不是工作调动,人走了就是好事。

贺知秋今天要去试镜,吃过早饭匆匆地站了起来。

他们住的地方距离试镜的公司有点远,李郁泽等他吃完,拿着车钥匙说:"我送你。"

"不用了,"贺知秋说,"我查了路线,地铁和公交都挺方便的。"

李郁泽没跟他客气,等他把话说完,鞋已经换好了。

好吧。

贺知秋说了声谢谢,跟着李郁泽一起去了车库。

在贺知秋的印象里,正当红的明星应该是比较忙的,尤其像李郁泽这种,更应该忙得脚不沾地,一年三百六十五天都见不到人,就像他上个月那样,光外界知道的行程就有十几个,根本不会有什么私人空间。

可自从自己搬过来之后,李郁泽似乎又没那么忙了,将近一星期的时间都蹲在家里。

贺知秋出门的时候他在睡觉。

贺知秋在公司上完表演课回来的时候,他才刚下楼。

今天是个特例,昨晚得知贺知秋要去比较远的地方试镜,李郁泽专门起来送他。

贺知秋觉得过意不去,坐在副驾驶说:"其实真的不用麻烦你。"

早高峰堵车,李郁泽穿着一件宽松的圆领毛衣靠在椅背上等着红灯,听到贺知秋一直客套,扭头看了他一眼:"你不是也在帮我吗?算是礼尚往来。"

"可是……"

"没什么可是,刚好我也要去那边办点事,就当顺路吧。"

话说到这个程度上,贺知秋也不好再客气下去,又说了一声谢谢,才拿出来剧本翻了翻。

一路上,两个人谁都没有说话。

原本还算轻松的气氛越发地压抑起来。

贺知秋偷偷瞥了李郁泽两次,见他面上不显,但握着方向盘的手却频繁地敲了起来。

贺知秋记得,这是李郁泽的一个习惯,他每次在想事情的时候,手指都会不由自主地敲着桌面或是随手可及的某样东西。

频率越快,越说明这件事情让他觉得难办,以至于心情也会受到影响。

贺知秋不知道他这个习惯变了没有,也不知道是什么事情让他的心情突然变差。贺知秋想了想,放下剧本,跟他聊了起来。

"我最近看到卫晟的事情,好像也沉寂下去了。"

"嗯。"李郁泽的手指顿了一下,说道,"圈子里就是这样,很多话题来得快去得也快。"

贺知秋说:"但徐随哥说,这件事还是影响到了他的事业,我今天要去试的那部戏还是把他换掉了。"

李郁泽说:"这很正常,负面舆论如果达到一定程度,造成大众的情绪不满,很大可能会影响这部戏的收视率,投资方都是为了挣钱,怎么可能为了考虑他的事业冒这么大的风险?"

贺知秋似懂非懂地点了点头,问道:"难道真的是……有人故意在这个时候拉他下马吗?"

李郁泽:"嗯,既然有人能红,就肯定有人眼红,这些事情都很正常,你慢慢就懂了。"

"那你呢?"贺知秋问,"会有人故意害你吗?"

"当然。"李郁泽转着方向盘拐到下一个路口,看贺知秋一脸紧张兮兮的样子,心情不错地说,"我这么红又这么弱小,早就被有心人盯上了。"

说他红,贺知秋不反驳。

但说他弱小，贺知秋还是迟疑了一下。

"你那是什么表情？"李郁泽趁着前面没有车，瞥了贺知秋一眼。

贺知秋立刻收回略显质疑的表情，轻轻咳了一声说："那你准备怎么办？就这样一直等着吗？"

"你很着急吗？"李郁泽问。

贺知秋说："我不着急啊。"

"那以后的事情就以后再说，毕竟现在准备得再多，也不知道未来是什么情况。"李郁泽看了一眼导航，把车开进了一栋大厦的地下停车场，停稳了才慢悠悠地说。

他说得也对，贺知秋点了点头，下车了。

试镜的地方在这栋大厦的十八楼，李郁泽按下车窗问清贺知秋结束的时间，调转了一个方向，去了车库的另外一个区域。

他有一个朋友在这附近上班，提前打了电话，上了专用电梯。

圈子里能跟李郁泽说上话的人并不多，能跟他称得上朋友的也只有那么两三个。

高奎算是一个。

还有一个叫方昊川，博文娱乐的总经理。

方总接到李郁泽的电话直接把接下来的会议给推了，刚让秘书准备好咖啡，李郁泽就拿着车钥匙推门走了进来。

方昊川好长时间没见他，立刻放下手中的工作说："什么风把你吹来了？"

李郁泽跟他熟，没那么多客气的话，车钥匙随手放在沙发前的茶几上，说："送贺知秋去隔壁试镜。"

方昊川没听清，又随口问了一遍："送谁？"

李郁泽说："贺知秋。"

"谁？！"

"贺知秋。"

方昊川西装革履，来到李郁泽面前，苦口婆心地说："贺知秋不是在小县城结婚不回来了吗？你什么时候见到人的？"

李郁泽冷漠地瞥了方昊川一眼，坐在沙发上喝了口咖啡，说："贺知秋没有结婚。"

"什么？"方昊川一愣，坐在他对面问，"离婚了？"

李郁泽说："从来就没有结过婚。"

方昊川说："怎么可能？你当时不是看见……"

李郁泽说："我当时确实看到了贺知秋跟一个女人谈论结婚的事情。但具体为什么没结，我也不清楚。"

"那你问他啊。"

"不问。"

"为什么不问？"

"问那么多干什么？他回来了不就可以了吗？"李郁泽强行避开这个话题，神情有些不自在。

要说高奎和李郁泽是上大学之后才认识的，那方昊川和李郁泽就是从小一起长大的好朋友。

当然，好朋友这个称谓是方总自居的，毕竟李郁泽从小就不喜欢那些为了利益，受到大人指使讨好他的小孩。

方总能够入选李郁泽的好友名单，主要是因为他爸妈比较傻，抱着一个祖传的娱乐公司就不想再往上爬了。

至于李郁泽能跟他一起玩，也是看上了这一点。

所以说，这人从小就会挑朋友，一点都不纯真。

方昊川经常会想，像李郁泽心眼这么多的人，到底会不会无条件地纯粹地把一个人当知心好友？

后来，那个人就真的出现了，叫贺知秋。

虽然他们正式相遇的时候有些好笑，但分离的时候也确实让人伤心。

"想什么呢？"李郁泽见方昊川一直没出声，放下咖啡问他。

"没，"方昊川笑着说，"突然提起贺知秋，就想起了你们刚认识的时候。"

李郁泽表情一顿，片刻后，也轻轻地笑了出来。

那时李郁泽刚刚转学，因为长相和学习成绩拔尖，被传得神乎其神。

什么天才转学生，不用看书就能挤掉年级第一。

什么运动健将，篮球水平登峰造极，已经达到了国际水准。

再加上他独来独往，不喜欢主动结交朋友，更让当时正处在青春期的同学们觉得他异常神秘。

渐渐地，李郁泽对外的形象就基本成型了。

上课只要稍微看会儿书，就会引来全班同学探究的目光。

打篮球时稍微崴个脚，就会让所有围观群众觉得某国际篮球组织的天快黑了。

于是，李郁泽就不学了，篮球也不打了。每天戴着耳机趴在桌子上睡觉，但成绩依旧非常好。

正处在十六七岁的少年，哪个不喜欢被人夸奖？即便他是李郁泽，每天走在校园里被人投来崇拜的目光，也会偷偷得意。

所以他也没解释，就是放学之后多受了点罪，每天熬夜学习到一两点，生怕模拟考的时候掉个一两分，天才人设就崩塌了。

那天周末。

李郁泽请了家教在家里补习，方昊川也来了，跟着一起旁听，但他没有李郁泽的耐心，学着学着就开始走神，想要吃东西。由于李郁泽在校外买的房子没请保姆,方昊川只能问他要吃什么,随便点了几份外卖。

好巧不巧,那个过来送外卖的人,正好是节假日到处打工的贺知秋。

贺知秋穿着一身灰蓝色的工作服,头上戴着一顶同色系的鸭舌帽。由于方昊川点得太多,一个人提不了,就让贺知秋帮忙送进门来。

当时的场面确实有些尴尬。

李郁泽正在咬着笔头苦思冥想。

贺知秋虽然没说话,但嘴巴变成了"O"形,一副原来如此的样子。

贺知秋放下外卖想走,却被李郁泽冷酷地叫住了。

"提个要求吧。"

"怎么样才能让你保守住这个秘密?"

贺知秋沉默了几秒,突然咧开嘴从兜里掏出了一张名片,递给李郁泽:"如果你以后都在我家点外卖,我就不告诉任何人,你其实不是一个天才。"

方昊川现在想起李郁泽一脸吃瘪的表情,还是会忍不住拍手大笑。在那之后,很长一段时间,他们吃的都是贺知秋送来的外卖。理所当然,贺知秋跟李郁泽也越走越近。

只是后来,贺知秋不见了。

方昊川问李郁泽他们是怎么重逢的,又问李郁泽,现在的贺知秋变成了什么样。

李郁泽开始说没变,过了几秒又说变了。

变得跟他生疏了,也变得跟他客气了。

变得不再叽叽喳喳地跟他讨论如何表演,变得成熟了很多,也内敛了很多。

毕竟没有任何一个人在经历那么大的变故之后，还能像年少时那般无忧无虑。

"对了，"李郁泽说，"我今天过来是想问你一件事。"

方昊川说："什么事？"

李郁泽说："《平沙》那部戏的制片方有没有找过你？"

"《平沙》？"方昊川说，"有啊，他们不是把卫晟换了嘛，前几天给我打电话想联系高奎，但是让我推了。"

"为什么推掉？"

方昊川说："高奎已经连轴转了半年多了，上个月就跟我说眼下这部戏结束了要休息一段时间，就算我让他接，他也不会接的。"

李郁泽说："但这部戏的剧本确实不错。"

方昊川审视了他半晌："能听到你夸一个剧本不错，还真是不容易啊。"

"难不成是你想去拍？"方昊川猛地醒悟过来，"贺知秋去试的那部戏，不会就是《平沙》吧？"

李郁泽说是，但又说："不是我想拍，你知道我不喜欢接这种周期很长的工作。"

"那是？"哪怕从小一起长大，方昊川还是摸不透李郁泽在想什么。

李郁泽看了眼时间，贺知秋那边快结束了，于是起身拍了拍方总的肩膀："我劝你还是让高奎接下这部戏，你如果帮他推了，就是帮他推了一个视帝。"

"但是……"

"你不相信高奎会因为这部戏获奖？"

"当然不是，"方昊川说，"高奎的实力我当然相信，但我不相信你会突然这么好心。"

他狐疑地看着李郁泽："不会是因为贺知秋有可能要加入这

部戏的拍摄,所以你想让高奎参演,帮忙照顾吧?"

李郁泽拿着车钥匙出门,临走前说:"那我何不自己去演?

"我真的只是为了高奎好。"

第四章　生日

贺知秋从十八楼下来的时候，李郁泽刚好把车停在他的身边。

等他上车系好安全带，李郁泽问了句："怎么样？"

贺知秋说还没出结果，如果初试通过的话，过几天还要再来进行第二次试镜。

《平沙》这部戏正如李郁泽所说的，剧本内容确实不错，权谋正剧，也难得在配角上用新人。

虽然高奎是否出演男主这事还没定下来，但是制片方已经放出了风声，有意请他参演。

不管是不是欺骗粉丝，反正吸引了一拨圈内的新人，导致配角方面初次选角就挤破了头，光是递资料的演员就有上千个。

今天过来试镜的不多，其他的还要分批次过来，说是海选也不为过。

贺知秋对自己的表现不能说完全满意，但至少没有紧张。他试了两个角色，一个有点把握，另外一个完全没有。

但没有把握的那个角色他却很想尝试一下。

虽然是一个心机深沉的反面人物，却有很多情绪上的表演，对他个人来讲，是一次很好的学习机会。徐随当时让他根据自己的喜好在众多配角里挑选一个作为备选，他第一时间就选择了这个角色。

但徐随看了看，还是推荐他重点准备三号配角。

一是这个角色的戏份很多，在这种"长篇巨制"的年度戏里面刷脸，绝对是吸粉的最好时机。

二是这个角色的人物性格讨喜，跟他之前出演的那部自制剧的苦情角色相比，高下立判。

而且对于一个新人来讲，并不是非常推荐一上来就出演反面角色。

演得出彩就不说了。

万一没演好呢？

毕竟第一印象尤为重要，虽然很多人都在说角色表演不上升演员本身，但总是有那么几个拎不清的，直接把演员本人代入到角色当中，从而形成刻板印象。在没有更加优秀的作品出现之前，这种不好的印象是很难转换过来的。

再加上，如今的网络环境很差，如果这个新人的心理素质不佳，那基本上就断送前程了。

徐随把这中间的利害关系说得清清楚楚，更明确地表示，他既然签了贺知秋，就是希望贺知秋能红。

毕竟红了才能更好地实现自己的演员梦想，红了才能接到更多想要演的角色。

名利双收才是他们的最终目的，不然光凭梦想，吃喝都顾不上了，还谈什么表演？

徐随这话虽然现实，但贺知秋知道他是为了自己，前段时间也非常积极地准备三号配角的试镜。

试镜结束后，贺知秋空等了两天没有消息，还以为这次黄了。谁知第三天傍晚，贺知秋接到了徐随的来电，通知他准备第二次试镜。

要试的角色不是三号配角，而是那个没有任何把握的小反派。

一时之间，贺知秋也说不清到底是得偿所愿，还是事与愿违。

徐随斟酌了一下没给贺知秋推掉。

毕竟能在这部戏里面得到第二次试镜的机会非常难得。

如果贺知秋真的能演好，那他之前所有的顾虑也不足为惧了。

晚上九点半。

贺知秋下了表演课，从公司里走出来，先去马路对面的饭店打包了两个菜，又赶着最后一趟公交车回到了李郁泽的家。

家里黑漆漆的，没什么动静，贺知秋换了拖鞋，打开客厅的灯，站在楼梯口歪着脖子往上看了看。

二楼的小夜灯亮着，李郁泽应该还在睡觉。

只是不清楚他这个时间睡的是什么时候的觉？不早不晚的。

贺知秋上楼敲了敲门。回到厨房把打包回来的饭菜倒在盘子里，放进微波炉加热，又随手打开冰箱看了看，里面整整齐齐地摆放着两层泡面。

按照惯例，这些泡面每天都会少一包。今天的那包已经没了，用过的泡面碗直接丢进了洗碗机。

在贺知秋的印象里，李郁泽一直热衷于各种快餐食品，并不是他对于吃不讲究，而是他不会做，又不想别人去家里做。

上学的时候尤其严重，基本每天都要点外卖，贺知秋跟他不熟的时候还给他拿普通的餐盒装，后来熟悉了，都是给他用自己家消过毒的碗筷，这样多少卫生一些。

后来他点的次数越来越多，贺知秋就连碗一起送给他了。

这次重逢，贺知秋以为他变了。

至少刚进他家门的时候，满屋子都飘着浓郁的咖啡香。

贺知秋还以为多年不见，李郁泽会做饭了，却没想住了一天之后才发现，他就只会煮个黑咖啡，冰箱里居然连个多余的鸡蛋都没有？

贺知秋前几天下课比较早，抽空跟李郁泽去了一趟社区超市。

两个人一人推了一个购物车。

贺知秋的车里放着一些日用品，还有一些简单的蔬菜。

李郁泽逛了一圈什么都没买，最后推来了满满一车海鲜味泡面，算是彻底结束了购物。

贺知秋拿他没办法，也不知道该说点什么，想要亲自帮他改善一下伙食，工作时间又不允许。毕竟每天起来得太早，中午又赶不回来，只有晚上能帮他打包几个过油的菜。

但到家的时间太晚了，晚饭也变成了夜宵。

贺知秋问李郁泽，除了泡面，你平时还吃什么？

李郁泽理所当然地说，吃剧组盒饭。

好吧，剧组给他准备的盒饭，应该跟自己吃的那种不太一样吧？贺知秋站在厨房想。

叮的一声，饭菜热好了，贺知秋戴着手套把盘子取出来，端到餐桌上，又走到楼梯口叫了一声李郁泽的名字，才拿着剧本去了客厅。

五分钟之后，李郁泽顶着一脑袋凌乱的头发从楼上走了下来，先去厨房漱了个口，又拿起筷子坐在餐椅上开始吃饭。

由于厨房和餐厅都是开放式的，贺知秋坐在客厅，偶尔能听到筷子触碰碗底的声音。

贺知秋扭过头让李郁泽吃完饭把餐具放在桌子上，等自己忙完了再洗。毕竟两三个碗而已，犯不着再开一次洗碗机。

李郁泽随口应着，吃完之后，依旧把碗扔进了洗碗机。

"你在看什么？"李郁泽看着洗碗机完成工作，走过来问。

贺知秋正在研读剧本，看了半天没有一点进展："我收到了《平沙》的第二次试镜邀约，但并不是我之前准备的角色。"

他把具体的事情跟李郁泽说了说，又苦恼道："如果这个时候能有人跟我搭一下戏就好了。这里有一个地方，我总是拿不准该怎么演。"

李郁泽在他对面静坐了五分钟，见他一副沉浸在剧本里的架势，拿出手机搜了搜自己的名字，递给了他。

贺知秋不明所以，看着手机。

手机屏上面显示着李郁泽的个人资料，包括出生年月日及出道之后出演的各种影片,还有一条条含金量惊人的获奖纪录。

李郁泽说:"我不配跟你搭戏吗?"

贺知秋一下子明白了他的意思,忙说:"不是不是,我不是这个意思。"

"主要现在快十二点了,我怕影响你休息。"贺知秋说那句话的时候确实没想太多,一心想着如何能够表现出角色的最佳情绪,可能连自己说了什么都不清楚。

李郁泽阴阳怪气地哦了一声,又自嘲道:"原来我在你的眼里,仅是一只能吃会睡的猪吗?"

贺知秋眨了眨眼,立刻放下剧本摆了摆手。

"那我为什么不能跟你搭戏?"李郁泽说,"你看不起我?"

有些人就是喜欢把话说得这么严重。

以至于贺知秋都没法接,更别提再跟他客气的事了。

李郁泽看起来精神挺好,估计是白天睡多了,这会儿成了夜猫子。

他不去睡觉,贺知秋也不可能强行让他上楼,想了想,只好把剧本递给他,让他帮忙看看。

说到演戏这件事情,在高中时期李郁泽就帮了贺知秋很多,选角的时候也是跟李郁泽搭戏,他还帮忙找了一个老师,教了贺知秋一些简单的表演技巧。

只是贺知秋错过了那次机会,也浪费了李郁泽那么多的时间。

如今事过境迁,两个人再次因为同一件事坐在一起,感觉已经完全不一样了。

李郁泽随意看了眼剧本就还给贺知秋了,问:"试哪段?"

贺知秋指给他看,说:"这里。"

这里是小反派彻底黑化前的最后一场戏,刺杀了对自己有过知遇之恩的大将军。

之后的剧情随着大将军的死展开,引发了一系列的朝堂纷争。

角色本身的戏份不多，但有几场戏让人印象深刻。人物前期也不是单纯地为了作恶而作恶，而是经历了悲惨的过去，从而成了一个悲惨的人。

但可怜之人必定有可恨之处，在深渊拼了命往上爬的过程，必定会伤害到许许多多无辜的人。站在这个反派的角度去想，他是为了活着。可站在无辜路人的角度去想，他确实该死。

整个角色本身非常矛盾，一直持续到中后期，编剧给了他一个是否保留人性的选择。

但很显然，为了推动剧情的发展，他选择成了一个彻头彻尾的坏人。

也就在那一刻，这个角色的内心发生了彻头彻尾的转变。前期为他铺垫的所有不得已，在他的眼中也全都成了笑话。

贺知秋最拿不准的地方，是在反派刺杀将军之后的情绪转变。

贺知秋跟李郁泽在客厅把这段戏试了好几遍，一直没能找到正确的感觉。

"我觉得你可以在这个地方，掉两滴眼泪。"李郁泽拿过剧本，翻到了下一页。

两个人面对面站着，贺知秋离他有点远，为了看清他说的是哪段，走过去问："哪里？"

李郁泽说："在你的剑刺入将军身体之后。"

贺知秋说："是因为刺杀了将军，心里有愧吗？"

李郁泽摇头："你觉得这个角色走到眼前这一步，还会觉得愧疚吗？"

贺知秋说："但是将军对反派的意义不一样。将军救过反派，反派如果杀了将军，心里肯定还是会觉得愧疚。"

"那是你觉得，而不是他觉得。"

李郁泽认真地说："你一直都在以你的角度代替他思考问题，而不是站在他的角度思考问题。"

贺知秋说:"那他……是怎么想的?"

李郁泽说:"杀都杀了,还内疚什么?这个角色就是要杀伐果断些,才能体现出最后一点魅力。"

贺知秋不懂:"那为什么还要掉眼泪?"

"眼泪并不是为将军而流的,而是为过去的自己而流,算是一场告别、一次新生,"李郁泽说,"将军对他的恩情和管束,对他来讲无疑是最大的绊脚石,当他在铲除掉这块绊脚石之后,代入他的情感,你觉得他应该是一个怎么样的表现?"

贺知秋看着剧本想了想,十几秒后猛地抬头,兴奋地说:"狂喜?"

"对,所以你要笑着去哭,"李郁泽赞许地说,"忏悔、内疚这种情绪,绝对不要出现在这个角色的身上,因为在决定杀掉将军的那一刻,他已经是一个完全的恶人了。"

李郁泽垂着一双漂亮的眼睛,问贺知秋:"还有哪场要试?"

贺知秋说:"没有了。"

他不动声色地往后退了半步。

李郁泽瞥了他一眼,没说什么,把剧本放在沙发上,看了眼时间。

已经凌晨三点了。

李郁泽打了个哈欠,跟贺知秋说声"睡了",转身上楼。

贺知秋趁着他回房之前又说声:"谢谢。"

李郁泽没回头,轻笑着说:"我帮了你这么大的忙,一句谢谢也太敷衍了吧?"

第二天一早,贺知秋直接去试镜了。

这次徐随跟他一起,在车上问他:"准备得怎么样?"

贺知秋说:"还好,应该有百分之八十的把握。"

"嚯,"徐随说,"这么高?"

贺知秋说:"碰到了一个很好的老师,指点了我一下。"

"哪个老师?陈老师还是李老师?"公司的表演老师一个姓李一个姓陈,徐随理所当然想到了他们两位。

贺知秋也没瞒他,弯着眼睛说:"是李老师。"

而此时,为人师表的李老师还没起床。

床头的手机从半个小时前就丁零零地响个不停。

李郁泽睁着眼睛没接,先下床洗了个脸,又拿起牙刷挤了点牙膏,一边刷牙一边走了出来。

手机歇了几秒又响了起来,李郁泽依旧没接,而是叼着牙刷,拿起了一个小相框。

相框里面有一张照片,看颜色已经有些年头了。

这张照片高奎见过,正是李郁泽跟贺知秋的合影。

这么多年他始终把这张合照放在家里。

可眼下他却对着照片上的贺知秋猛弹了两下,嘴里还叽哩咕噜地说了一连串谢谢。

弹完又把相框放回原位,回到浴室漱了漱口,接通了电话。

电话是孟林打来的,等了几秒他才小心翼翼地说:"哥,吵到你睡觉了吗?"

李郁泽说:"废话,对着你的耳朵吵半个小时试试?"

孟林虚心狡辩:"那你快点接,不就不吵了吗?"

李郁泽:"说什么?"

"没没没,没什么,"孟林不敢再重复一遍,赶紧转移话题,"哥,咱们休息快两周了,准备什么时候开工啊?"

"看情况吧。"李郁泽要下楼煮个咖啡,穿着拖鞋出了卧室。

"看情……"孟林为难地说,"哥,别看情况了吧?琼姐说最近有个本子找你,要不你来公司一趟吧?"

李郁泽随口应了一声,刚把咖啡豆翻出来,就发现橱台上面放着一个不知道从哪儿来的保温砂锅,保温灯还亮着。

他打开看了看,砂锅里煮着香喷喷的鱼片粥。

冰箱的冷冻仓里也多了半条新鲜的鱼。

李郁泽怔了怔,没等孟林说完就挂了电话,打开了记录门锁安全的电子软件。

门锁软件可以显示每天的开门次数,甚至几分几秒都记得清清楚楚。

凌晨三点半的时候门开了一次。

凌晨四点半的时候,门又开了一次。

这个家一共住了两个人,很显然是贺知秋趁着那会儿空闲,出去买了砂锅和鱼。

但不知道他是去哪儿买的,社区超市也不是二十四小时营业。

李郁泽盯着那锅久违的鱼片粥看了好一会儿,拿起勺子盛了一碗,自言自语地说:"好吧。我错了,刚刚不该那么用力地弹你。"

收到《平沙》剧组第二次试镜邀请的人并不多。

最热门的配角只有四五个人,小反派更是少之又少,仅有两个人。

除了贺知秋,另外一个好像还是被迫来的,在走廊里走来走去,一直说着不想接。

"我到底哪里长得像反派?而且,这种角色出来以后肯定会被骂死,前前后后都是他挑的事,戏份不多,人设又不讨喜!我不想在这种角色身上浪费时间!"

他声音不小,整整一个楼层的人都听到了。

这里除了前来试镜的演员,还有很多工作人员。他的助理围着他转了几圈想要让他把电话挂掉,可他非但不挂,声音还越来越大。

贺知秋在他的语气当中听不出多大的怒火,反而有些肆无忌惮的骄纵。贺知秋心想，电话对面应该不是他的上司，可能是朋友或者家属。

可徐随却立刻否定了贺知秋的猜想，一边抽着烟一边嗤笑着说："估计又是哪家的关系户，这么无法无天。"

徐随瞧他一副没见过世面的样子，觉得好笑，说道："这种事情在圈内非常正常，毕竟这是除了努力之外，获取资源最快捷的一种方法。"徐随看着贺知秋这段时间熬出来的黑眼圈，说道，"你觉得这公平吗？"

贺知秋收回目光，想了想说："我觉得无所谓。"

"嗯？"这话倒是头一次听说，徐随问道，"为什么？"

贺知秋说："有些人觉得出道走红比较重要，有些人却觉得自立自强比较重要。每个人的想法不同，所珍视的东西也不一样。如果说他是因为走特殊途径而获得了相对的利益，而其他人没有做到这一点，或是为了某种坚持不去做这种事，就不能跟他进行比较。"

徐随说："怎么讲？"

贺知秋说："因为大家选择的路不同，所坚守的底线也不尽相同。既然都不在同一条路了，又怎么谈论公不公平？我们这群人，唯一能比较的地方，可能就是等一部戏出来以后，演技的好坏。毕竟，这才是这个圈子里最重要的东西吧？"

徐随再次打量了一遍贺知秋，说道："你倒是看得挺透彻的。"

贺知秋摇摇头："这也只是我个人的想法，不能算透彻。"

这时，对面的房门开了，工作人员喊了一声贺知秋的名字，让他进去试镜。

徐随对他说了一声"加油"，坐在椅子上点了支烟继续等着。

这次试镜的时间比较长，用了将近一个半小时。

贺知秋出来的时候，徐随身上的烟都抽完了，问他："怎么样？"

贺知秋说："还要等消息。"

毕竟刚刚在走廊上打电话的那个人还没有进去。

徐随说："如果对方通过关系把这个角色拿下来了怎么办？"

贺知秋说："那只能算我没有本事，做不到他那一步。"

"行，"徐随爽朗地笑了几声，拍了拍贺知秋的肩膀说，"那就回去等结果吧，真没选上也别气馁，好本子多得是，咱们慢慢碰。"

眼看到了中午，徐随准备带贺知秋先去吃个午饭再回公司。

刚下车库，就看到一辆黑色的城市越野挡在他的车屁股后面。

徐随过去敲了敲对方的车窗，想让他挪开一点。

等了几秒，对方按下窗户，露出了一张熟悉的脸。

"李……郁泽？！"

徐随迟疑了半天才把这个名字说完。怎么都没想到，会在这个地方碰到他。

李郁泽勾嘴一笑，挺有礼貌地叫了一声："徐随哥。"

这声"哥"叫得徐随差点没撞车门上，毕竟他认识李郁泽不奇怪，但要说李郁泽认识他，那还真是奇了怪！

虽说徐随在圈子混了许多年，大大小小也培养了不少明星，但从来没跟李郁泽有过任何接触。就算李郁泽听过他的名字，也不可能一上来就管他叫哥，他哪当得起李郁泽的哥？他还真没有那个本事。

而且李郁泽此时一副和善的样子，也跟传闻中很不一样。

一时间，搞得徐随都不知道是先应了这声"哥"，还是先跟他握握手。

徐随正犹豫着，李郁泽又说："去吃饭吗？"

"对，"徐随说，"正准备去。"

李郁泽说:"那一起吧。"

一起?为什么一起?

徐随还没想明白,就见李郁泽看了一眼贺知秋,极为自然地说:"让咱哥上车。"

咱哥?

徐随耳中轰隆一声,机械地扭了个头,惊讶地看着贺知秋。

贺知秋也没想到李郁泽会来,只好无奈地笑了笑,说:"那徐随哥,咱们跟他一起吧。"

直到抵达李郁泽订的饭店,徐随依旧没回过神来。

他想起前几天贺知秋突然搬离宿舍,说是要去朋友那儿住。

原本他以为贺知秋口中的朋友是陶央,怎么都没想到这个朋友竟然会是李郁泽。

徐随想问清楚,可每一次都被李郁泽巧妙地引开了话题,聊起了别的,聊的还都是徐随非常感兴趣的事情。比如他这些年重心转移到制作方面,李郁泽就跟他聊电影投资,而且一击即中,精准无比,句句说到他的心坎上。

还越说越深,就连某些大型制作公司的基本运营结构他都能说出个一二三。

徐随一瞬间就有了相见恨晚的感觉,怎么都没想到李郁泽这么健谈,完全打破了他心中那个沉默寡言的冷酷形象。

吃完饭徐随还不想走,李郁泽瞥了贺知秋一眼,提议去包间的沙发上坐着。

徐随自然乐意,就是苦了贺知秋,根本听不懂他们在说什么。

即便有些能懂,也是一知半解。

再加上最近忙着准备试镜,昨晚又一宿没睡,贺知秋听着听着就闭上了眼睛,睡着了。

"嘘。"

徐随刚喝了一口茶,就见李郁泽把手指竖在嘴边,轻声说:"徐哥，我们下次再聊吧。"

"好。"徐随被他谦逊有礼的态度灌得五迷三道，简直快要到了他说什么就是什么的地步。

"那等他睡醒我就带他回家，"李郁泽说，"他这几天准备试镜也辛苦了，我帮他请个假，不过分吧？"

"不过分，不过分，"徐随说，"本来我也是想让他今天下午休息的。"

李郁泽说了声谢谢。

徐随这会儿算是回过神来了，问道："你跟知秋，到底是什么关系？"

李郁泽说："我们是多年的好友。"

如果仔细琢磨一下，徐随就会发现很多问题。

但他不是好事闲人，也没有那么多时间去扒拉这种事情。

除了觉得挺惊讶的，就是想着如何规划贺知秋的未来发展。

毕竟贺知秋的身后突然多了一个李郁泽。他再怎么规划，都不如李郁泽在后面推一把。

他把这个问题跟李郁泽说了，但李郁泽并不想插手贺知秋事业上的事。

"他是一个完全独立的个体，有能力有天分，也肯努力。

"哪怕他跟我进了同一个圈子，也不需要依附我来获取成功。

"我除了能以一个过来人的身份教他一些表演技巧，其他的什么都做不了。

"况且他现在是您公司的艺人，您想要怎么安排他的工作，都是您说了算。我不会插手。"

徐随回想着李郁泽刚刚说过的话，算是吃下了一颗定心丸。贺知秋有这么大一个靠山，如果凡事都要插手，那他的工作就很难办。

当天下午。

《平沙》剧组打来电话，通知贺知秋的试镜通过了，后天九点准时进组。

先前网络上吵得沸沸扬扬的"换男主事件"也终于有了结果。

官方正式宣布，由高奎顶替卫晟成为本剧的男一号，女一号则是由近几年风头正盛的女演员郑梓珂出演。

高奎能接下这部戏，不能说完全跟李郁泽有关，但也少不了他从旁煽风点火。

毕竟这个圈子获得影帝头衔的人很多，获得视帝头衔的人也不少。

但既是影帝又是视帝的演员，放眼望去，整个娱乐圈也数不出几个。

一定要说有，也都是一些德高望重的老艺术家。

高奎还不到三十岁。

这么一大块肉扔到他面前，说他不馋？那是不可能的。

毕竟谁嫌奖多啊？所以就算再辛苦，他也得试一试。

只是没想到进组之后能碰到贺知秋，他还觉得两人挺有缘分，约他有时间一起吃饭。

进入《平沙》剧组，对贺知秋来讲是一种全新的体验。相比之前网剧的敷衍，这里无论是服饰细节还是场内布景，全都精益求精。

各位演员的敬业程度就更不用说了，哪怕是个小小的杂役，在镜头拍不到的地方也依旧全神贯注。

值得一提的是导演，出了名的严厉、苛刻。

除了高奎能跟他搭上两句话，其他人从他面前经过，连口大气都不敢出。

虽然导演各方面都很严格，但贺知秋却很享受在这样的氛围里进行拍摄。哪怕他戏份不多，经验不足，经常被导演训，也没有打消积极性,每天开开心心地"偷学"高奎的表演技巧。

李郁泽也在贺知秋进组之后,开始了新的工作。行程对外保密,不知道飞到了什么地方。

不过他偶尔会给贺知秋发信息。

一会儿问鱼片粥怎么煮,一会儿又问保温砂锅怎么用。

保温砂锅?

贺知秋刚收工不久,这会儿正坐在酒店的床上看剧本,收到短信看了看,回复道:什么样子的保温砂锅?

李郁泽说:家里那个。

贺知秋眨眨眼:你的工作结束了吗?

李郁泽:没有。

贺知秋:那问砂锅干吗?

李郁泽:我带到片场了。

贺知秋:……

李郁泽:你也知道剧组的盒饭有多难吃,我最近胃不太好,就让孟林把砂锅带来了。

贺知秋立刻问:你的胃怎么了?

李郁泽遮遮掩掩地说:也没什么。

贺知秋有点着急:到底怎么了?是吃坏东西了吗?

李郁泽说:没事,你只要告诉我这个锅怎么用就行了。

说完发过来一张照片,照片上面是一个白色的小砂锅。

砂锅上面还有一个触摸屏,分别显示着煲汤、煲粥、预约、保温等一系列便捷功能。

贺知秋大概看了看,发现启动灯没有亮,告诉他要插电源。

两分钟后,李郁泽又发过来一张照片,告诉贺知秋插好了。

但启动灯依旧没亮。

贺知秋研究了一会儿,对他说:现在方便接视频吗?我帮你看一看。

等李郁泽说了方便，贺知秋才拨打视频过去。

李郁泽立刻接通，露出一张满是愁容的脸。

"会不会是坏了？"他问。

"应该不会吧？"贺知秋说，"我只用过一次，你看看是不是后面的电源没插好？只要触屏上面的灯亮了，就没问题。"

李郁泽应了一声，手机画面也随着他去调整电源的动作晃来晃去。

半晌，砂锅的启动灯还是没有亮起来。

"难道真的坏了？"贺知秋有点不相信。

李郁泽说："你在哪里买的？"

贺知秋说："在一个农贸市场，那边开门比较早，我那天去买鱼的时候，刚好有一家杂货店开门了，就顺便买了这个锅。"想了想，又说，"可能真的是质量问题吧，那要不然你先别用了，胃疼的话可以吃一点……"

"下次不要那么早去买鱼了。"

"啊？"

李郁泽又把镜头对准自己，看着贺知秋说："我没想让你用这种方式感谢我。"

他说得很认真，贺知秋一时愣神了。

"是我，想用这种方式回报你。"

"那下次不要这样了，"李郁泽说，"就算想要帮我煮粥，也要等天亮之后再去买材料。"

贺知秋说了声："好。"

李郁泽不声不响地抛弃了砂锅，极为自然地换了个话题，问道："剧组的生活怎么样？"

"挺好的，导演很厉……"贺知秋话没说完，就听对面传来一声巨大的开门声，紧接着有人急匆匆地跑过来，兴奋地喊："哥！

哥！我找到原因了，我知道那个砂锅为什么不能用了！"

李郁泽脸色一变，一双眼睛瞬间结上冰碴，阴森森地往后瞥了一眼，挂断了视频。

孟林手上举着一块电路板兴冲冲地跑进来，看到李郁泽恐怖的表情又蔫蔫地退了出去。

贺知秋捧着手机没弄明白怎么回事，等了一会儿，发了条短信问道：砂锅能用了吗？

十分钟后，李郁泽才回了句：能用了。

贺知秋还是有些担心他的胃，怕他自己做不好，越吃越疼就糟了，于是把鱼片粥的做法又详细地说了一遍才放下手机。

这会儿窗外正下着雪，室内的温度又低了几度。

贺知秋走到房间门口把空调的温度调高，又看了一眼桌子上的日历，二月上旬已经快过完了。

《平沙》的拍摄周期很长，不少演员都要在剧组待上四五个月，工作人员待得更久，将近八个月的时间，还要往返各个地方拍摄取景。

再加上演员这种职业本身就没有节假日可言，所以春节那天，能回家的也就没有几个了。

导演平时看着严厉，过节那天却很随和，不仅豪气地请剧组的所有人员一起去饭店吃了顿火锅，还难得说了几句场面话，夸了夸平时被他骂惨了的各位演员。

说到贺知秋的时候还跟他碰了杯酒，导演语重心长地说："好好演，以后有出息。"

贺知秋感激地笑了笑，喝完了整整一杯。

他酒量一般，红酒还能喝几口，但跟导演喝的是白酒，就让他有些招架不住了。

饭店里吵吵闹闹的几乎都是剧组的人，贺知秋坐在人堆里，一会儿傻乎乎地跟着大家笑,一会儿又安安静静地看着煮沸的火锅发呆。

不知道过了多久,耳朵里传来了一声声欢乐的倒数。贺知秋扭头看了一眼窗外的烟花,踩着午夜的钟声,给李郁泽发了一条新年快乐的信息。

几秒钟后,李郁泽也回了他一条:新年快乐。

如果说美好的时光是短暂的,那导演稍纵即逝的笑脸,就让这份短暂来得更加真实。

第二天,大年初一。

当所有人还沉浸在昨天的酒局中时,导演已经拿着剧本板着脸,进入了工作状态。

今天这场戏是在男主家里拍的,制作组大气,直接租了当地最著名的园林景点,充当男主角的宅邸。就是此时冰天雪地的,有点萧条,只能拍一些室内的场景。

高奎裹着一件黑色羽绒服坐在一扇小窄门的门口,手里抱着一个暖炉,旁边还放着一个取暖器。

见贺知秋从远处走过来,高奎便冲他招了招手,让他过来坐。

难得今天有他们两个的对手戏,贺知秋也想趁着这个机会,向高奎请教一些表演上的技巧。

高奎倒是知无不言,说着说着还顺手递给他一把瓜子,问他吃不吃。

贺知秋说不要。

高奎伸了个懒腰也不吃了,然后跟助理要了一杯解酒茶,漱了漱口。

他昨天没少喝,今天还没缓过来,就被迫开工了。

所以他满腹怨言,唠叨着:"牧导就是不会体谅群众的辛苦甘甜,大年初一休息一天怎么了?你看看这一个个没精打采的,不废他几百条镜头,他就不知道什么叫劳逸结合。"

贺知秋一边听着高奎吐槽,一边看了看周围的工作人员。

确实,大家的状态都不怎么样。

不少演员裹着厚厚的冬衣坐在取暖器旁闭目养神。

平时风风火火的工作人员,说起话来也都有气无力。

除了镜头前的女主角还算有点精神,结果一条拍完,她赶紧揉揉了后颈,眯着眼睛打了个哈欠。

"宿醉,"高奎说,"这就是宿醉。"

"昨天每个人都跟他喝了那么多酒,他倒是千杯不醉,都不考虑一下别人的酒量如何。"高奎问贺知秋,"你怎么样,早上起来头疼不疼?"

贺知秋说:"有一点。"

他喝得少,所以不太严重。

"对嘛,"高奎说,"这个圈子里,除了李郁泽能跟这老头碰几杯,根本没有别人能喝过他。"

听到李郁泽的名字,贺知秋明显一怔,问道:"李郁泽酒量很好吗?"

高奎说是,但一口解酒茶下肚,似乎又想起了一件事,立刻说:"不过偶尔也会喝醉。"

贺知秋的关注点倒是没放在这个上面,而是问道:"那他的胃不好,是因为喝酒引起的吗?"

高奎眨了眨眼,也不知道李郁泽跟贺知秋现在怎么样了,他工作忙起来没日没夜,实在没有多余的时间去关心这件事。

不过贺知秋既然问了起来,他还是把自己知道的说了。

"这几年应该还好,但前几年确实很糟,尤其是大学刚毕业的时候,亲耳听到……了某些事情,就一直处在很消沉的状态。胃病也是那个时候得的,酒量也是那个时候练出来的。"

大学刚毕业的时候?

贺知秋问道："那我能知道……他是因为什么事情才会这样消沉的吗？"

高奎犹豫了一会儿，想着要不要告诉贺知秋，顺便问问当年到底是怎么回事，才造成了两个人之间这么大的误会。

但转念一想，又觉得这毕竟是李郁泽的私事，他这么自作主张地问了，实属不好。

刚准备转移话题，他就看到原本没什么精神的工作人员全都站了起来，三三两两地往大门口看。

就连导演也接了个电话，喊了声"cut"，让女主角先休息。

高奎向来喜欢看热闹，问助理："谁来了？"

助理正在扒拉手机，点开工作群看了一眼，兴奋地说："好像是李郁泽！"

"嘿？他怎么来了？"高奎觉得挺惊讶。

刚准备起身，就见李郁泽已经走了进来，对他说："给你个惊喜，探你的班。"

这话如果放在平时，高奎不会相信。

更何况如今贺知秋还站在他的旁边，那他就更不相信了。

他跟李郁泽认识了这么多年，从来没有对外公开过两个人的关系。

不是高奎不想公开，毕竟他们是朋友这件事也没什么不能公开的。

主要是李郁泽嫌麻烦，觉得这是属于个人隐私，没有公开的必要。

既然这么多年都觉得没必要了，总不能因为他一个心血来潮，就大张旗鼓地跑来探班了吧？

更何况今天还是大年初一。

高奎一看日期，二月十三号。

高影帝虽然为人正直，但绝对不是傻子，抬手跟李郁泽拥抱了一下,悄声问:"到底探谁的班?"

李郁泽也没瞒着,瞥了贺知秋一眼,大大方方地说:"贺知秋,我朋友。"

他声音不大,几个字正好能飘到高奎的耳朵里。

高影帝低声骂了一句,骂完又挺为李郁泽感到开心。

不过这事他得跟方昊川好好编排编排。

一想到方昊川,他又想到了《平沙》这部戏。

一想到《平沙》这部戏,他就想到李郁泽这次竟然破天荒地关心了一下他的事业问题。

一想到他的事业问题,他又立刻看了一眼贺知秋。

高奎站在片场有点恍惚,心想,自己不会是上套了吧?

牧导演跟李郁泽有过两次合作,还算和颜悦色地跟他寒暄了几句,问了问近况,却没有时间多聊。知道他是来看高奎的,就给高奎放了会儿假,让他们去休息室坐着,其他人继续开工。

休息室就在这座院子里面,专门空出了一个古色古香的单间,接待前来探班的人。

高奎让李郁泽随便坐,又找出一个遥控器打开空调,倒了两杯茶。

"你们两个现在是什么情况?"高奎把茶递给李郁泽,问道。

李郁泽说:"没什么。"

高奎说:"怎么会?你不是来看他的吗?刚刚怎么也没跟他说句话?"

李郁泽拿着手机不知道在干什么,敲了几个字才说:"我跟他说话,不是给他找麻烦吗?"

高奎想了想,也对。

贺知秋刚刚出道,还是个新人,这种时候如果跟李郁泽搭上关系,那以后的事业基本算是完了。

不是说他不会因为李郁泽而走红，而是他作为一个演员，很可能永远脱离不了李郁泽的阴影。

毕竟新闻媒体可不管贺知秋是谁，无论他未来演得好与坏，都不如在标题前面加上一个"李郁泽的谁谁谁"来得更有价值。

高奎一边想一边点头，忽然怔了几秒，问道："那你来找我，就不怕给我添麻烦吗？"

李郁泽还在看手机，趁着间隙抬了一眼，问道："你觉得呢？"

高奎："……"

高奎气得喝了口茶，说道："我这朋友不当了行不行？"

李郁泽说："恐怕不行。"

哎哟？不行？舍不得？直到失去了才懂得珍惜了？

高影帝冷笑一声，跷起二郎腿说："这就由不得你了吧？"

李郁泽瞥他一眼，把手机递给他，走到窗边说道："确实由不得我，但也由不得你了。"

高奎说凭什么？一翻手机，直接闭嘴了。

李郁泽来《平沙》剧组探班这事上了热搜。

他和李郁泽是好朋友这事，也上了热搜。

说笑归说笑，高奎并不是一个真正小心眼的人。

他翻了翻李郁泽的手机，发现评论里的粉丝一边倒地觉得不可思议，更有甚者觉得这根本就是一条假新闻。

李郁泽怎么可能跟高奎是朋友？他们根本不是一条道上的好不好？他怎么可能会去探高奎的班？一定是假借高奎之名探别人的班！

不得不说，这位机智的网友说出了部分真相。

高奎刚想给她点个赞，却发现李郁泽已经点过了？

"这个微博账号是谁的？"高奎随手滑到首页，没看到李郁泽的名字，而是看到了一串刚注册后系统自动生成的乱码。

但微博已经用了将近一个月，有一些搞笑视频的转发，还有一些阅读量不低的影评。高奎点开一条看了看，影评都写得十分中肯，也非常专业，能看得出，博主本身是一个鉴赏能力非常高的人。

"这是？"

"我的。"

"你的？"高奎来到李郁泽身边，惊讶地说，"你竟然也有小号？"

"很意外吗？"李郁泽依旧看着窗外。

这个位置刚好可以看到贺知秋的侧脸，他正穿着一身戏服，认认真真地看着女主演戏。

"你说，他是怎么想的？"李郁泽突然问道。

高奎说："你都不知道，我怎么可能知道？"

李郁泽问："会不会是已经不想跟我做朋友了？"

高奎客观地说："很有可能，毕竟你们都分别这么多年了，这也很正常。"

李郁泽点了点头，顺手把微博的名字给改了。

高奎没看清他改成了什么，见他垂着眼睛，试探地问道："那如果他真的不想跟你做朋友了，你准备怎么办？就算了吗？"

李郁泽像是认真地思考了一会儿，挺通情达理地说："当然，他如果真的不想跟我做朋友了，我也不会强人所难。"

真的？高奎狐疑地看了他几秒，一脸不相信地离开了。

晚上十点半。

贺知秋终于结束了一天的拍摄，他跟高奎简单地对了一下明天的戏，又帮着道具组清点了一些明天要用到的东西。进组之前，徐随倒是提议给贺知秋带个助理，但被贺知秋拒绝了。他觉得现在带个助理有些浪费资源，毕竟戏份不多，人也不忙，很多事情自己就能解决。

高奎忙完回酒店睡觉。

贺知秋又等了一会儿,直到片场的人走得差不多了,才来到休息室门口,往里面看了看。

休息室早就没人了,李郁泽下午就走了。

贺知秋也不知道出于什么心理,坐在休息室的门槛上。

场务收拾完最后一点东西,问他什么时候走,他说还要再等一会儿。

剧组经常会有演员留在片场酝酿感情,场务也没多想,留了一盏灯,让他走的时候把电源关上。

贺知秋应了一声,拿出剧本,又找了一支笔,把高奎跟他对戏时说的重点全都记录了下来。

大年初一的夜晚依旧很冷,贺知秋写了一会儿手就冻僵了,本想站起来回酒店,可看了眼时间,又坐了回去。

再等五分钟。

再等五分钟就回去了。

贺知秋对着时间一分一秒地倒数,刚数了两分钟,就看到远处走来了一个人。

贺知秋看着那个人怔了半晌,又面无表情地低下了头。

完了,冻出幻觉了。

"贺知秋。"

"啊?"

"你坐在这里干什么?"

贺知秋还在发怔,忽然发现眼前多了一双鞋,他顺着这双鞋子缓慢地仰起头,呆呆地问:"你是……李郁泽?"

"不然呢?"

"你不是走了吗?"

贺知秋急忙从门槛上站起来,怎么都没想到李郁泽去而复返,竟然又回来了。

李郁泽说:"忘了点东西。"他手上挂着一件外套,见贺知秋鼻尖冻得通红,把外套递了过去。

贺知秋本想拒绝,但李郁泽却强行把外套塞给了他。

此时黑灯瞎火,休息室门口的那盏小灯更是昏暗不清。

李郁泽打开手机进门找了一圈,也不知道拿了个什么东西装进了口袋里,再出来时,已经准备走了。

贺知秋抱着他的外套,偷偷看了眼时间,心里觉得,也没有什么可遗憾的了。

他刚准备跟李郁泽说再见,就发现李郁泽突然挡在他面前,手里还拿着一个包装精致的小蛋糕。

"你……"

"今天是你的生日吧?"李郁泽嘴角上扬,笑着说,"我走到半路突然想起来,顺便给你买的。"

贺知秋的生日是二月十四号。

这会儿刚好过了午夜。

零点零一分。

贺知秋拿着蛋糕张了张嘴,明明想说点什么,话到嘴边,又变成了一句"谢谢"。他也知道这两个字过于浅薄,可除了这句话,又能说什么呢?

李郁泽这次倒是没在意那么多,又对他补了一句生日快乐,让他早点回去休息。

"你呢?"贺知秋见李郁泽似乎要走,问道,"你要回去了吗?"

李郁泽点了点头,说是凌晨三点的飞机。

这里距离机场不远,距离三点也还有一段时间。

贺知秋沉默了几秒,紧紧攥着蛋糕盒上的丝带说:"如果不是很急的话,那能一起吃个蛋糕吗?"

李郁泽说：“我买的蛋糕有点小。”

贺知秋忙说：“没事，我吃得不多。”

既然收到了邀请，李郁泽也没再急着离开。

两个人没换地方，只是从门外挪到了休息室里面。

场务认真负责，除了给贺知秋留了一盏小灯，其他的电闸全都断了。

空调打不开，灯也看不见，只剩下一人份的生日蛋糕上面插着一根浅蓝色的蜡烛，勉勉强强晃着亮光。

贺知秋抱着李郁泽给他的外套一直没有穿，他其实也不是太冷，毕竟穿着戏服，里三层外三层地裹着，只要活动一下就能暖和起来。

但李郁泽穿得少，只套了一件深咖色的高领毛衣。

贺知秋想把外套还给李郁泽，但李郁泽不要。

结果，这件外套谁也没穿，便宜了硬邦邦的椅子。

"许愿吗？"李郁泽问。

贺知秋愣了几秒，都快忘了，原来过生日还有这么一个重要的环节。他已经很久没这么正式地坐在生日蛋糕面前了，前些年都是凑合一下，随便煮个鸡蛋什么的。他倒是很少会忘记这个日子，毕竟他的生日是情人节，每到这个时候，街头相拥亲吻的情侣们，都会提醒他生日到了。

此时，贺知秋看着眼前的蛋糕，大脑一片空白。

他不知道要许什么愿望，也不知道还有什么愿望。他似乎活成了一个既无趣又不会幻想的大人，不能总是回忆从前，也看不到未来的样子。虽然还在努力生活，但茕茕一身，他也不知道如何才能让自己变得更好。

或许，他本来就不好。

但李郁泽对许愿这件事却异常执着。

贺知秋没办法，只好想了想，对着蜡烛说："希望我爷爷可以长命百岁。希望我……身边的朋友可以健健康康，平安顺利。"

李郁泽说："还有呢？"

"还有吗？"

"嗯。"

"那……希望我可以接到更多的剧本，可以一直从事我喜欢的职业。"

"还有一个。"

"三个吗？"

"大多都是三个。"

"嗯……"贺知秋抱着拳想了很久，摇摇头说，"好像没有了。"

"那怎么办？总不能空一个吧？"

贺知秋说："一定要许三个愿望吗？"

李郁泽说："一定。"

"那，希望我的朋友……"

"又是朋友？"

"嗯。"

"算了，这样吧。"贺知秋的愿望还没有说完，李郁泽突然说，"你要实在想不出来，我可以帮你许一个。"

贺知秋说："许愿还可以帮忙？"

"当然，"李郁泽胡诌，"反正吹的都是同一根蜡烛。"

但是我已经想出来了啊？

贺知秋眨了眨眼，还没张嘴，就听李郁泽严肃地说："不要出声。"说着也没管贺知秋同不同意，直接闭上了眼睛。

贺知秋只好把自己要说的话咽回去，透过闪烁的烛光，安静地等着他。

这一等，就等了将近一分钟的时间。

李郁泽的愿望似乎很长，怎么许都许不完。贺知秋偶尔会偷偷地看他一眼，后来发现他始终不睁眼睛，就渐渐地放松了警惕。

李郁泽的睫毛颤了一下，突然睁开眼睛。

贺知秋急忙收回视线。

呼的一声，蜡烛被吹灭。

贺知秋以为李郁泽许完愿了，拿起透明的锯齿刀，帮他切了一块蛋糕。

李郁泽拿过切好的蛋糕，简单地吃了几口。

蛋糕确实不大，只有六寸。

黑色的巧克力淋面包裹着一颗颗细小的榛子碎，一口咬下去，有点苦，还有点甜。只是天气太冷了，原本松软的蛋糕坯冻得有点发硬，但丝毫不影响它在贺知秋心里的口感。

李郁泽吃完要走，贺知秋本想送他，却被他拒绝了，说是孟林还在外面等着。

贺知秋也就没再勉强，把剩下的半块蛋糕装进包装盒里重新系好，来到院子，准备把灯关上。

这座院子原本是没有灯的，因为要拍夜戏，所以从别的地方拉过来几根电线，拧上灯泡，挂在房檐下。贺知秋在灯光下面找了找插板，刚想断了电源，却发现蛋糕的盒子上面印着一串地址。

这个地址他见过。

刚进组那天，大巴刚好从那里经过，应该位于市区中心，距离机场很远，距离片场也要四五个小时。

李郁泽说这个蛋糕是顺便买的，那他今天离开片场之后，是去了市中心吗？

贺知秋没有多想，换了衣服关灯，又检查了一下其他电源，才回了酒店。

这会儿凌晨一点，同组的演员基本都已经睡下了。

酒店的大厅空荡荡的，值夜班的保安正瘫在沙发上打盹。前台小姐为了提神醒脑，特意泡了一杯咖啡，正拿着手机跟朋友打电话。

"你知道我今天看到谁了吗？！"她的声音又轻又细，虽然尽量压着气息，但还是掩盖不住兴奋的音调。

朋友似乎是问她见到谁了。

她忙说："是李郁泽！他来探高奎的班！我还以为他不会来酒店了呢！没想到他竟然在酒店待了好半天，还提着一个在Lucky屋买的榛子味小蛋糕！"

前台的声音越来越兴奋，跟朋友热烈地讨论着："怎么可能是给高奎买的？刚刚都快笑死我了！高奎收工回来的时候见他在大厅，还以为他是来送蛋糕的，刚一伸手，李郁泽就把蛋糕藏到了身后！妈呀，这个小细节真的太可爱了！我一直以为他超级高冷的！"

"而且看得出来，他跟高奎的关系确实不错。"前台小姐的话音未落，就看到贺知秋走了过来，赶紧挂了电话，礼貌地说，"先生您好，请问有什么能为您服务的？"

贺知秋原本已经拐到电梯口了，听到她说的那些话，又折了回来："不好意思，刚刚不小心听到了你在讲电话。"

前台赶忙道歉："是不是我吵到您了。"

贺知秋说没有，又解释道："我是想问一下，李郁泽今天……大概是什么时候来的酒店？"

前台问："您也是他的粉丝吗？"

贺知秋说："是。"

前台说："大概今晚十点左右。"

贺知秋说："那你知道他是来做什么的吗？找东西吗？"

前台说："不是，他没有拿行李，所以也没有东西丢在这里。"

贺知秋问完说了句谢谢，拎着手上蛋糕盒子想了想，又说："你经常吃Lucky屋的蛋糕吗？"

前台说:"不是呀。"

贺知秋问:"那为什么会对他家的牌子印象这么深刻?"

前台眨了眨眼,有些防备了,她觉得贺知秋的问题很奇怪,担心说了什么不该说的话。

贺知秋忙说:"你不要误会,因为我今天也收到了一份他家的蛋糕,觉得很好吃。"

"原来是这样啊,"前台放松警惕,再次挂上微笑,"他家其实也不是什么知名的牌子,只是在本市比较有名。我吃的次数不多,因为他家的蛋糕超级难排的,每次都要提前半个月预定。"

"提前半个月?"

"嗯,而且老板也不是一个很好说话的人,不管给多少钱,哪怕是亲戚朋友来了,都不允许插队。"

贺知秋站在原地怔了几秒,直到前台小姐喊了一声"先生",才继续说道:"那也就是说,他家的蛋糕是没有办法'顺便'买的吗?"

前台说:"如果不提前订的话,是不行的。"

"可以帮我叫一辆车吗?"

"嗯?"前台小姐还没有从蛋糕的话题里跳出来,贺知秋又立刻换了一个话题,她迟疑了一会儿,问道,"您准备去哪儿?"

贺知秋看了眼时间,焦急地说:"我想要去一趟机场。"

春节期间的机场冷冷清清,凌晨的航班更是少得可怜。

孟林刚把李郁泽送进贵宾室,又从行李箱里面翻出了一个保温杯,打算倒点热水泡茶。

这次过来探班,小岳也跟着,此时困得两眼昏花,正靠在门口的椅子上昏昏欲睡。

孟林倒完热水回来,碰了碰她的肩膀,让她清醒一点,小岳擦了擦口水，迷迷糊糊地问："明天真的不放假啊？"

孟林说："不放。"

小岳说："可是往年都放啊，今年怎么回事呀？"

孟林说："我也不知道。"

小岳伸了个懒腰，透过身后的咖色玻璃往里面看了看，李郁泽正面无表情地靠在沙发上，手上还拿着一个长方形的遥控器转来转去。

她拽着孟林一起趴过来，问道："你说，咱哥最近是不是有点奇怪啊？"

对于这件事，孟林感受颇深，深沉地表示："非常奇怪。"

李郁泽以前脾气不好，不爱说话，整天拉着一张阴沉沉的脸，有点吓人。

但最近几个月，莫名地就多了点人情味！偶尔还会跟他们开玩笑！开玩笑也就算了，有时候竟然还会盯着手机看！

孟林实在好奇，就想趁着他高兴的时候问问他在跟谁聊天，谁想刚问了一句，就被他瞪了回来，吓得话都不敢说了。

但由于强烈的好奇心驱使，孟林还是找机会看了一眼李郁泽的手机，手机上面并没有什么特别的内容，就是一个普普通通的对话框，对话内容也只是普通的日常交流。

对方问他：在忙吗？

他说：刚忙完。

然后没有然后了，短短的几个字，还是几个小时前发的。除了对话框上面备注的名字，孟林觉得非常眼熟，其他就没有什么特别的。

"贺知秋？"孟林小声地嚼着这三个字，仔细想了好几分钟，一拍大腿弹起来说，"我知道他是谁了！"

"谁？"小岳刚刚问完，就见李郁泽从休息室里快步走了出来，直接去了电梯口。

孟林来不及跟小岳多说，立刻追了上去。

本以为李郁泽有什么天大的急事，要去什么重要的地方，却没想到他走到了航站楼大厅，就停了下来。

大厅里除了部分工作人员，并没有太多旅客，但李郁泽这么大咧咧地露着一张脸，依旧吸引了不少目光。

他站在大厅等了一会儿，拿起手机拨了个号码，问道："你在哪里？"

对方似乎正在给他指路，孟林看着李郁泽在原地转了两转，突然往前面不远处的扶梯走了过去。

孟林紧紧跟着，发现扶梯后面的拐角处站着一个人，穿着一件浅灰色的大衣。

孟林见过他，在李郁泽的同学会上，知道他的名字，就叫贺知秋。

孟林伸着脖子看了半天，还想再仔细看看，却被李郁泽冷眼扫来的目光吓退了半步。

李郁泽没空搭理孟林，问贺知秋："你怎么来了？"

贺知秋一身寒气，冻得脸色发红，手上还拎着那盒没吃完的生日蛋糕，轻轻地说："我还是想过来送送你。"

李郁泽挺冷静地点了点头，单手插着兜，另外一只手还拿着遥控器。

贺知秋看见那东西愣了几秒，一瞬间全都明白过来了。他想哭又想笑，但还是忍了忍，弯着眼睛说："还有那个，我拿回去吧。"

"要不然等到明天，休息室的空调就不能用了。"

谎言被当场拆穿，气氛却不怎么尴尬。

李郁泽倒是敢作敢当，没事人一样挑了挑眉，把遥控器还给了贺知秋。

第二天，一切恢复如常。

只是没人知道,休息室里的遥控器趁着夜深人静去了一趟国际机场,在那儿待了几个小时,又悄悄地回来了。

第五章

新的开始

这段时间没什么重大新闻，网络上依旧热热闹闹地讨论着李郁泽和高奎之间的关系。

很多人知道他们是一个学校的校友，却不知道他们还是一个寝室的兄弟。

因为这层关系的暴露，高奎的麻烦也接踵而来。虽然身在剧组，但媒体记者的电话还是一个接一个地打过来。能找到他的基本都是某些报社的高层领导，旁敲侧击地打听李郁泽是不是真的结婚了？

高奎嘴上说"当然是真的"，帮李郁泽应付过去，背地里却嚼着润喉糖，恶狠狠地跟方昊川吐槽："有些人卸磨杀驴，心太狠了！"

他还在为李郁泽不仅利用他，还不给他吃蛋糕这事耿耿于怀。

方昊川在电话里倒是挺乐呵，也没有安慰几句，让他踏实点拍戏。

高奎说完了畅快不少，但有一件事还是不明白，问方昊川："我记得贺知秋是通过严格的筛选才有机会进入《平沙》剧组的，李郁泽之前煽动着让我接戏时，贺知秋那角色还没有确定吧？他怎么知道贺知秋一定会进组？"

方昊川到底是跟李郁泽一起长大的，笑着说："他又不是神机妙算，怎么可能知道贺知秋一定会进组。"

高奎蒙了，一瞬间有点自责："难道是我误会他了？他让我接这戏，真的是为了我好？"

方昊川无情地敲碎了他的幻想："怎么可能？我觉得他不一

定知道贺知秋百分百能上这部戏。但如果贺知秋真的上了,你作为他为数不多的可探班的朋友,就一定要在这个组里。而且算算时间,你们开工的日子又刚好在二月份,贺知秋的生日就在那时候。"

方昊川猜道:"所以他让你接这部戏,纯粹就是为了防万一,毕竟贺知秋如果真的确定出演《平沙》了,他也好有机会去剧组给贺知秋过生日。"

转眼到了四五月份。

天气也渐渐地暖和了起来。

贺知秋换下了厚厚的冬衣,补拍完最后一个镜头,彻底告别了《平沙》剧组,回到了 A 市。

徐随在电话里面说了,让贺知秋先去公司开会,之后再给他一周的时间调整状态,开始新的工作。

虽然作品不多,但是贺知秋的工作已经逐步走上了正轨。去年拍摄的网剧也已经制作完成,在某个网络平台上面播出两集。因为没有着重宣传,也没有比较靠前的版面,所以观看的人并不算多。但小说原著粉还是有一些的,看到播出的消息可能会点进去看两眼,好与不好总会凑个热闹。

徐随让贺知秋过来,就是要说这件事,顺便让他收拾收拾微博,认证一下演员的身份。

贺知秋前阵子忙,已经好几天没看过自己的微博了,听徐随这么一说,才想起来翻了翻。

他微博粉丝不多,大部分都是系统推送过来的。前几天倒是涨了一批,网剧宣传的时候,官方提了他的名字。

名字还是宣传当天现改的。

微博里更是空荡荡的,没什么内容,新关注的粉丝想要跟他互动一下,都只能在系统自动发布的生日祝福底下留言。

徐随让他没事发发日常，一周一两次左右，不要太多，也不能太少。

但具体发什么贺知秋还不太懂。他其实很少在网络平台上面记录自己的生活，虽然微博注册了好多年，但基本都是用来看李郁泽的。

徐随还跟他说不要发什么心灵感悟，也不要对娱乐热点评头论足，关注他的人里面不一定是谁家的粉丝。哪句话说得不严谨了，就容易被过分解读了。

"具体发什么，你可以问问李郁泽，"徐随指点道，"他肯定知道什么该发什么不该发，但千万不能像他一样几年发一条原创，咱们可还没到他那个高度。"

提到李郁泽，贺知秋看了一眼手机。

自从生日那天之后，他们已经有好几个月没见了。之前还没有体会到，直到最近贺知秋才发现李郁泽是真的很忙，经常发着短信就见不到人了，再回来时已经到了午夜。但无论多晚，李郁泽都会回复他。

只有昨天比较奇怪，贺知秋跟他说杀青了准备回家，直到现在都没有收到李郁泽的回复。贺知秋又不敢贸然打电话，怕影响李郁泽的工作。

离开公司，贺知秋拖着行李箱站在公交车站台处，翻出了一个新存的手机号码。

这个号码是孟林的。

李郁泽前几天发给他的，让他如果有什么急事联系不到自己就打给孟林，后来也不知道是有心还是无意地补了一句："算了，你应该也不会有什么急事找我。"

当时贺知秋确实没有急事，再加上深更半夜的，也不好影响孟林。

可眼下，贺知秋有些着急了。他没纠结太久，直接给孟林打了过去。

所幸孟林的电话接通得很快，只是对面有些嘈杂，应该也是身在片场。

"喂？贺先生？"孟林也存了他的号码，气喘吁吁地换了一个安静的地方，问道，"您找我有什么事情吗？"

贺知秋说："请问，李郁泽是在忙吗？"

孟林说："是。"大概知道他打电话来的用意，补充道，"您别着急，我们这边还剩最后几个镜头就拍完了，本来还要等几天的，但我哥听说您那边要，唔唔唔……"孟林话没说完，就被什么东西堵住了嘴。

几秒钟后，电话那边换成了另外一个声音。

贺知秋眨了眨眼，听到许久不见的李郁泽说："找我有事？"

贺知秋如实说道："昨天给你发了信息，但你一直没回。我……有点担心。"

李郁泽挺平静地哦了一声，说道："昨天拍摄的时候手机摔坏了，还没来得及换新的。"又问，"你昨天跟我说了什么？"

贺知秋说："也不是很重要的事情，就是告诉你，我这边的工作结束了，今天回家。"

"哦？"李郁泽微微惊讶，"这么巧？我刚好也杀青了。准备今天回家。"

挂断电话的时候李郁泽还在片场，就算他今天回家，抵达A市的时间也应该是晚上了。

贺知秋问他大概几点能到，却没有得到准确的回复。

虽然李郁泽说了不用等他，但贺知秋回到家中简单地收拾完行李后，还是煲上了一锅排骨汤。

贺知秋回来的时候顺便去了趟超市，把冰箱里面过期的东西都整理了一下，重新填满。

许久没有回来，屋子里面盖上一层薄薄的尘土。

很显然，贺知秋不在的这段时间，李郁泽也没怎么回来过。

也不知道，他以前是怎么打扫卫生的。

不过，以他的生活自理能力，应该都是孟林过来收拾的。

贺知秋一边想着，一边去一楼的卫生间拿了一块抹布，把家里每一个角落都擦了擦。他刚搬来的时候也会抽时间打扫卫生，但都不像今天这样仔细。

毕竟李郁泽家里的东西不多，平时除了吸吸灰尘，也没什么可收拾的。

但这次隔了几个月，还是要仔细一点。

贺知秋记得，在高中时期，他也帮李郁泽整理过房间，还借着那次机会，发现了李郁泽一个不为人知的小秘密——喜欢丢三落四。

明明外表看起来那么光鲜的一个人，背地里却经常丢东西。

有时候是一支笔，有时候是考试卷子，还有一次连钱包都弄丢了。

贺知秋跟他一起找了很久，竟然在厨房的柜子里面翻了出来。也不知道他的钱包为什么会被随手扔进厨房里？最后没办法，李郁泽要走了贺知秋的一张照片。

贺知秋不明所以，问他做什么。

他说要放在钱包里，当吉祥物。

只是不知道，那张照片还在不在。过了这么多年，想必早已经丢了吧。

想起这件事情，贺知秋在整理沙发抱枕的时候，就顺手摸了摸沙发的缝隙。

果不其然，李郁泽乱丢东西的小毛病还是没变，贺知秋在缝隙里面摸出了两颗镶着钻石的袖扣，还找到了一块叫不出牌子的昂贵手表。

除此之外，还有很多零零碎碎的小东西，分别被丢在了各个角落。

书房的门也开着，桌子上面随便扔着几个贴有密封条的文件袋。看重要程度，应该是要放在保险柜里面的，但此时的保险柜大咧咧地敞着，完全像个摆设。

贺知秋清理完桌面上的浮尘，又换了吸尘器，沿着楼梯，一个台阶一个台阶地往上走。经过李郁泽卧室的时候，想要进去帮他打扫一下，刚握住门把手，又打消了这个念头。

并不是贺知秋有着多么深的隐私观念，毕竟在打扫卫生的那一刻，他并没有第一时间想到隐私问题，而是想趁着太阳还没有落山，帮李郁泽晒晒被子。

但没想到，李郁泽的卧室竟然落锁了？

贺知秋又向下压了压扶手，确定它是锁着的。

奇怪，连保险柜都不锁的人，为什么会锁上卧室？

贺知秋眨了眨眼，看了看楼下那一堆刚刚收集起来的贵重物品，猜不到李郁泽的房间里，还能有什么更值钱的东西了。

既然打不开，贺知秋也就不勉强了。

他收拾完二楼，又回到厨房，切了一些莲藕放在砂锅里。

排骨汤还要再等一段时间。

贺知秋把火调小，拿出手机坐在了餐桌旁，想着第一条微博应该发点什么。

单纯的自我介绍会不会有点傻？

要不要配一张照片？剧照，还是自拍呢？贺知秋纠结了几秒，给徐随发了条短信，徐随让贺知秋发自拍，说自拍亲切。

凌晨一点半。

李郁泽回来了。

他穿着一件黑色外套,头发也长了一些。

他没有提前通知贺知秋自己到家了。毕竟已经这么晚了,贺知秋应该早睡下了。

他推开房门,屋子里果然静悄悄的。

厨房和客厅的灯倒是还亮着。

李郁泽把行李放在门口,刚准备换鞋,就听到咔嚓一声,贺知秋穿着睡衣,从沙发和茶几的缝隙里钻了出来,说:"你回来了。"

李郁泽单脚还没落地,半只靴子还挂在脚面上,看了看贺知秋,又看了一眼空无一人的沙发,问道:"你从哪里长出来的?"

贺知秋说:"地毯。"

李郁泽哦了一声,刚刚还轻手轻脚地换鞋,此时却冷酷无情地把鞋子甩到了一边,问道:"你坐地毯上干什么?"

贺知秋说:"我的手机没电了,坐这边可以充电。"地毯离插口比较近,他的充电线又不够长,只能委屈自己了。

李郁泽抓住重点,皱着眉问:"为什么要在充电的时候玩手机?"

贺知秋忙说:"不是玩,是徐随哥让我发一条带自拍的微博。但我不怎么会拍,所以一直在研究。"

李郁泽看了贺知秋两秒,换好鞋便走过来,说:"我看看。"

贺知秋刚好想请教他,拔下充电线,把手机递给他:"拍了很多张,也不知道哪张比较好。"他对于首次发微博这项工作还是比较慎重的,倒不是有什么偶像包袱,就是怕照片拍得太随便,不够尊重关注他的粉丝。

李郁泽拿过贺知秋的手机,点开相册,滑了好几页才滑到顶层。看了眼时间,近三四个小时,拍了二三百张。开始还比较自然,后面的表情动作逐渐开始僵硬,傻乎乎的一张正脸,紧紧贴着镜头,偶尔换个角度也没好到哪里去。

虽然脸还是好看的,但是没有哪个演员的自拍,是这样发出去的。

"我觉得，前面几张还可……"

"不可以，"李郁泽严肃地说，"你见哪个公众人物的自拍是这样的？"

他又危言耸听道："你如果真的这样发出去，徐随肯定会骂人。"

贺知秋也知道自己拍得不好，眨眨眼说："那，我重新拍一下吧。"说着想把手机拿回来。

李郁泽却不动声色地把手挪开了一点，让他抓了个空："一定要今天拍吗？已经这么晚了。"

贺知秋说明天也行，他其实也没想拍这么多照片，主要是等李郁泽的时候没什么事情做，所以就越拍越多，结果越拍越差。

李郁泽说："等明天我帮你拍吧。"

贺知秋也正有此意，见他转身要走，又说："你吃饭了吗？我帮你煲了点汤。"

李郁泽没吃，于是走到了餐厅。

贺知秋帮他盛了一碗，看着自己的手机还没说话，就听李郁泽说："你今晚还用手机吗？"

贺知秋说："应该不用了。"

李郁泽说："那借我用一下吧。"

"我这么晚回来，需要给公司报个平安。"

李郁泽喝完汤还要洗澡，洗完澡可能还要吹头发。

手机也不知道什么时候才能用完。

贺知秋想了想，连充电器一起递给他，空着手回了房间。

凌晨三点。

位于 A 市市中心的恒霄娱乐，依旧灯火通明。

孟林趴在公司顶楼的会议室里，手边放着一堆杂七杂八的工作文件。大部分是关于李郁泽的行程安排，还有许许多多的剧本邀约，以及杂志拍摄和节目采访。

这些邀约每个月都会积压成一座小山，孟林会协助陈琼整理出一部分，然后拿给李郁泽看，再由李郁泽挑出他想接或是不想接的，开展新的工作。

陈琼是李郁泽的经纪人，今年三十七岁，业内知名的女强人。

但即便实力再强，也熬不住手里有一个李郁泽这样不省心的艺人。

琼姐此时穿着一身干练的西装，一边贴着面膜一边打电话："不是我不把你当朋友。你也知道，我没那个本事让他干活。而且，他对于剧本的挑剔程度，你也是了解的，一年就接那么几部。哎，你别跟我提孙导那个事行不行？人家孙导兢兢业业地递了五六年本子，他给个面子接一部，也不为过吧？不行不行，综艺就更不行了，他向来不喜欢凑那个热闹。"

琼姐说完，靠在转椅上轻轻地拍了拍脸。也不知对方说了句什么，突然拧了下眉，瞥了一眼孟林。

孟林的职场经验实在是太丰富了，就跟脑门上长了眼睛一样，明明没看着琼姐，但依旧能感受到她的目光。本来还在摸鱼，此时急忙坐直身体，开始埋头苦干。

琼姐耐心地听对方说完，笑着说："这都没有的事，你以后可少听点你老公说的小道消息吧。"说完心平气和地挂了电话，眯着眼睛问孟林，"阿泽在片场出事了？"

孟林赶紧说："没有的事，您哪里听的小道消息？"

"没有的事？"琼姐一把扯下面膜，抬高了音量说，"我从剧组摄像他老婆那儿听来的消息！你给我说实话，到底怎么回事！"

要说在这个公司里，孟林最怕两个人。

一个当然是李郁泽，另一个就是陈琼。

不过相比较而言，他还是跟李郁泽走得近。虽然他哥看起来挺凶的，但实际上人挺好。

所以有些时候，如果出了什么事，他都会帮李郁泽瞒着上级。

当然，就算不瞒着，琼姐也拿李郁泽没办法。但多一事不如少一事，李郁泽不想听她唠叨。

不过此时此刻，孟林还是叛变了，先在心里跟他哥说了句对不起，又跟陈琼说："其实也不是什么大事，就是拍戏的时候受了一点小伤，都处理好了。"

"受伤了？"陈琼问，"伤哪儿了？"

孟林老实交代："全身都有一点擦伤，手臂稍微严重点。"

陈琼皱着眉问："怎么伤的？"

孟林说："就是前几天赶进度的时候，有几个动作比较大。导演本来想让我哥等等替身，因为那个镜头必须由他和替身一起拍摄，才能衔接得更好。但替身请假了，我哥又赶时间，所以就自己上了。本来是没事的，但道具组没准备好，设备又出了一点问题，所有就……"孟林话没说完，陈琼刚刚挂断的手机又响了起来。

她看了一眼是陌生的号码，不想接。但对方比较执着，打了两次。

陈琼得知这事本来就觉得心烦，接通电话刚想发飙，一听声音，竟然是李郁泽的。

她忙问了几句，却被敷衍了过去。

李郁泽说到做到，他跟贺知秋说了要给经纪公司打电话报平安，就真的给经纪人打了个电话，报了个平安。

第二天一早。

贺知秋准时起床。

他最近的睡眠时间其实很少，每天到了固定的时间，就怎么都睡不着了。

碰巧李郁泽也回来了，就简单地洗漱完毕，下楼煮了两碗鱼片粥，又煎了两个黄灿灿的荷包蛋。

本以为李郁泽可能会多睡一会儿，却没想到他也早早地下楼了。今天他还换了一件长袖收口的居家服，额头前的碎发还没修剪，不知道从哪里找了个发箍，背在头发后面。

李郁泽是下来给贺知秋拍照的，先把手机还给了他，让他清理清理内存，把昨天拍的照片全都删了。

毕竟二三百张没用的自拍，确实很占地方。

李郁泽等他删完，又跟他一起吃了早饭，才开始打量他今天的造型，还有着装。

对于拍照这件事情，李郁泽似乎很有经验。

但贺知秋此时根本没有任何造型可言，一大早除了刷牙洗脸，什么都没做。他开始觉得这件事对李郁泽来讲应该很简单，但看到李郁泽如此谨慎认真，也被感染到了。

他还问李郁泽哪里不行，要不要再去洗个脸。

李郁泽仔细端详了贺知秋半天，最后伸出两根手指，指了指他身上的圆领T恤，说："要换一件衬衫。"

贺知秋再次照做，几分钟后，换了一件白色衬衫。

衬衫看起来整洁干净，纽扣封顶。

李郁泽对这个造型非常满意，让贺知秋站在自己面前，他找好角度，按下了拍摄键。

不得不说，李郁泽的拍照技术真的很好。明明都是直面镜头，但他拍出来的效果，就像是在贺知秋的身上打了一层柔柔的光。

两人忙了半天，拍了七八张。李郁泽让贺知秋自己选一张发微博。他刚准备上楼补眠，转过身的一瞬间，却被贺知秋叫住了。

李郁泽脚下一顿。

贺知秋低着头卷起了他的袖口，发现他的手臂上缠着几圈白色的绷带。

"你的手怎么了？"贺知秋怔了几秒，整个人都紧张了起来。

李郁泽没想到裹得这么严实都被他发现了，笑着说："没事，碰了一下。"

"怎么会碰成这样？严重吗？拍摄的时候出了意外吗？"贺知秋眼中满是担忧。

李郁泽轻声说："真的没事。"

但又怕他担心个没完，李郁泽瞥了眼厨房，转移他的注意力："我刚刚帮你拍了照片，那今天中午，是不是要犒劳我一下？"

贺知秋依旧看着他的手臂，问道："你想吃什么？"

李郁泽想了想，开始点菜："我想吃麻婆豆腐。"

"糟溜鱼片。"

"还有干炸丸子。"

贺知秋一心关注着李郁泽手上的伤。

虽然李郁泽说了没事，但白色的绷带上面还是能看到一丝丝渗透的血迹。

但他不想多说，贺知秋也就不再多问了。毕竟再问些什么，这伤也没办法马上愈合，还不如做点实际的。李郁泽想吃什么，就帮他做点什么。

贺知秋从来不是一个多说废话的人，他让李郁泽上楼休息，又转身去了趟社区超市，买了那三道菜需要的食材。

做饭这种事情，对贺知秋来讲还是信手拈来的，毕竟从小就在家里的厨房帮忙，无论李郁泽想吃什么，他都不会觉得困难。

所以他想，厨房有他一个人就完全足够了。

不需要任何帮手，更不需要一个手上还缠着绷带的伤员。

"还是我自己来吧，你如果不想睡觉，可以去客厅看会儿电视。"贺知秋切着案板上的豆腐块,切完看了一眼站在他旁边想要找点事情做的李郁泽。

李郁泽还是早上那身打扮,此时正背着手,低着头,围观横观水槽里的鱼。

待会儿这条鱼会被做成鱼片,裹上生粉还有蛋清,滑嫩程度可想而知。

他说:"每天都在片场拍戏,回来还要看电视,不觉得无聊吗?"

贺知秋说:"那也不要待在厨房里面,本来就受伤了,如果再不小心碰到,那就糟了。"

李郁泽扭头看他一眼,问道:"你担心我啊?"

贺知秋刚把切好的豆腐装进盘子,垂着眼,迟疑几秒,坦诚地点了点头。

他确实担心李郁泽,这一点不需要隐瞒。

李郁泽在厨房里游手好闲了半天,终于给自己找了点事情。他偷偷瞥了贺知秋一眼,趁其没注意,打开碗柜,拿出了几个盘子和碗,还有几根筷子和所有的勺子。

贺知秋正在烧菜,见他这个举动,急忙放下木铲子说:"别动!"

话音未落,只听哗啦一声,李郁泽手中所有的瓷器,全都摔成了碎片。

"哐……"

"怎么了?碰到了吗?"贺知秋见他表情不对,立刻关了火走过去。

李郁泽微微皱着眉,揉着手腕说:"没想到这么沉。"

他受伤了,肯定拿不动。贺知秋检查了一下他的手臂,确定没什么大碍,才松了一口气说:"你拿太多了,我们只有两个人,用不了这么多盘子。"

李郁泽看起来有点自责，弯下腰想去捡地上的碎片，却被贺知秋拉住说："不要碰，我去拿扫把。"

李郁泽跟在贺知秋后面，挺诚恳地说："抱歉，我只是想帮你，没想到帮了倒忙。"

贺知秋没有怪他的意思，只是无奈地说："可现在餐具都没了，要不然再下楼去买一套吧。"

李郁泽说："不用。"

他打开碗柜看了看，竟然找出三个盘子，两个碗。

四十分钟后，饭菜上桌。

直到坐在椅子上，贺知秋才后知后觉地发现一个问题。

今天这三道菜，似乎一道比一道难夹？

尤其是鱼片和豆腐，就算是一个手臂没有受伤的正常人都很难夹上来，更别提李郁泽这会儿受着伤，伤的还是右手。

贺知秋想去拿勺子，忽然想起碗柜里的勺子全都成了碎片，就连最大的一个汤勺都没能幸免。

李郁泽已经对着盘子里面的鱼片努力地夹了五次。

直到第六次，依旧什么都没夹上来。

贺知秋见他实在可怜，就拿起筷子帮他夹了一片，放在他的碗里。

李郁泽这才将那片裹着糟香酱汁的鱼片吃进了嘴里。

贺知秋问："你还想吃什么？"

李郁泽说："丸子可以吗？"

当然可以。

贺知秋帮他夹了一颗，又放在了他的碗里面。

两个人一起吃饭，倒不算特别无聊。

李郁泽问道："你这些年，有没有特别好的朋友？"

"啊？"贺知秋没想到他会问这个问题，继续扒着饭说，"没有。"

李郁泽用筷子戳起一颗丸子,又道:"为什么没有?"

贺知秋说:"没时间,也没有精力去维系一段友情。"

"你呢?"贺知秋握着筷子,反问。

答案贺知秋大概可以猜到,毕竟李郁泽这么受欢迎,身边有很多朋友也很正常。

但李郁泽说:"没有。"

"没有?"贺知秋有些惊讶,同样问道,"为什么?"

李郁泽说:"跟你一样,没时间,也没有精力。"说着又去夹那盘最难夹的鱼片,"而且你应该也体会到了,演员这个行业并不清闲。"

贺知秋点了点头,见他夹不上来,又一次伸出筷子帮他夹到碗里。

李郁泽说:"但有个好朋友在身边也很好。"

"尤其在我生病受伤的时候,还有在我怎么都夹不到鱼片的时候。"

一个人无论有多红,外表看起来多么强大,都需要家人朋友的陪伴。

所以李郁泽说:"贺知秋。我们试试重新开始做好朋友吧。"

李郁泽说了"试"。

这就给了很多令人适应的时间和空间。

重逢之后贺知秋并没有和李郁泽变得像以前那样熟悉,他肯定是有顾虑的。

李郁泽不急着问他为什么,等到他想说的那一刻,自然就说出来了。

而且,李郁泽隐隐也能猜到一些。

毕竟他们多年未见,放在任何一个正常人的眼里,都会觉得那份友情已经成了过去，不值得一提。

过了十年，谁又敢明确地保证那份友情是一成不变的？

李郁泽尚且不敢保证。

贺知秋本来就对自己失约的事情满怀愧疚，就更加不敢保证了。

虽然在生日那天，他隐隐猜到李郁泽所做的一切都是故意安排的。

但他又不敢仔细地想。

他怕自己想得越多，期待的就越多。

他更怕过了十年，李郁泽还把他当作非常重要的朋友，如果真的是这样……那他的歉意就更深了。

贺知秋本没奢望和李郁泽变回以前那样要好的朋友。

可眼下，李郁泽却向他提出了这种请求。

哪怕只是试一试，都让贺知秋十分开心。

但是……

"我可能不一样了。"

"嗯？"

贺知秋缓缓地抽回筷子，低着头说："我跟从前相比，可能不太一样了。"

他们重逢的时间并不长，中途都在片场拍戏，交流的时间也很短。贺知秋很怕李郁泽对他的印象还停留在高中时期，那么李郁泽会不会对如今的他感到失望？

他们难得重逢，难得可以像现在这样相处。贺知秋怕李郁泽对他失望，最终连普通朋友都做不成。

李郁泽说："我又不是跟从前的贺知秋做朋友。你跟以前不一样，又有什么关系？"

贺知秋沉默了一会儿。

李郁泽靠在椅背上盯着贺知秋，似乎能透过他的眼神猜透他的想法。

李郁泽斟酌了许久，才轻轻地敲了敲桌子，说道："况且，我们不是已经选择重新认识了吗？从前的事情，我都忘了。从前的贺知秋是什么样子，我也记不清了。"

他这句话说得残酷，但也轻而易举地拉着贺知秋迈过了曾经的那道坎。

即便贺知秋还在往回看，但为了追上李郁泽不断向前的脚步，也只能将学生时期的那段过往抛得越来越远。

贺知秋没想到，有一天能从自己设定的怪圈里跳出来。

更没想到，他和李郁泽之间的友情明明走到了终点，却又在此时此刻，迎来了一个全新的开始。

贺知秋考虑了很久，直到饭菜都凉透了，才轻轻地点了点头，说："我同意。"

贺知秋把曾经炸掉的气球碎片全都找回来补了补，又重新吹了一口气，给了自己一个机会。

两个人的关系虽然发生了一点变化，但相处模式却没怎么变。

李郁泽受了伤不能开工，又开始吃了就睡的标准作息。

午饭结束。

贺知秋没让他留在厨房帮忙，自己收拾了一下所剩无几的餐具，又拿出手机给住在老家的爷爷打了个电话。

贺知秋忙了大半年，难得有了空闲，准备跟爷爷多聊一会儿。

说到贺爷爷，那也是个上了年纪的老顽固。他一根筋地认为是自己害死了儿子、儿媳，又一根筋地觉得是他的原因才耽误了贺知秋的演艺事业。他折腾了许久才让贺知秋决定回到 A 市。贺知秋想要带着他，他就挂着拐杖，倔强地去找了个保姆，说有人照顾了。

贺知秋虽然孝顺，但也不是圣人，他可以毫无怨言地照顾病重时的爷爷，但也想完成高中时期没能完成的梦想。

所以，在自己身体恢复到差不多的时候，贺爷爷强烈要求贺知秋一个人回 A 市，贺知秋没有再拒绝。

因为贺知秋确实很想回来，也不想虚伪地隐瞒。

只是老人家嘴上让他走，但电话里还是止不住地想他。人嘛，本来就是矛盾的。想要拥有一些东西，就必须要舍弃一些东西。十全十美不太可能，大多数的平凡生活都是得过且过，知足常乐。

贺知秋跟爷爷聊了将近一个小时才挂断电话。随后他往楼上看了一眼，李郁泽的卧室门紧紧关着，看样子是睡着了。

贺知秋不困，该忙的也都忙完了。

于是他趁着这会儿没事，坐在客厅，选了一张李郁泽帮忙拍的照片，发到了微博上。

那张照片的表情刚好，带着温和的微笑，像是正在跟人打招呼。

贺知秋：大家好，初次见面，请多关照。

几秒钟后，这条微博的右下角出现了十几个点赞。

又过了几秒钟，消息栏里同时弹出了七八条评论。

十三月男友："啊啊啊，秋秋终于发微博了！日常照好好看！"

小飞象："新粉报道！通过《望月》那部剧认识秋秋的，我是原著粉，秋秋的男二号演得好好呀！"

颜狗不谈情："果然，人长得好看，不管是古装还是现代装，都这么好看！"

爱葵不爬墙："对不起奎哥，我可能又有新偶像了！"

茶艺带师："呜呜秋秋真的好好看啊，虽然《望月》的剧情有点尴尬，但一点都不影响我看秋秋的颜！"

一只小黄雀："照片好好看呀，秋秋加油！"

贺知秋看着一条接一条的评论，有些新奇，他认认真真地看了好一会儿，又把看完的每一条评论都回复了一遍。

很多粉丝都兴致勃勃地跟他问好，并给出反馈。习惯性潜水的粉丝看到他亲自回复了这么多消息，也都纷纷跑出来想要跟他交流。

贺知秋怎么都没想到自己涨的那几万粉丝竟然都是真的，评论越回越多，每一个都想要跟他说话。他能感受到粉丝们的热情，也不想在这种时候让粉丝们失望。

反正只是回复几条评论而已，对他来说，并不是多难的事情。

但是他忽略了一个问题，评论会一直不停地增长，本以为回复完这一批应该差不多了，结果一刷新，又跳出四五十条！

贺知秋眨了眨眼，活动一下酸软的手腕，准备再次回复时，李郁泽顶着一脑袋乱蓬蓬的头发走了下来，眼神中带着些许无奈。

他把发箍摘了，手上还拿着一个平板电脑。

贺知秋扭头看他，问道："你不睡了吗？"

李郁泽没回答这个问题，而是瞥了一眼贺知秋的手机，把平板扔到沙发上，问："看电影吗？"

贺知秋见他要坐，给他挪了挪位置："你不是说看电影无聊吗？"

李郁泽拿起遥控器打开电视："一个人看电影当然无聊，两个人一起看就不一样了。"

"为什么？"贺知秋的脑子还在考虑是不是因为两个人一起看可以讨论剧情。

李郁泽没回答，而是问道："不行吗？好朋友一起看个电影总可以吧？"

当然可以！

贺知秋赶紧点了点头，问道："那我们看什么？"

李郁泽说："都可以，你喜欢看什么？"

贺知秋想了想说："高前辈去年是不是上映过一部电影？那

部我还没有看。"

"高奎？"

"嗯。"

李郁泽说："那为什么不给他打个电话，让他来家里真人表演？"

贺知秋迟疑几秒："这样……不太好吧？"

贺知秋那一副万万不想麻烦高奎的表情，逗得李郁泽大笑出声，问道："你不会真的是在思考这件事的可行性吧？"

"啊？我是觉得……"

贺知秋眨了眨眼睛，反应了几秒才意识到李郁泽在开玩笑，一瞬间也觉得自己犯傻了，跟着他一起笑了出来。

原本贺知秋有些紧张，因此方才手脚并用，直挺挺地坐在沙发上。此时伴随着李郁泽的笑声，他终于放松下来，弯着眼睛说："因为是你提出来的问题，我才会认真考虑的。"

哪怕这个问题再不合理，我也会逐字分析，给你一个我觉得并不敷衍的答案。

"所以，是我的错了？"李郁泽问。

贺知秋点了点头。

"好吧，那我请你看电影。"

他说"请"倒也不算过分，因为高奎的那部电影是线上收费，除了要开通平台会员，还要单独购买观影券。

只不过李郁泽的手机坏了，这个钱最终还是贺知秋出的。

贺知秋在付费的时候才想起粉丝的评论还没有回完，李郁泽瞥了一眼，把他的手机拿过来翻了翻，说："评论不需要每一条都回的。以后你的粉丝会越来越多，你不可能每一个都回复到。"

贺知秋明白，但毕竟是第一次接触到粉丝群体，不知道如何正确地应对。

贺知秋问李郁泽应该怎么办。

李郁泽作为过来人，在这方面还是比较有经验。他把贺知秋的手机没收了，反手藏在沙发的缝隙里，一本正经地说："以后多拍一些好的作品呈现给他们，就是对他们最好的回馈了。"

第六章 我也不懂

随着网剧的播出，贺知秋也正式地走到了荧幕当中。

无论是大荧幕还是小荧幕，对他来讲，都是一个良好的开端。这种剧就不讲收视率了。

因为颜值在线，演技尚可。作为一个新人，贺知秋还是吸引了不少粉丝。

徐随是一个很有头脑的人，不抓蝇头小利，目光看得非常长远。他给贺知秋的定位从来不是拍拍网剧就算了。哪怕如今还接不到太好的剧本，但在角色的选择上面也从不草率。无论主角还是配角，无论戏份是多还是少，他都会帮贺知秋选择一个像《平沙》那样充满记忆点的角色。

但《平沙》这样的好剧本非常难遇。徐随也是尽了自己最大的努力，在他能接触到的剧本中，帮贺知秋挑选一些还不错的。

可他觉得不错的角色都非常抢手。

这也就造成了，贺知秋必须付出更多的时间磨演技，才能在众多的对手当中脱颖而出。

短暂的假期一眨眼就过去了，贺知秋再次回到了忙碌的工作当中。

贺知秋依旧要起早贪黑地去公司上表演课、形体课，半夜回来给李郁泽带点吃的，并把他叫醒。

李郁泽手上的伤也好得差不多了，前几天拆了绷带，所幸没有留下什么疤痕。他受伤的事情在网络上引起了一点小小的风波，因为没有片场的照片流出，剧组那边也一直没有站出来说话，慢慢就不了了之了。

反而传播这件事情的媒体记者被众多粉丝倒打一耙,说他们竟然拿这种事情造谣,其心可诛。

说到李郁泽的粉丝,也算是一股清流。

首先,他们的偶像在这个圈子里,无论人气还是地位,都已经算是最顶尖的了。

没有竞争对手,更不用争抢资源。

其次,李郁泽刚出道就对外宣布已婚的消息,他给自己的定位从来不是偶像,仅仅是一个演员,结婚与否都很正常。

无论这么多年,他口中扑朔迷离的婚事是真是假,都没有跟任何人传出过绯闻。

也没有哪个曾经跟他合作过的女明星,借着宣传的名义跟他捆绑炒作,促使粉丝阵营混乱不清。

李郁泽的粉丝从来只认李郁泽亲口承认的那个已婚对象。

其他过来碰瓷的有心人,全都被贴上了第三者的标签。

第三者这罪名可就太大了。

前些年还有几个自不量力的,想要趁着跟他合作的机会借着宣传期打个擦边球,炒作一番。

结果当天就被骂上了热搜,吓得对方赶紧出来澄清。

至于为什么没人骂李郁泽——

当然也是有的。不少黑子浑水摸鱼,连渣男的名号都给他冠上了。

但李大明星从来不看这些花边新闻。等到蹭热度的那一方熬不住了,自然也就出来解释了。

这种事情多经历过几次,慢慢就没人敢往上凑了。

凌晨两点。

某个匿名论坛的首页上,依旧有个帖子在不断更新。

帖子的名字叫作《他们成为朋友的第七年》,往前翻翻还有第一年、第二年，直到更新到今年最新的第七年。

只是主楼的第一句话写得比较凄惨：他们成为朋友的第七年，跟我又有什么关系呢？

下面跟帖的某个匿名粉丝评论："啊啊啊我疯了！指路微博！秒删！"

论坛因为这条指路平静了几分钟。

几分钟后，再次炸开。

微博上面并没有出现"秒删"这样的字样，与之相近的只有一条"李郁泽 秒删"。

话题广场已经因为这件事沸腾了起来，到处都是粉丝眼明手快留下的截图。

截图上面的内容非常简单，一张照片和一句话。

照片里的画面应该是客厅一角，象牙白的茶几上放着一沓看不清封面的剧本和两杯咖啡。

这张照片没什么特别，特别的是，李郁泽编辑的那句话。

"陪小演员对戏。"

发布时间在凌晨两点十三分，拍摄设备显示平板电脑。照片上面还能看到并不清晰的壁柜，如果没猜错的话，应该是在家里。

但这些细节对粉丝来讲都已经不是重点了，重点是他发的那一句话。

陪"小演员"对戏？

小演员是谁？

陈琼今天难得没什么事情，早早地就睡了。美梦刚做到一半，就接到了媒体朋友打来的电话，抽空看了一眼热搜，头发都要炸起来了。

她立刻给李郁泽打了个电话，半天没通，才想起李郁泽的手机坏了，直到现在还没有换新的。

本想打给孟林，又想起李郁泽杀青那天用了一个陌生的号码给她打过来报平安。

于是她翻了翻通信记录，找到那个号码又打了过去。

几秒钟后对方接通，带着一点朦胧的睡意，问道："您好，请问您是哪位？"

陈琼一听不是李郁泽的声音，再次确定了一下号码，反问道："请问你是哪位？"

"啊？我是贺知秋。"

"贺……知秋？"

"嗯。"

"你是贺知秋？"陈琼表情一变，怔了几秒，问道，"那你，请问你有李郁泽的联系方式吗？"

"您是？"

"我是他的经纪人，陈琼。"

"啊，您好。不好意思，您稍等一下，我去隔壁叫醒他。"

贺知秋刚刚换了睡衣躺下，这会儿接到陈琼的电话，又急忙从床上爬了起来。

他今天从公司回来得比较早，但是睡得比较晚。

徐随又帮他找到了一个试镜机会，让他提前熟悉一下剧本，准备接下来的试镜安排。

新角色的难度相比《平沙》那部戏的反派，在人物的塑造上要简单很多。但因为这次算是主角之一，戏份很多，贺知秋依旧不敢怠慢。

他仔细研究了好几天的人物心理，回来时还特意请李郁泽陪着对戏。

李郁泽面无表情地翻了翻剧本，没说好，也没说不好，陪他忙到了大半夜。

贺知秋知道李郁泽对剧本的要求一向很高，如果不是因为他，这样的戏李郁泽可能连看都不会看上一眼。

陈琼在电话那边似乎有些着急，中途问了贺知秋两遍李郁泽睡了没有。

贺知秋还不知道，走到李郁泽的卧室外面叫了一声他的名字，又轻轻地敲了两下门。

半响，李郁泽湿着头发叼着牙刷出来，问："怎么了？"

贺知秋说是陈琼的电话，把手机递给他。

李郁泽点了点头，接过电话含糊不清地说："什么事？"

李郁泽又瞥了贺知秋一眼，见他一动不动地站在门口，说："进来吧。"

这是贺知秋第一次进李郁泽的房间，自从他搬来的第一天起，这个房间每天都严严实实地关着或是锁着。

他其实也很好奇，李郁泽的卧室里会藏着什么秘密。

可今天一进来，他却发现这间卧室除了比自己住的那间大了一点以外，并没有什么特别之处。

整间屋子都是淡淡的灰色系，床上扔着一件白色的T恤，应该是洗澡之前换下来的。

枕头旁边是上次见的那台平板电脑，还有一个掌上游戏机，估计是没事的时候打发时间用的。

唯一值得把门上锁的地方，应该就是床的左手边有一个非常大的衣帽间，里面都是各种各样的衣服和配饰，贺知秋仅仅瞥了一眼，就看到了整整一排价格不菲的手表。

怪不得要锁。

贺知秋心想，这些东西确实比较贵。

李郁泽让贺知秋随便坐，漱了漱口，拿着他的手机去了阳台，不知在跟陈琼说什么，但大多都是陈琼在说，李郁泽时不时地"嗯"几声，就算是回答了。

贺知秋本想坐在房间内的单人沙发上等他，但沙发上放着几件衣服。

贺知秋看了看，周围只有床上可以坐，于是就不客气地坐了下来。

通过这段时间的相处，贺知秋发现了一个问题。

李郁泽非常讨厌自己对他过分客套，简单的一两句谢谢还行，如果说得太多，他就会微微皱起眉头，食指不停地敲着某处。显然是在为某件事情烦恼，却又不直白地说出来。

贺知秋猜想，他不直接说，可能是想给自己适应或者转变的时间。

毕竟就算他说了"你以后少跟我客气"这样的话，也不一定能让贺知秋立刻发生改变。

长久的习惯怎么可能说变就变？

其实说到底，还是因为他们变得陌生了。往事不提，他们也仅仅是互相知道名字的同班同学。

贺知秋能够感受到李郁泽的用心，虽然他时常没什么表情地开着玩笑。

但贺知秋知道这个玩笑是为了让自己放松心情，不想让自己神经紧绷，手足无措。

李郁泽把最自然舒适的相处环境留给了贺知秋。贺知秋能够做的，就是尽可能地主动一些，至少不再跟他过分客气。

陈琼的电话还没讲完，李郁泽靠在阳台的栏杆上打哈欠，不耐烦地按了好几次耳朵，显然是听烦了。他的脾气其实并不太好，很多时候也习惯了任性妄为。如今二十七岁，能够在后半夜听着经纪人唠唠叨叨，实在有些难得。

贺知秋坐在床边扭头看他，看着看着就不自觉地笑了出来，直到李郁泽的目光看过来，他才急忙把头低下，盯着脚上的拖鞋。

刚刚他没有察觉，现在才隐隐感觉到被子下面似乎有什么东西硌着他的手心。

触感像是一个木制的相框，有棱有角。

贺知秋顺着那个东西的边缘摸了摸，还没确定到底是不是相框，就听李郁泽那边挂了电话，朝这边走了过来。

贺知秋立刻从床上站了起来，问道："说完了？"

李郁泽瞥了一眼被子，把手机递过去嗯了一声。

贺知秋："是很重要的事情吗？"

李郁泽避重就轻地说："不太重要，但明天要去一趟公司。"

贺知秋点了点头，把手机放在兜里说："那你早点休息。"

"对了。"他刚准备出门，又想起来李郁泽的被子下面压着东西。

按照李郁泽以往的习惯来讲，应该是随手乱丢的，贺知秋怕他睡觉的时候不注意，硌到哪里就不好了。

于是贺知秋转过身，想帮他掀开被角把东西拿出来。谁知还没动手，李郁泽就拦住了他。

贺知秋的动作也跟着停了下来。

贺知秋缓缓地扭过头，就看到李郁泽疲惫的脸。

"你……怎么了？"

李郁泽却没说话。

是经纪人说了什么吗？

贺知秋又耐心地问："到底怎么了？"

李郁泽的声音听起来有些委屈："我不小心做错了一件事，被经纪人骂了。"

贺知秋眨眨眼问："什么事？"

李郁泽说："晚上陪你对戏的时候，顺手拍了一张照片。当时没有多想，就顺手发了微博。但因为措辞不太严谨删掉了，没想到还是被粉丝发现了，造成了一点小小的轰动。"

他所谓一点小小的轰动，就是全网轰轰烈烈挖掘那名"小演员"的存在。

贺知秋原本不知道这件事情，此时打开微博才发现李郁泽又一次登上热搜。

李郁泽看着贺知秋，问道："我这样做，会不会对你的事业造成什么影响？"

贺知秋看了看网上的讨论，笑着说："不会呀，大家又不知道你说的那个小演员是谁。"

"而且，你忘了？我本来就是来帮你的。"贺知秋说。

这问题还是个隐患，但总会有办法的。

贺知秋不再担心这个问题，李郁泽却说了句："傻。"

此时的贺知秋确实有一点傻，直到迷迷糊糊地走出李郁泽的房间，他才猛地想起一件事，说道："你的被子下面好像有个东西，睡觉的时候小心一点，不要硌到了。"

李郁泽啊了一声，像是听到贺知秋的提醒才发现这个事情，少有地说了一声谢谢，又催促他赶紧回房，早点休息。

事情不大，贺知秋也就没再过分嘱咐，于是转身回房。

李郁泽轻手轻脚地将门落锁，然后来到床边，掀开了被子。

被子下面果然放着一个相框。

相框里是他跟贺知秋高中时的那张合影。

刚刚开门时比较匆忙，他不好意思让贺知秋看到，随手藏到了被子里。

看来，这张照片得换个地方放。

只是……要放在哪里呢？

李郁泽双手抱胸，把相框夹在怀里走了一圈。

他一会儿翻了翻柜子，一会儿又倒了倒花瓶。

每个地方他都觉得不合适。

想了半天，他把相框拆了，然后找到了一个他认为最满意的地方，偷偷藏了起来。

网络上关于"秒删"的事情还在继续。那天深夜看到的人并不算多,这几天愈演愈烈,只要稍微关注一点娱乐新闻的人,都知道了这件事。

虽然很大程度上缩小了目标范围,但大家依旧没有任何头绪。倒是有不少网友脑洞大开,列出十几个最可疑的目标,都是或多或少跟李郁泽有过合作关系的。

高奎这几天终于结束了《平沙》的拍摄,推了不少后续的工作,空出了一个月的时间休息。

方昊川打算为他接风洗尘,叫上了李郁泽,三个人找了一家常去的私房菜馆,小聚了一下。

本来还想叫上贺知秋,但他的试镜再一次顺利通过。昨天晚上的飞机,他直接去了片场。

方昊川脱下西装,给李郁泽倒了一杯茶,说道:"贺知秋的行程是不是排得太满了?一部接一部地走,根本没时间休息吧?"

李郁泽换了新手机,进门之后没怎么抬眼,也不知道在看些什么:"还好,新人不都是这样吗?"

高奎闻着茶香,靠在椅子上眯了一会儿,睁开一只眼瞥了瞥李郁泽,问:"你就没一点同情心?"

李郁泽说:"这是他一直以来追求的梦想,他在做这份工作的时候乐在其中。"

高奎不可思议道:"你什么时候这么通情达理了?"

李郁泽挑了挑眉,喝了口茶说:"我一向如此。"

他所谓的一向如此,着实不能让人信服。

桌上坐着旁人也就罢了,一个两个都是最了解他的朋友,彼此交换了一个不可信的眼神。

方昊川说:"他接的这部戏,你之前了解过吗?"

李郁泽说:"没有。"

方昊川:"那你也不知道,这部戏的原始题材问题?"

李郁泽说:"不知道。"

方昊川说:"这部戏我之前了解过一些。不过,这种本子拍出来也只能吃吃眼前的红利,徐随给他规划好了还好说,如果稍微有点偏差,连戏路都会由此变窄的。"

李郁泽随口嗯了一声,依旧平静地敲着手机。

方昊川觉得他的反应不太正常,说道:"你真的不担心,他拍了这部剧之后有可能会引发的一系列问题吗?"

李郁泽懒洋洋地挑眉:"什么问题?"

方昊川说:"这部剧的原始题材本来就有比较小众,虽然在剧情上面改编很大,但是他拍完之后,绝对会被剧方炒作。你对于这一点,一点都不担心?"

李郁泽放下手机看了他一眼,说道:"为什么要担心?即便炒作也是剧方需要。"

他在这件事情上面所表达的立场非常宽大,给足了贺知秋在事业上面的发展空间。

可能在贺知秋的眼里,他和李郁泽还处在尝试重新建立友谊的阶段。

但是在方昊川和高奎的眼里,贺知秋就是李郁泽心里十来年的挚友。

他们相信李郁泽不会过分干扰贺知秋的工作。

但是李郁泽也不可能什么都不管。

这时,孟林从门外走了进来,手上拿着一部没有挂断的手机,递给了李郁泽。

对方是某个相识的导演,李郁泽跟他说了几句话,起身走了出去。

高奎一早就想知道,李郁泽刚刚拿着手机在捣鼓什么了,此时趁他不在,挪到他的位置上戳开了屏幕。

屏幕需要解锁。

但李郁泽的手机密码基本不是秘密，高奎想了想，输入了一串数字。果不其然，一点就开。

屏幕上面正显示着某个年轻演员的个人资料。

高奎看了几秒，抬眼问方昊川："吴雷是谁？"

"吴雷？"方昊川放下茶杯说，"贺知秋接的那部新戏里面的另一个主角。"

"哦……"高奎应了一声，又迷惑地问，"那李郁泽收集这么多这个人的负面新闻干什么？"

徐随之所以给贺知秋选择这部戏，一是因为他贴合角色气质，二是因为这部戏的人物设定和《平沙》那部戏的角色，可以形成一个鲜明的对比。

算算时间，这两部戏播出的时间应该是前后脚。徐随想要做的，就是让观众发现完全不一样的贺知秋。

徐随相信这两部戏播出之后，单以贺知秋现在的演技，绝对可以让人眼前一亮。

至于题材问题，并不在徐随的考虑范围内。

只是不清楚李郁泽会不会插手？徐随把这事放在心里，打算抽时间问问他的意见。

转眼到了六月。

算上回 A 市以后的群演生活，贺知秋在片场待的时间加在一起，也有一年了。

他渐渐习惯了剧组的节奏，演技也精进了不少。这次进组，徐随又想给他配个助理，再次被他拒绝。他依旧觉得自己没什么需要被人照顾的，一个人留在片场就足够了。

这次的剧组跟《平沙》相比，差了一些水准，说不上好，但也说不上不好。演员的水平更是参差不齐，虽然有几个眼熟的，但大多还是以新人为主,或者是一些不温不火的、在娱乐圈混迹多年的"老透明"。

周朴就是这么一个例子,他跟贺知秋差不多大,却比贺知秋早入行了十多年。入行当天是什么咖位,现如今依旧是什么咖位,从没上过娱乐新闻。网络引擎搜索他的名字,最新一条消息还是前年给某个当红明星录制的祝福语。

但他这人性格不错,大大咧咧地也爱说笑。

周朴觉得自己跟贺知秋对脾气,搭了两场戏以后,就跟贺知秋成了朋友。

周朴是继唐颂之后,第二个在圈内跟贺知秋以朋友相称的人。

贺知秋也很高兴,把这件事分享给了李郁泽。

他们现在分享的事情越来越多了。

其实朋友之间聊的都是一些鸡毛蒜皮的小事,比如今天的盒饭咸了,贺知秋也会拍张照片分享给李郁泽。

他们之间相处得越来越自然,能说的话,自然也越来越多了。

贺知秋骨子里也是一个爱说爱笑的人,只是这十年经历了太多的事情,压得他喘不上气。

现在,一切都变好了。

贺知秋的性格也渐渐放开了很多,偶尔还会跟李郁泽开个玩笑,吐槽这部戏的导演跟牧导相比,实在太放松了。

李郁泽不忙的时候,基本秒回,忙起来就没个头。

贺知秋也不会刻意等他,因为贺知秋知道,李郁泽如果看到消息,不会不理自己的。

新戏的进度有条不紊地进行着,只是赶上伏天,太阳热得能把厚厚的古装戏服晒透。贺知秋混迹群演圈的时候,已经吃过这份苦了,倒是觉得没什么。他今天带了一个小小的手持电风扇,坐在树荫底下跟周朴聊天。

周朴在这部戏里面饰演贺知秋的至交好友,如今两个人戏里戏外都是朋友，什么都能聊上几句。

"你说，那个吴雷不会要等这个夏天结束了再进组吧？那到时候你们的对手戏怎么办？难道要等你杀青了之后再跑回来跟对方补拍？"周朴长相周正，可能就是因为太过周正没什么特点，才没有给观众留下特殊的印象，导致一直不温不火。

贺知秋拿着电风扇对着脸吹："不清楚，到时候要看公司的安排，如果需要的话，我可能还要跑一趟。"

周朴说："凭什么啊？就凭吴雷是主角？我入行这么多年，从没见过有哪个主角因为怕热而推迟进组的。"

说来这个吴雷也是一个神奇的存在，贺知秋都开工半个月了，吴雷一直没露面，据说是因为天气太热，害怕中暑。

"没见过这么矫情的人。"周朴嫌弃地说了一句，又随手打开手机，翻了翻最近的新闻。

实时新闻没什么热点。

娱乐新闻也没什么起伏。

除了有一条关于李郁泽机场穿搭的抓拍，没有任何一条是周朴感兴趣的。

说起来，周朴的穿衣风格基本都是学李郁泽的，但从来没人拍过他。

后来周朴悟出了一个道理，可能还是因为脸不对，才不能以同样的方式登上热搜。

其实李郁泽的日常穿着能有什么风格？

不就是懒嘛？能套头的绝对不穿带拉链的；能挂在腰上的，绝对不会穿需要扣皮带的。

但人家穿出来的就叫"慵懒"，他穿出来的就叫"懒汉"。

贺知秋被周朴逗得哈哈大笑，把电风扇借给他吹了吹，也拿出手机来，点开了那条热搜。

周朴嘴上说着不学了，但手上却把照片存了起来，准备上网搜搜同款。存完了他又看了会儿别的，刚准备退出微博，就在热搜的前几位发现了吴雷的名字。

吴雷是最近两年才红起来的偶像明星，长得还行，粉丝也不少。虽然作品没几部，但在网上的存在感很强。运营团队很会制造新闻，经常引起关注。

团队这么会招摇已经很让人反感了，就连吴雷也不是个省油的灯，时不时就会传出一些炒作新闻，还是无缝衔接的那种。

有人讨厌，自然也会有人喜欢。粉丝对于吴雷的八卦睁一只眼闭一只眼，只要吴雷自己不承认，网上传出来的那些消息就都是有心人刻意黑他们的偶像，不能相信。

前两周更是有新闻爆出，吴雷与一个比其大三十多岁的企业家攀关系。

周朴开始以为吴雷是因为这件事才上的热搜，结果点开一看，竟然是跟他们正在拍摄的这部剧有关。

之前说了，这部剧通过改编之后，把剧情进行了大量调整。

剧情大改不说，还加了两个原创角色。

前阵子演那两个新增的角色都被原著粉骂疯了。最近风向突变，炮火莫名其妙地都转向了吴雷，就连原著粉的态度都变了。

贺知秋不怎么看这些八卦，也不知道这部戏在开拍之前，就已经因为改剧本的事情闹得沸沸扬扬。

剧方大多时候都不搭理，实在被骂得顶不住了，才会出来回应一两句。毕竟网络舆论也不可小觑，万一搞成了大范围的全网动员，就得不偿失了。剧方也不是完全不在意这些的。

周朴拽着贺知秋一起围观剧方的微博评论，前几天全是骂那两个新增的角色，今天的热评第一却换了。

我可不是小心眼：该说的都说累了，想让你们再把剧本改回来，估计也没戏了。作为原著粉，我只有一点卑微的请求，就是希望剧组，既然改了原著的名字，改了原著的内容，拍完以后就不要打着原著的旗号再炒作。

她这句话说得很有水平,既体现了原著粉的无能为力,也体现了她此时此刻的卑微心情。他们闹得太久,也闹得太累了,唯一的愿望就是想等这个剧播出之后,不要再跟原著有任何牵连。

贺知秋站在她的角度上思考,也觉得她有些可怜。评论下面更是有很多原著粉支持,但也有出来抬杠的。更有吴雷的粉丝表示,他家偶像根本就不需要跟别人攀关系。

评论太多,贺知秋只能看个七七八八,除了个别网络用语不太懂,大概算是了解了这件事情的始末。

这时,李郁泽也忙完了,给贺知秋回了一条信息。

贺知秋刚好瞥到了一个词,于是给他发消息:李郁泽?

李郁泽:嗯?

贺知秋:你知道,什么是节奏大师吗?

李郁泽说不知道,又问贺知秋是在哪里看到的这个词。

贺知秋说在剧方的微博,顺便把这件事情跟他讲了讲。

李郁泽听完后习以为常,还好心地提醒贺知秋最好离粉丝的世界远一点。

毕竟无论和谁相处,都要给彼此一点距离和空间,这样才能更好地维持关系。

粉丝和偶像之间也是一样。

贺知秋看着李郁泽不停地对自己输入"职场经验",想象着对方此时一本正经的模样,不禁起了玩心,笑眯眯地问:那朋友之间,也要保持很远的距离吗?

李郁泽说:当然。

过了两秒。

他又把这两个字撤回了。

跟粉丝的相处之道,贺知秋可能还要学习一段时间。倒是跟李郁泽的相处之道,贺知秋似乎找回了一些曾经的感觉。

过了短暂的休息时间，贺知秋跟周朴又要忙了。他们今天要拍整整一天的对手戏，刚刚忙里偷闲，看了会儿八卦。

贺知秋从树荫底下站起来，整理了一下戏服，又把周朴还回来的小电风扇放在自己的水杯旁边。刚准备把手机也放过去，就听到一声来自微博的私信提醒。

他点开看了看，也不是什么重要的大事。唐颂最近接了一个广告，估计是公司拿着他的账号群发了一条宣传消息。

贺知秋没有回复，突然想到了李郁泽跟自己说的粉丝之道，于是就点开了自己的粉丝列表，想看一看，这些关注自己的人，都是什么样子。

当然，这个具体的样子，顶多是看看大家的头像还有ID。贺知秋的粉丝已经有十多万了，如果点进页面挨个了解，可能会需要很长一段时间。

前几页的粉丝都是刚关注的，贺知秋这周还没有发微博互动，所以对这些ID也没有什么印象。

周朴见贺知秋久久没过去，催了他两声。

贺知秋急忙说"来了"，放下手机之前，看到了一个有些眼熟的名字——"我可不是小心眼"。

这不是刚刚在剧方微博下面的那个热评第一吗？

她也是自己的粉丝？

贺知秋没来得及多想，跑去工作了。

又过了两天，吴雷依旧没有进组。导演看起来也不着急。吴雷不来，就拍贺知秋的戏份。有些非必要的对手戏干脆让贺知秋对着空气表演，反正后期剪辑到位就行，也不需要吴雷真的在场。

周朴说，吴雷现在的处境有些尴尬。

即便是吴雷现在想要进组，估计也要再等一段时间。

贺知秋问周朴为什么。

周朴又拿出手机，给贺知秋看了看热搜。

这几天的娱乐新闻又热闹了起来，吴雷的事情首当其冲，李郁泽的日常穿搭都被吴雷的名字挤了下去。

大部分是关于吴雷的新闻。这部戏也跟着吴雷借了不少光，还没播出，就跟着吴雷的名字一起，上了好几次热搜。

贺知秋本以为这次又会换主角，但周朴说不会换。

吴雷的事情构不成负面新闻，同时，那件事也没有给出实际的证据。就算这些事情都是真的，也只有吴雷和团队会忙得焦头烂额。

投资方可是最乐意看到这种情况的，随便吴雷再爆出什么惊天动地的大新闻，只要不是违法犯罪，没有太大的社会影响，就能免费蹭对方的热度，何乐不为？

如果吴雷想要进组，就必须把这件事解释清楚，毕竟热度已经上来了。再加上，吴雷刚接了这部颇有话题度的电视剧。

原著粉自然对吴雷诸多不满。

所以很多粉丝的风向也随着这件事情的发酵，发生了非常大的转变。

基本上跟那个"小心眼"的姑娘意思一样。

戏可以拍，剧本也不用改了。

只要拍完之后不要再出来吸原著粉的血，他们就感恩戴德了。

而且口径非常统一，带着一种退而求其次的无奈感。

这几件事加在一起，闹得热火朝天。

最难熬的应该还是那位至今没有进组的吴雷。

不到半天，吴雷的团队终于被逼得出来澄清了。

周朴说，他们其实只有两种选择：一是回应网上的传闻；二是憋着不理，那这个剧也别想拍了。

辞演是不可能的，吴雷一直需要一部拿得出手的作品，不可能因为这点事情就放弃自己的演艺事业。

所以，最后衡量了一下，承认网上的传闻是最不会伤筋动骨的选择，最多暂时脱一点粉，后续早晚还是会涨回来。

剧方也在这个时候跑出来蹭了一波热度。

这件事轰轰烈烈地闹了半个多月，终于算是结束了。

贺知秋作为局外人，只是看了一个热闹。他今天收工早，趁着换戏服的时候，穿着一件立圆领的白色中衣，绑着发髻，拍了一张自拍发到了微博上。

他的自拍水平进步了很多，虽然还是一张正脸不偏不倚地摆在镜头当中，但最起码能露出一点点身后的背景了。

相比吴雷那边的战火连天，贺知秋的微博下面就和谐了很多。虽然也会有一些激进的原著粉跑来黑他，但大部分粉丝的关注点还是在照片上面。

有一些粉丝的 ID 贺知秋已经很熟悉了，每次发微博他们都是冲在最前面。他不忙的时候依旧会跟他们聊几句，但不会每一条都回了，因为确实回复不完。

这张照片发出去不到五分钟，评论就跳出了三百多条，贺知秋简单地看了看，基本上都是对照片的夸赞，还有个别关心他的身体，让自己大热天的注意防晒，不要中暑了。

只有一个人的关注点比较奇怪。

贺知秋盯着那条评论看了看。

我可不是小心眼："秋秋好好看呀，自拍的水平越来越好啦！好想知道秋秋的脖子上面戴的到底是什么东西呀？都出镜好几次啦！"

脖子？

贺知秋眨了眨眼,立刻把手放在了领口处。因为天气太热,立领的中衣被他解开了两颗扭扣,拍照的时候刚好可以看到他的脖子上面挂着一条褐色的绳编项链。

但具体挂着什么,就无从知晓了。贺知秋拍了这么多自拍,也确实有两三张露着这条项链。

但是之前没人提出来,也就没有人注意到。

如今她把话说了出去,不少粉丝的关注点也就跟着转移了,纷纷开始猜测贺知秋到底戴了一个什么东西。

等贺知秋换好衣服,再回来看评论时,这位"小心眼"姑娘又一次被顶到了热评的前几位。

她还在评论里面跟别人互动,简简单单的一句话单独拿出来看,可能没什么问题。

可是把她说的所有的话全都连在一起,就非常具有引导性了。

她觉得这条项链非同一般,就让大家也觉得,这条项链在贺知秋的自拍中出现过这么多次,肯定非同一般。

贺知秋又看了一会儿,把这位姑娘的评论发给了李郁泽,问道:"这种就是带节奏的意思吗?"

十分钟后。

李郁泽才问:"我也不懂。"

他说不懂,也可以理解。

毕竟带节奏这种事情本来就是一种很模糊的概念。

拿"小心眼"姑娘举个例子。

没有谁能够肯定地说,她一定是在刻意地引导别人。毕竟每个人的想法不同,主观意识比较强烈的人绝对不会去考虑过多的客观因素。

她可能也只是说出了自己的想法,吸引了一些可以跟她产生共鸣的人。

直到跟她有共鸣的人越来越多,这件事就会形成一定的话题。

而这个话题越来越大,就会发展成为某个热点事件,从而吸引更多的人进行讨论。

　　人多了,想法自然也就变多了。

　　如果某个人的想法与她的背道而驰,那么在那个人的眼中,她所发表的任何言论,都有可能被视为指向性明显的带节奏。

　　除非,这件事本身就是这位姑娘制造的。她作为幕后黑手,想要在这件事情上面得到一些利益,或者是别的什么东西。

　　但贺知秋觉得,是自己想太多了。

　　毕竟这条项链确实在照片中出现过好几次。

　　她可能真的只是看得比较仔细,单纯地想要知道绳子上面到底挂着什么而已。

第七章 生活综艺

第二天。

一直没有露面的吴雷终于带着三四个助理进组了。

对方看起来十分疲惫,头发没怎么打理,情绪也很暴躁。吴雷顶着一双熊猫眼,时不时就会对工作人员发出不耐烦的呵斥,连好脾气的导演都不停地摇头。但又不能说什么,据说吴雷能走到如今这一步,背后还是有人推波助澜的。具体是谁也不好讲,反正不去惹吴雷就对了。

吴雷的第一场戏就是跟贺知秋拍的,因为情绪不到位,连续卡了十几条,贺知秋抛出去的戏也接不住,反过来还要大吼大叫地质问贺知秋,一个新人到底会不会演?

贺知秋看了看导演。

导演那边也很无奈,只能让吴雷先去休息,继续拍贺知秋自己的戏份。

今天是一场雨戏。

连日的暴晒,刚好碰上了一个阴天。

等雨是等不来了,剧组租了水车,为了节约费用,打算在一天之内把剧中所有的雨戏都拍完。

贺知秋刚刚已经陪着吴雷拍了两个小时了。结果一条都用不了,全部都要重新来过。

没有了吴雷在片场乱发脾气,大家的进度都快了很多,只是雨戏难拍,贺知秋也还没有到达一条就能过的精湛水平,所以还是拍了很长时间。

贺知秋穿着湿答答的戏服一直忙到下午,到了晚上收工,就有点着凉了。

周朴从别的演员那里帮他借了一点感冒药。

贺知秋吃下去后觉得精神好了很多,也没怎么在意。回到酒店照常跟李郁泽聊了一会儿,顺便说了说晚上的盒饭终于不咸了。

李郁泽最近不忙,昨天刚刚从某个颁奖典礼的现场飞回A市。虽然他不太想去,但是必要的工作还是得接。

他一个人在家,找了个支架支着手机跟贺知秋视频。餐桌上放着一桶刚刚泡好的泡面,看起来可怜兮兮。

"我明天过去探班。"李郁泽吃了一口面说。

贺知秋正坐在酒店的单人床上,问道:"要去看高前辈吗?"

李郁泽面无表情地说:"看他干什么?"

"那要看谁?"除了高奎,贺知秋就不清楚在这个圈子里,还有谁跟李郁泽相熟了。

李郁泽半晌没说话,吃完最后几根面条,靠在椅背上面盯着贺知秋。

贺知秋平静地跟他对视了几秒,突然眨了眨眼,缓缓地竖起一根食指,指着自己的鼻尖说:"看我?"

李郁泽说道:"除了你,还能有谁?"

贺知秋换了一个姿势,捧着手机问:"你真的能来探我的班吗?"

李郁泽说:"为什么不能?"

"那如果被媒体拍到了要怎么解释?"贺知秋还一直记得帮忙的事。

"那就不要让媒体知道。"

李郁泽站起身,单手扣在了手机上,说道:"我明天偷偷去看你,你提前请个假。"

李郁泽晚上才来。

贺知秋到了第二天下午就开始心不在焉了。他昨天的感冒没好，今天还有一点点发烧，虽然烧得不是特别严重，但精神还是有些萎靡。他本想开口跟导演请几个小时的事假，结果导演主动给他放了半天的病假，让他回酒店好好休息。

贺知秋去了一趟片场周围的药店，买了一点退烧药。退烧药有催眠的功效，按照常理来讲，吃完之后应该会睡上几个小时。贺知秋定好了闹钟，本想等李郁泽落地的时候再去他们约定好的地方。可不知为什么，贺知秋怎么都睡不着。

头晕乎乎的，身上还有点发冷，这让贺知秋坐立难安。

最后他干脆不睡了。还没等到李郁泽打电话来，贺知秋就穿着一件长袖的衬衫去了距离片场不远的一处老街。

那条街是李郁泽选的。他虽然不在这边拍戏，却对这边的地形比较熟悉。想必之前来过，知道什么地方比较隐秘。

这会儿刚刚入夜，整条街上除了亮着几盏昏黄的小灯，基本看不到什么行人。贺知秋沿街走了几分钟，拐进了一条铺满了青石板的小巷子里。巷子两旁都是古色古香的仿古建筑，他和李郁泽就约在前面不远处的一家私人客栈的后门。

李郁泽今晚会住在那里。

贺知秋在过来之前，没想到李郁泽会提前到。李郁泽此时正站在客栈门口的路灯下面，拿着手机，应该在发短信。

奇怪，昨天明明说的是晚上九点到，可现在才八点半，怎么提前了这么久？

贺知秋刚想过去跟他打招呼，却收到了一条短信。短信是李郁泽发来的，说他刚下飞机，让贺知秋慢点过来。

贺知秋迈出去的脚步又收了回来，站在原地安静地看了他一会儿。

他今天穿了一身酷酷的黑色衣服，还戴了一顶可以挡脸的鸭舌帽。

明明是贺知秋距离这里比较近，可以提前过来等他，可他一定要自己先到，再发短信让贺知秋出门。

贺知秋等了几秒，给李郁泽回了一条信息，告诉对方自己已经来了。

信息刚刚发送成功，就见李郁泽抬起头，四处寻找贺知秋的位置。

贺知秋弯着眼睛跟他挥了挥手，然后快速地跑了过去，说："你来了。"

灯光下，贺知秋的脸色还是有点红。

李郁泽没有立刻说话，而是皱着眉问："发烧了？"

贺知秋诚实地点点头，说："没事，已经吃过药了。"

李郁泽问："烧了多少度？"

贺知秋说："三十八度。"

他吃过药之后，眼睛里亮晶晶地闪着光，看起来也很有精神。

李郁泽松了口气，问他："冷不冷？"

贺知秋想了片刻，说："有点冷。"

李郁泽递给他一件黑色外套，说："那把衣服穿上吧？"

贺知秋再次点了点头，主动上前一步，接过外套说："好呀。"

相比去《平沙》剧组探班时的大张旗鼓，这次单独来见贺知秋，李郁泽反倒是趁着夜深人静偷偷摸摸过来的。

毕竟以贺知秋现在的状态，并不适合爆出跟李郁泽有关的任何一条新闻。

原本是干干净净的一张纸，依靠自己的能力一部戏一部戏地从群众演员演到了主角，每一个角色也都是依靠自己的实力通过一次次试镜换来的。

如果此时网络媒体过来横插一脚，爆出贺知秋跟李郁泽有关，那么贺知秋之前整整一年的努力，基本全都白费了。

广大网友可不会管贺知秋曾经经历了什么，是不是起早贪黑地揣摩剧本，是不是也一次又一次地被严苛的试镜刷下来过。

他们必定只看得到李郁泽。贺知秋如果此时跟李郁泽有关，那么他所有的成绩肯定都是通过李郁泽的光环所获得的。

什么带资进组啊，什么娱乐圈顶级明星的好友，类比富二代、星二代，这其实并不是一个贬义词，只是代表了某种身份。但不可否认，在一小部分人的眼里，这种人就是天生好命，没有实际能力的象征。

李郁泽在这个圈子待了太久，知道这种莫须有的罪名随随便便搞出来几个，就能将现在的贺知秋压得一辈子翻不了身。

他短时间内是不想让这些讨厌的人得逞的。

所以，他偷偷地来了。

但李郁泽的目标还是太大了，无论他怎么隐藏，他来过贺知秋所在的这座影视城的消息还是不胫而走，第二天就上了热门。

不过，娱记们只是拍到了李郁泽从客栈正门进去的画面，至于之后的事情，就一无所知了。

所有相关的新闻下面，都是围观群众猜测他是去干什么的。

最后指向非常明显——探班。

他大半夜的出现在影视城里，除了探班，不可能是去体验私人客栈的住宿环境。

一个鱿鱼圈："我真的好想知道他到底是去探谁的班啊！"

喵喵叽叽："是上次他说的小演员吧！不过那边的影视城这么大，光是正在拍戏的剧组就有二三十家，演员少说有上千人！这怎么猜？而且他上次秒删的时候说对方是小演员？小演员就是没什么名气的演员咯？"

松子爱秋秋："也不一定是吧？放眼娱乐圈，除了上了年纪的老艺术家还有跟他同等地位的一线大明星。他都能轻轻松松地称呼别人一声小演员吧？"

葡萄糖精："这个小演员就很有灵性，我觉得大家也不一定要把目光全都集中到小透明上，二三线都招呼起来啊！"

单纯吃瓜："你这又在无形当中扩大了目标范围好吗？"

慕斯小仙女："会不会是我家悠悠呀？呜呜，我家悠悠最近都在那边拍戏，而且跟李郁泽有过合作！"

拒绝拉郎："楼上可别瞎说啊，要等哪天被扒出来不是你家正主，脸可是很疼的。"

吃瓜专用号："那会不会是在《青衫录》那个组里啊？主要是那个组最近存在感太强了，莫名地就想到它了。"

真的路人："《青衫录》？不会吧，那个组的几个主演，除了吴雷，连听都没听过，就算是个小透明，也不该透明成那样吧？"

秋秋小鱼："啊呀！楼上提到《青衫录》了，那就在这里偷偷推荐一下我家秋秋。秋秋真的人美心甜戏也好，大家如果有时间，可以关注秋秋一下哦！"

网络上关于李郁泽探班的对象到底是谁的猜测依旧没有结果，就算目标范围变小了，也没办法在茫茫的娱乐圈里把这个人找出来。

毕竟这个圈子说大不大，说小也不小，李郁泽如果真的想把一个人隐藏起来，也不是一件难以办到的事情。

最让人抓狂的还不是这件事。

自从李郁泽的"秒删"事件结束以后，各方的粉丝也开始蠢蠢欲动了。

既然正主亲自指明了方向，那"小演员"这个人，可就包罗万象了。只要李郁泽没有明确地说出对方是谁，那谁都有可能是这个人。

网络上再热闹，回归到现实生活，也还是平静如常。

贺知秋今天下午就杀青了，在这个剧组待了三个月，中途跟李郁泽见过三次面。虽然见面的时间不多，但两个人的友情却增进了很多。周朴还有几场戏没有拍完，贺知秋跟他约了回A市再见，提着行李赶去了机场。

徐随依旧让贺知秋先回一趟公司，说有工作要谈。

贺知秋只好给李郁泽打了个电话，告诉对方自己可能要晚点才能回去。

只是没想到，徐随跟贺知秋说了很多新的工作安排。直到晚上十点多，贺知秋才从公司出来，风尘仆仆地回了家。

这个时间，李郁泽还没有睡，正靠在沙发上面拿着掌机打游戏。看见贺知秋回来，他随手把游戏机扔了，站起来说："这么晚？"

贺知秋点了点头，刚换好鞋，就看到李郁泽走了过来。

李郁泽问道："累不累？"

贺知秋确实有点累了，闭了闭眼，才说："你吃饭了吗？"

李郁泽说："没吃，"又扭头对着餐桌上面没开封的外卖说，"不过我已经做好了。"

贺知秋噗的一声笑出来，回房间换了一身衣服，跟他一起去了餐厅。

两个人久违地坐在一起，周围的气氛都变得开心了起来。

李郁泽问贺知秋接下来要休息几天，贺知秋的筷子顿了顿，他犹豫了一会儿才说："应该不能休息了。"

李郁泽原本挺高兴的，听到这里脸色一变，问道："为什么？"

贺知秋说："徐随哥帮我接了一份新的工作，明天要去公司熟悉节目流程，后天要跟制作组工作人员接触一下，所以可能……"

"节目？"李郁泽问，"什么节目？"

贺知秋说："好像是一档综艺节目，徐随哥帮我接了几期。"

徐随帮贺知秋接综艺节目并不是打算让他转型，只是他现在的曝光率实在太低了，连续拍了两部反差很大的戏，也该缓一缓。再加上那两部戏还没有播出，热度上不来，也接不到好本子。所以徐随帮他找了一档月播制的综艺，平均每个月都能在观众面前刷刷脸，等到那两部剧播出的时候，也不至于没什么人认识他。

而且到了那个时候，贺知秋的知名度也该上去了，一些好的剧本和资源自然而然地就找上门了。

徐随这个思路没有问题，一个新人的正常发展路线也是相对正确的。

李郁泽不想插手贺知秋的工作问题，但他没想到徐随竟然这么狠，真的一点私人空间都不给贺知秋留。

真是太过分了。

李郁泽暗自腹诽，面上却没什么反应。

两人又简单地聊了几句，等到贺知秋吃过晚饭上楼洗漱，李郁泽才拿出手机给陈琼打了个电话，开门见山地问："有没有综艺找我？"

陈琼刚开完会，接到他的电话先是一愣，才说："有啊。"

李郁泽问："哪一档？"

陈琼说："挺多的，但我都给你推了。"

李郁泽说："为什么推了？这种工作不赚钱吗？"

陈琼喝了一口水，说："赚钱啊。"

李郁泽冷淡地说："赚钱你还推？你疯了吗？"

陈琼那边沉默了一会儿，啪的一声脆响，也不知道是什么东西摔碎了，接着吼道："我看你才是疯了！要不是你一天到晚嫌这个麻烦、嫌那个麻烦，我能给你推了这些工作吗？我告诉你啊李郁泽,什么工作接不接都是你自己决定的,你别来我这儿倒打一耙!"

倒打一耙也不至于。

但今非昔比。

李郁泽不觉得曾经认为麻烦的事情,到了某些特定的情况下依旧是个麻烦。

人嘛,还是得识时务。

所以他挂了陈琼的电话,在通讯录里面找到了一个熟悉的导演。他跟这个导演上半年合作了一部电影,很久没联系了。此时他打个电话关心一下影片的宣传进度,一边跟这个导演寒暄了几句,一边回到了房间。

接下来的几天,贺知秋都跟着徐随了解那档综艺节目的基本情况。贺知秋以前很少看这种节目,对现如今的综艺类别也不甚了解。什么综合竞技类、家庭婚姻类,还有比较传统的选秀、脱口秀等一系列,总之,五花八门什么样子的节目都有。

徐随从中删删减减,最终帮贺知秋邀了一档生活体验类节目。人家一开始是不想要贺知秋的,毕竟这档节目的人气不低,之前播出了两季,口碑一直很好,从来不缺嘉宾。

只是最近有两个常驻嘉宾,因为工作的原因可能需要离开四五期。

制作组这边也刚好正在发愁要不要加人。

因为节目属于月播制度,每个月月初的前十天都要过来开工,中间半个月剪辑制作,月底播出。

这样在时间上面就多了很多的局限性。想邀请的人来不了,能来的人又不合适。

好不容易找到了一个档期合适的女演员,兜兜转转,竟然是《平沙》的女一号,郑梓珂。制作组问她要不要再找个嘉宾一起,她随手翻了翻嘉宾资料，选中了贺知秋。

毕竟她跟贺知秋有过合作，对他的印象也比较深。

再加上，贺知秋本身并不差，谈吐得体，不急不躁，往蓝天旷野下一站，从里到外地透着一股恬静淡泊的温和气质，正好符合这个节目的定位。

制作组的工作人员跟贺知秋接触了两次，拍了几张照片，就把这个事情定下来了。

距离正式录制还有两三天时间，徐随也不是完全的"周扒皮"，忙完了这件事就先让贺知秋回去休息了。而且他最近总觉得有人在背后骂他，揉了揉红肿的鼻子，又打了一个喷嚏。

难得的休息日，两个人又都在家。

贺知秋一早起来做了早饭，去楼上敲了敲李郁泽的门。李郁泽的房门是虚掩着的，也不知从什么时候开始，李郁泽的卧室不再上锁了。

十几分钟后。

李郁泽从楼上走了下来。他正在讲电话，嘴里说着："都可以，你们决定就好。我只是提个建议，不用处处以我为首。"半响，又谦虚道，"您太客气了，我这才哪到哪儿，能拍您的戏，也是我的荣幸。"

走到餐厅还没讲完，贺知秋站在他的对面，递给他一双筷子，又听他嗯了几声才挂断电话。

"有新工作吗？"贺知秋问。

李郁泽说："上次拍的那部电影正在准备宣传活动，还不知道怎么安排。"

贺知秋点点头，帮他盛了一碗鱼片粥，跟他说起了综艺节目的事情。

这两天天气不好，窗户外面阴沉沉的。

贺知秋本想等吃过早饭晒一晒被子，等到下午天气都没有转晴，只好作罢。

李郁泽盘腿坐在沙发上面玩了会儿游戏，看见贺知秋一直在阳台附近徘徊，没什么常识地说："想晒的话，现在也可以晒吧？"反正都在室内，就算待会儿下雨了，也淋不到。

贺知秋走过来说："没有太阳不行的。"

他想要晒被子，并不是因为被子潮湿盖着不舒服，只是习惯性地想要闻一闻阳光的味道。

而且阴雨天把被子拿出来，只会让被子吸收空气中的水分。那么大一件东西又不能烘干，只好等下次回来，找个阳光正好的天气，再拿出来晒。

李郁泽听他说完，目光在面前的茶几上停留了几秒，继续按着手上的游戏机，没再说话。

晚上，九点左右。

两人吃过晚饭，各自回了房间。

李郁泽今天上楼格外早，贺知秋原本还想在楼下多待一会儿，但看他走了，也就跟着一起上楼了。

说起来，虽然他们现在是室友，但真正相处的时间依旧非常有限。毕竟两个人的工作都很忙，即便手机上面说得再多，也还是隔着一层屏幕，有着明显的距离感。

贺知秋刚洗完澡，头发还没吹干，就急匆匆地跑出浴室，翻了翻床头柜上面放着的一摞剧本。

这些剧本都是贺知秋平时用来学习的。此时他随便挑了一本，打算去请教李郁泽。

没想到他刚一开门，就看到李郁泽堵在他的房门口，右手举在半空，估计是想敲门。

李郁泽可能也没想到贺知秋会突然出现，明显吓了一跳，急忙咳了一声，问道："还没睡？"

"啊……"贺知秋拿着手上的剧本往后藏了藏，也跟着清清嗓子，小声说，"还，还没。你呢？怎么还没休息？"

李郁泽缓了几秒，才叹了口气说："出了点小事故，可能睡不了。"

贺知秋忙问："什么事故？"

李郁泽斟酌了半晌，说道："刚刚喝水的时候，不小心把杯子打翻了。"

"水全都洒在了被子上，今晚估计不能睡了。"

说完李郁泽还生怕贺知秋不信，立马带他到房间里看了看。

二米二的大床上面果然湿了一片。

贺知秋愣了几秒，扭头看了一眼李郁泽放在桌上的咖啡杯。

贺知秋问道："那怎么办？"

李郁泽无奈地说："还能怎么办，只能睡沙发了。"

贺知秋笑着说："那我和你在楼下再待一会儿吧。"

李郁泽说："好。"

李郁泽那床沾了水的被子挂在阳台上，到了贺知秋出门录制节目的当天，都没有完全晒干，主要是最近的天气确实不好。

这床被子在贺知秋走后就被孟林收了起来，孟林还提了一床新被子过来。

贺知秋不清楚李郁泽后续是怎么处理这件事的。

贺知秋去了新工作的录制现场，距离A市大概有五百里左右。

正式进组之前，徐随让他抽时间把这档节目的前两季补了补。

节目本身并没有什么大起大落，录制现场也都是一些风光秀美、远离尘嚣的自然村。

受邀嘉宾会在村子里面度过最悠闲的七天七夜。跟常驻嘉宾聊聊天、做做饭，完成一些节目组给出的小任务，任务基本上没有什么难度，主要是为了增加笑点和趣味性。

贺知秋看着节目组送给他的邀请函，上面写着一系列拥抱自然、享受生活的宣传口号。

主旨意思就是让平时光鲜亮丽的明星褪去身上的光环，在最悠闲的田园生活中，还原一个最"真实"的自己。

徐随说这个节目本身没有台本，但是很多明星都会自带台本。

所以这个所谓的"真实的自己"到底是不是真的？那就无从得知了。

贺知秋不懂这中间的弯弯道道。徐随也没跟他多讲，让他平时怎么样，在节目中就怎么样，不用刻意突出地表现自己，自然一点就行。

毕竟他们以后的发展方向也不在此，就是单纯地想混个脸熟。

节目组用来接送嘉宾的专车开了三个小时，终于在某个风景不错的小村子里停了下来。

贺知秋提着行李箱下车，看到不远处有一栋刚刚搭建好的小木屋，门口种了很多移植过来的花花草草，周围还有一些施工的器材。

应该就是这一次的录制现场了。

节目组的常驻名单，贺知秋之前也了解过。除了他和郑梓珂，还有两位在圈内比较有名的明星。

其中一个大众比较熟悉，叫作韩征，演过很多热门的影视剧，做过主持人，也唱过歌。曾经跟高奎在圈内的地位差不多，这几年开始走下坡路。娱乐圈本来也没有什么常青树，到了一定的年龄也面临着没戏可拍的尴尬境地。韩征今年四十岁，看起来也就三十出头，可塑性很强。但因为不是流量型，所以很多时下热门的影视剧都接不了。他又不想为了生活掉价，去接一些父辈角色或是给年轻人作配。

于是他这几年开始转型，专心搞起了综艺节目，很少拍戏了。

还有一个叫作何扬。

这个人比较年轻，只有二十五岁。因为走的是偶像明星的路线，相对来讲粉丝也比较多。但也仅限于在某个特定的圈子里比较火爆，一旦出了圈，就没人知道了。没看这档节目之前，贺知秋对这个名字还比较陌生。但是看了之后，才发现他跟这个人有过一面之缘。

十几分钟以后，郑梓珂也来了。

路上贺知秋跟她联系过，知道她大概几点抵达。所以一直站在门口等她，没有提前进去。

徐随说贺知秋能来参加这个节目，多亏了郑梓珂的一句话。不然光凭他是起不了什么太大作用的。

郑梓珂今天穿着比较简单，为了迎合节目主题，妆面也比较素雅。她比贺知秋虚长两岁，为了掩人耳目，不让贺知秋管她叫"姐"。所以，即便他们之间已经比较熟悉了，贺知秋也一直称呼她为"前辈"。

两人简单地寒暄了几句，一起走进了节目组搭建好的院子。

院子里就是质朴的农家风格，凉棚、水井，还有绿油油的葡萄藤。室内的装潢大多选用原木色作为布景，厨房、客厅应有尽有。

不过这里只有常驻嘉宾居住，其他的受邀嘉宾都是分别住在别的地方，吃饭或者活动的时候，才会聚在一起。

节目录制之前。

导演把所有的工作人员全都喊到了一起，先介绍了一下两位新加入的成员，又开了一个小型会议，说了说这一期的基本流程。

在这期间，何扬一直没有出现。

韩征倒是比较热情地跟贺知秋聊了一会儿。他这个人，除了在个别情况下比较清高，其他的时候还是比较随和，尤其对待新人，不怎么摆架子。

到了晚上十点，导演才把录制的事宜说完。

郑梓珂忙里偷闲，真的把这份工作当成了度假，提着行李找到了自己房间,关上门睡觉了。

贺知秋没急着休息,跟着工作人员一起收了收开会时留下的茶点,又拿着几个泡过茶叶的杯子走向厨房,打算清洗一下。

只是没想到,他在去往厨房的路上碰到了一个人。

那人向他迎面走过来,不偏不倚地挡在了他的面前。

"你是贺知秋?"

贺知秋对上了这人轻蔑的眼神,不失礼地应了一声。

这个人就是何扬。

贺知秋在参加《平沙》的第二次试镜的那一天,在走廊里见过他。

那个打着电话、抱怨反派角色不讨喜,自己不想演的人。

"我还当是什么了不起的人物,能把我的角色给抢了。"他围着贺知秋转了一圈,发出一声厌恶的讥笑,转身走了。

贺知秋不知道他口中的"抢角色"出自哪里。毕竟他们之间唯一有过交集的地方,就是在《平沙》的试镜现场。

如果他口中的角色是指《平沙》那部戏的反派,但那个角色他不是不想演吗?又是哪里来的被抢一说?

贺知秋不太理解他言语中所流露出来的敌意,也没去多想,拿着杯子走进了厨房。

第二天。

本期的受邀嘉宾陆续抵达,具体来的是谁,节目组一般不会提前跟常驻嘉宾沟通,节目组会保留一些基本的神秘感,才能在双方碰面的时候拍出惊喜的效果。大多数受邀的明星跟常驻嘉宾或多或少合作过,不然就是大众比较熟知的,交流起来才不会显得尴尬或者生疏。

郑梓珂虽然刚刚加入进来,但因为这几年比较红,所以大家都认识。韩征就更不用说了,老前辈,过来的人都能跟他说上几句话。何扬虽然年轻，但是去年一整季都在节目里面刷脸，只要专门看过这个节目，对何扬应该也不会太过陌生。

唯独贺知秋是一个完完全全的新面孔，唯一的作用就是凑个人数，充当背景板。

所幸郑梓珂能带带他，做什么事情也会拉上他，没让他太边缘化。

这期节目播出之后，贺知秋的粉丝又涨了一批。

虽然徐随说了不让他刻意表现，但这种真人秀也很难掩盖一个人的优点和缺点。

贺知秋的厨艺很好，在这期间单独为大家做了两顿饭，得到了一致好评。做任务的时候贺知秋也不怕苦不怕累，脏活累活从来不会有半句怨言。

人很聪明，懂礼貌。

哪怕是坐在一群不认识的人中间，听他们聊着不熟悉的话题，他也不会表现出任何一点不耐烦的情绪。

他还会在夜深人静的时候整理大家遗留下来的东西，帮工作人员把道具归位。

其实这些事情他也不是刻意去做的，只是没想到在自己看来再自然不过的事，被收录到镜头之中，然后剪到一起，就成了最吸引人的闪光点。

比如洗水果的时候随手关闭水龙头，地毯歪了的时候蹲在地上帮忙矫正，做任务的时候遇到哭鼻子的小朋友，用任务金帮他买了一个棒棒糖，给他讲故事，又把他送回家。事后为了把买糖的金额补上，又把那个相对来讲比较辛苦的任务重新了做一遍。

前几天制作组给贺知秋的镜头并不算多，后期稍微平均了一些，也让之前关注过他的粉丝更加全面地了解了这个人。

贺知秋对象："呜呜！我就知道我没爱错人！"

小飞象:"别拦着我!此时此刻我就是那个哭鼻子的小孩!"

颜颜不谈情:"那我就是秋秋亲手选的那个草莓味的棒棒糖!"

爱秋不爬墙:"呜呜!还想听秋秋讲故事,秋秋跟那个小孩一起坐在老槐树下面的画面真的好温馨。"

一只小秋鸟:"秋秋好棒,看得出来,秋秋在生活中也是一个很温柔的人呢!"

不过有人喜欢,自然就会有人讨厌。

节目组的微博下面总是会有那么几个爱挑事的,说贺知秋的表现过于做作,肯定都是故意包装出来的人设,没有何扬的真性情可爱。

但何扬所谓的真性情,就是骄纵任性又不懂礼貌,经常会因为某些不得体的发言让受邀嘉宾下不来台。他不认错也不知悔改,经常一副谁都不放在眼里的高傲表情。

两家粉丝因为这件事吵得不可开交,唯有一个马甲,提出了一个发人深省的问题。

我可不是小心眼:"劳驾问一下,何扬到底是什么背景,这么厉害呀?霈风集团董事长他儿子吗?"

这个问题刚一提出来,就引发群众爆笑。霈风集团跟娱乐圈没什么太大的关系,但是在国内算得上首屈一指的著名企业。集团董事也在财富榜上名列前茅,有事没事就会多出来一些素未谋面的闺女儿子。

何扬自然跟这位董事没有关系。

这句话也只是单纯地讽刺了一下他眼高于顶的骄纵性格。

但何扬的背景确实是个谜,明明家庭条件一般,唱跳能力一般,工作上面也不够努力,可每次获得的资源却格外好。开始也有人扒过他的背景,后来不知怎么就被压了下去。如今这位姑娘旧事重提,又一次帮大家打开了记忆的闸门。

于是,风向一转,"何扬 背景"这样的关键词,就轻轻松松地上了热搜。

贺知秋在结束第一期的节目录制之后,回去住了几天。但那段时间李郁泽不在,一直在国外拍摄新代言的宣传片。等他快回来的时候,贺知秋第二期的节目录制也要开始了,两个人成功地错过了这次相聚。

他们想要再见,估计又要等上十天半个月了。

贺知秋嘴上安慰自己,这已经算短了,之前出去拍戏,可是要两三个月都见不到。

新一期的录制现场,距离A市有点远。

节目组这次把拍摄的地点选择在了一座大山里。

山里面有着许许多多的小村庄,房屋风格也从木屋变成了石砌的砖瓦房。

受邀嘉宾明天就到了,但今天院子里的花花草草还没有移植完,不少杂物堆放在墙角没人清理。

郑梓珂比较爽快,得知是因为工作人员人手不够,就主动把行李放在一边,帮着他们栽花。

贺知秋也跟韩征一起把院子里的杂物一件一件地收起来,放到专门空出来的杂物间里。

有些东西比较重,就两个人一起抬,倒也不算辛苦。

此时,只有何扬一个人两手空空地站在院子中间,没有帮忙。

不过这种事情倒也不能勉强,毕竟常驻嘉宾的合同里,也没有要求他们必须做这些。就算何扬现在躺在院子里睡觉,也没人能说他什么。

大家对他的表现习以为常,都在各忙各的。

半响,也不知道何扬是良心发现,还是觉得自己一个人站着确实有点无聊，他走到了韩征面前，挺殷勤地说："韩征哥，你去休息吧。我跟秋秋收拾一会儿。"

何扬这个举动着实让韩征惊了一下，还以为他是被现场的气氛感染了，于是说了声行，进房间烧水去了。

从上一期开始，贺知秋就能明显地感觉到何扬对他有着不小的敌意。所以他凡事都跟何扬保持较远的距离，不会去轻易触对方的霉头。何扬除了偶尔对他翻个白眼，冷嘲热讽几句抢角色的事情，就没再做出什么过分的事情了。

贺知秋也没往心里去，倒是打电话问了问徐随，当初《平沙》选角的时候到底发生了什么。

徐随也是一知半解，又帮贺知秋问了相关的工作人员，才得知何扬在试镜的时候，根本就没有进行像样的表演。何扬是从心底里觉得这个角色已经是自己的囊中之物了，就算是不喜欢，也是他决定不演，而不是剧组不要他演。

换何扬的角度来讲，贺知秋演了这个角色，那不就是抢了他的东西吗？

再加上，这部戏虽然还没有播，但是男主是高奎，女主是郑梓珂，这两个人加在一起就是高收视的保障。所以何扬后悔了，把贺知秋当成了抢角色的眼中钉，处处看贺知秋不顺眼。

这时韩征走了，何扬也不想装了。

何扬没怎么用力地跟贺知秋抬了两块木板，又瞥了一眼放在墙角的竹编筐，筐里装着两桶没用完的漆料，还有一堆杂物，于是说："先抬这个吧。"

贺知秋点了点头，刚跟何扬抬了两步，就明显感觉他手上一松，整个竹筐立刻随着他的动作向前翻了过去。

那里面装的漆料没有拧紧，如果此时洒在地上，不知道要清理到什么时候。

贺知秋根本没有想到，何扬作为一个心智成熟的成年人会做出这种幼稚的事情。

贺知秋用尽力气想要挽救一下。

可那个竹筐实在太重了，拽着他向前跟跄几步。眼看他就要跟着栽倒在地的时候，从他身后传来了一串飞快的脚步声。紧接着，一只大手牢牢地拽住了他的衣服，又在他稳住脚步之后绕到了对面，帮他抬起了那个竹筐。

贺知秋本能地想说谢谢，结果一抬眼，就说不出口了。

李郁泽不知怎么来了，此时站在贺知秋的面前，冲他悄悄地眨了一下眼睛。

"我还说郁泽怎么突然丢下我们跑了？原来是急着过来见义勇为啊？"

浑厚的声音从不远处传来，贺知秋稳住了重心，盯着李郁泽看了几秒，又转过头，看到了一行人提着行李站在院子门口。

节目组的张导演正叼着笔跟策划推敲明天的拍摄细节，有些任务似乎行不通，正在紧急修改。

他听到声音先是没有在意，迟了半晌才猛地抬头，惊讶地说："许导？！你们怎么今天就来了？"

许导正是本次受邀的嘉宾，一脸的络腮胡子，身形微胖。虽然作品不多，但部部都是精品，在圈内也算得上是比较有名望的导演。

这次他受邀参加这档节目的录制，主要是为了新电影的宣传。

张导演是他的小辈，欠着身跟他握了握手，又想起他刚刚喊了一声"郁泽"，急忙四处找了一圈，发现李郁泽正在后面跟贺知秋抬着垃圾筐。

张导演瞬间吓了一跳，赶紧喊了几个工作人员过来帮忙，把李郁泽的手空了出来。

他万万没想到李郁泽能来。

节目组接到许导的回复时，只知道会有四五个电影的主创人员跟他一起,名单没有给全。

工作人员在猜测到底还有谁会过来的同时,直接就把李郁泽排除出去了。

虽然他是这部电影的第一男主角,但他出道多年,从来没有参加过任何一档综艺节目。

这回真的是邪门了。

张导第一次见他,喊了声:"李老师。"

李郁泽颔首,也叫了声:"张导演。"

受邀嘉宾的突然出现,打乱了节目组原有的节奏,张导只好先放下手中的工作,带着李郁泽他们参观了一下场地,顺便说了说录制时的基本流程。贺知秋跟在众人后面走走停停,双手微微握拳,半掩在卫衣的袖子里,像往常一样听着大家说话,过了一会儿,又拿了几个苹果去厨房。

这种时候,贺知秋知道自己不应该跟李郁泽有过多的交流。

毕竟多一事不如少一事。

这段时间已经没什么人质疑李郁泽结婚的事了,目光都转移到了那个被秒删了的"小演员"身上。

贺知秋觉得这样也好,虽然是个烟幕弹,但至少能顶上一段时间。

而且他总觉得,李郁泽对于这件事的态度非常奇怪。

明明当时火急火燎地找他帮忙,可他搬到李郁泽家里也将近九个月了,李郁泽又不把这件事放在心上了。

李郁泽从来不跟他讨论这件事的后续具体该怎么办,每次只要谈到这个问题李郁泽就会立刻转移话题。

不仅转移话题,李郁泽还会装睡。

贺知秋想起李郁泽把水洒在被子上面的那天晚上,两人原本靠在沙发上聊得好好的,结果他刚一换到这个话题,李郁泽就立刻背对着他睡着了，还非常刻意地打起了小呼噜，叫也叫不醒。

　　贺知秋一边洗着苹果，一边想着这件事。没有谁能够在前一秒还在说话，后一秒就立刻进入睡眠状态的，除了累到极致或者刚出生的小孩子。

　　李郁泽两者都不是，那很明显就是在逃避问题。

　　但是他为什么要逃避？这件事对他的事业来讲，不是很有影响吗？

　　除非他根本就不在乎这件事被揭露之后所带来的后果，那他还找自己帮忙做什……

　　贺知秋一怔，手上的苹果掉进了水池里。

　　几分钟后，郑梓珂过来帮忙。

　　看到贺知秋正在发呆，郑梓珂拍了拍他的肩膀，问："怎么了？"

　　贺知秋回过神来，忙说："没什么。"又把掉在水池里面的那个苹果捡回来，放在了盘子里。

　　张导带着李郁泽他们转完了，一行人围坐在客厅的原木长桌旁说说笑笑地聊天。何扬一改方才对贺知秋的态度，专门给许导和李郁泽分别倒了杯茶。李郁泽淡淡地瞥了何扬一眼，让旁边的人把茶接下来，又等贺知秋出来之后，说道："我们住在哪里？"

　　张导拿出一张提前画好的地图："就在这附近，之前不知道李老师会来，也不知道您对房间有什么别的要求，不如先找个人带您去看看，如果有需求，可以跟工作人员提出来。"这句话绝对是搞特殊待遇，别的嘉宾过来都是节目组安排什么房子就住什么房子，哪里有机会提什么个人要求？

　　许导笑着调侃张导演不会做人，怎么只给李郁泽搞特殊，他们不配有需求吗？张导一听十分惶恐，忙说："都可以提，都可以提。"

李郁泽没接他们的话茬，拿过地图看了一眼，先让许导选了个位置，又随便找了一间房子说："就这里吧。"

张导演说行，刚准备找个工作人员带他过去，李郁泽就对着过来送水果的贺知秋说："你带我去吧，再找个人帮我拿点东西。"

这些人过来录节目都带着各自的助理，孟林和小岳一早就在外面等着了。山路难走，保姆车只能停在村子口。估计是李郁泽提前叮嘱了什么，孟林见到贺知秋只是偷偷地打了个招呼，小岳也一副总算见到的表情，时不时就会偷瞄贺知秋两眼。随行的工作人员并没有发现他们之间的暗潮涌动，帮着孟林把车上的行李全都卸了下来。

李郁泽的行李确实有点儿多，光是这七天要换的衣服就带了整整三个大箱子，外加小岳带的两箱化妆品，还有他们几人的日用品。

贺知秋本想帮着提一箱，李郁泽却让他往旁边站站，敷衍地递给他一个U形枕，说："你带路。"

带路的人可以不用拿东西吗？

贺知秋眨了眨眼，又看到李郁泽在车里翻出来一个白色的小箱子，交代孟林把最近要用的东西带过去就行，其他的放回车里。

孟林点了点头，打开两个箱子，开始分类。他哥心疼他们，叫来一个工作人员帮忙，这几个大箱子，光凭他、小岳和司机，肯定要跑好几趟。而且小岳还是个女孩子，也拿不了太重的东西。孟林内心感动，拽着那个节目组的工作人员就扯起了闲篇。

于是，五个人分成了两队。

贺知秋带着李郁泽去找房子，孟林和小岳外加那个来帮忙的工作人员按照李郁泽的要求，整理这几天要用的东西。

说起来，贺知秋也是第一天来这个地方，对山里的路也不算熟，跟着地图绕了两圈，终于在半山坡上找到一栋最近才搭建好的小房子。房子的布局跟常驻嘉宾居住的地方没有什么区别，整体风格都很像。

除了李郁泽有点奇怪，阴着一张脸，像是谁惹到他了。

两个人一路上没怎么交谈。走进房间，李郁泽也没仔细看这里的布局，顺手把门关上，又找了一把椅子，让贺知秋坐在上面。

贺知秋不知道他想干什么，但还是顺着他的意思坐了过去。

李郁泽把手里的箱子放在地上，半蹲在贺知秋的面前，皱着眉说："手摊开。"

贺知秋听他说完，下意识地把手往后缩了缩。

李郁泽不高兴了，用强硬的态度让贺知秋摊开手。

空气中一时有些安静。

贺知秋的掌心里面扎了许许多多的竹刺，有长有短。

长的刺扎得比较深，他刚刚还去洗了苹果，已经渗出血了。

短的刺扎进肉里倒是没有出血，但是毛茸茸的，轻轻一碰就疼得钻心。

李郁泽从保姆车上拿的那个白色箱子，原来是个药箱。

他烦躁地翻出来一根小针，用酒精消了消毒，才小心翼翼地给贺知秋的手背准备拔刺。

本以为他前面的动作一气呵成，看起来应该是个非常厉害的拔刺能手。

可一旦见了真章，他就下不了手了，针尖距离贺知秋的手还有两厘米呢，就连着问了几句疼不疼。

贺知秋安静地坐了一会儿，等他又一次发问的时候，弯着眼睛轻声说："不疼。"

第八章 卖蘑菇

从李郁泽那边回来，贺知秋的双手都缠上了厚厚的绷带。

韩征看到吓了一跳，忙问："手怎么了？"

贺知秋无奈地笑了笑，说："没事，刚刚搬东西的时候扎了几根刺，在路边的卫生所清理了一下。"

但这家"卫生所"的包扎水平实在不敢恭维。

韩征心想，不就是扎了几根刺吗？抹上消毒药水，简单地缠上两层纱布就行了吧？不至于把小贺的两只手都裹得严严实实，活像机器猫那一双分不开瓣的小拳头吧？

韩征还专门低下头研究一下。

贺知秋的手其实并不严重，只要这几天少沾点水，很快就能愈合了。

结果这么一包扎，他立刻就成了节目组的重点保护对象。虽然他不怎么出名，但一期节目相处下来，好人缘还是在那里摆着的。毕竟人和人之间的关系都是互相的。在这个节目组里，除了何扬看他不顺眼，其他人对他都很不错。

所以，在正式开始录制第二期的时候，张导演作为旁白，首先把贺知秋受伤的这件事说了一下，顺便让摄像师对着他的手部拍了一个特写。至于后期怎么剪辑，就不知道了。

贺知秋的手包裹得太严，导致节目组给出的大部分任务都做不了。张导让他留在常驻嘉宾居住的房子里随便找点事做，顺便等着别的嘉宾外出收集食材回来，跟今天的主厨一起准备晚饭。

节目组规定，每一期来访的嘉宾，不管会不会做饭，都要亲自下一次厨房。

哪怕是把厨房烧了,也得亲自试一试。

本次的受邀嘉宾正在院子里面聊天,张导特意问了一下李郁泽要不要参加这个环节,他如果不想参加的话,是可以拒绝的。

张导此番举动如果传到网上,肯定会被喷得很惨。

但也没办法,毕竟李郁泽第一次的真人秀就给了他们组,他真是一点都不敢怠慢。

不过在工作当中,李郁泽一向通情达理。只要是他主动接的工作,也从来不怠慢别人。

他没怎么搞特殊,瞥了一眼站在不远处,蜷着两只手,捧着水壶浇花的贺知秋,说:"那我来当今天的主厨吧。"

同组的女演员抱着自家的小狗一起来参加节目,笑着调侃他是不是打算把厨房炸了,李郁泽挑挑眉没说话,倒是看了一眼始终坐在韩征身边的何扬。

何扬在录制节目的时候表现得还算乖巧,时不时地添茶倒水显得格外主动。这人藏不住的势利,知道谁好欺负谁不好惹。往期也没见他这么顺从地坐在嘉宾旁边听他们聊天,这期即便是忍着哈欠,也会在许导和李郁泽说话的时候赔着笑脸。

李郁泽收回目光,手指在原木桌上敲了两下,忽然扭头,逗了逗女演员怀里的那只小狗。那只小狗估计认识他,汪汪地叫了两声,还舔了舔他的手指。

当所有人的目光都转移到这只小狗的身上时,何扬却往后躲了躲,还刻意避开摄像头,露出了一脸极为厌恶的表情。

"今天帮厨的人是贺知秋吗?"

茶水过半,第一天的谈话环节也录制得差不多。

李郁泽站起来说:"那我是不是可以去跟他交流一下,看看晚饭做什么?"

张导说当然可以,并且给了他一张食材列表,让他们一起讨论菜单。

下午两点。

各组嘉宾踏上了寻找食材的道路。

李郁泽作为主厨自然不用出去，走到贺知秋身边，让他带着自己熟悉熟悉厨房的环境。

两人在众多的摄像头之下也没有过多的交流。但贺知秋知道李郁泽的厨艺水平，除了泡面泡得一绝，平时可能连个天然气都不会开。而且节目组为了还原淳朴的田园生活，只提供了一个煤炉，还有院外的一口柴锅。

贺知秋原本还挺担心他会把厨房炸了的，结果走了两圈，发现李郁泽竟然把节目组准备的唯一一桶食用油给踢翻了。

贺知秋怔在原地，看着地上那一摊黄澄澄的油，心想算了……

炸厨房已经是小事了。

他不把节目组新搭的房子烧了，就算好的了。

"我不是故意的，"李郁泽挺抱歉地跟张导说，"不然我跟小贺出去买一桶吧？"

张导也正有此意，毕竟这种意外的环节，在节目中是最好的看点。于是，他找到一个摄像跟着两人，又让贺知秋带着李郁泽去了村子里唯一的一个综合市场。

所谓的综合市场，其实就是一个小小的集市，茶米油盐什么都有。

一路上没有摄像头，两人在交流的时候也方便了很多。

李郁泽没有按着贺知秋给出的方向直接去买食用油，而是想要参观一下这座村子的自然风光。贺知秋点头同意，跟着他一起改变了路线，在宁静的小山村里转了起来。

山里面的湿气比较重，即便天气晴朗，碎石头铺着的小路上也是湿漉漉的。

两人在窄小的山路上并肩走着,摄影师特意跟在后面拍着他们的背影,总觉得这个画面看起来难得的和谐。

但他距离两人比较远,不知道他们在说什么。

"看到几只流浪狗了?"李郁泽问。

"五只了吧?"贺知秋说。

"再找找。"

"你为什么要找流浪狗?"

"可怜啊。"

李郁泽锐利的目光透过眼前的篱笆园,往里面看了看。

很好,找到了第六只。

贺知秋轻声问:"还有呢?"

李郁泽的脚步顿了顿,狐疑地瞥了贺知秋一眼,总觉得他似乎有哪里变得不一样了。

李郁泽说:"为什么要告诉你?"

贺知秋没说话,眼睛里藏着一丝狡黠的光:"好朋友之间,也有不能分享的秘密吗?"

李郁泽迟疑了几秒:"当然。"

他不想说,贺知秋也就没勉强。

这时,贺知秋手腕上的绷带在眼前晃了一下。

贺知秋想了想,试探地说:"我记得之前策划组的工作人员也说过,想要在节目中养几只小狗。但因为何扬反对,所以就暂时搁置了。"

李郁泽说:"你话里有话?"

贺知秋弯眼一笑,冲他顽皮地吐了一下舌头,说:"没有呀。"

两人在小村子里面绕了一圈,才一起过去买油。

张导给了贺知秋一百块钱,作为买油的基本费用。但贺知秋的手伤包扎得实在太夸张了,掏钱找零之类的都不方便。于是贺知秋就在半路上把这笔钱给了李郁泽,让他拿着。

这笔钱并不属于任务金,因为李郁泽不小心踢翻了油桶,所以这笔账还是要算在他的身上。今天花了多少,之后都要通过任务环节还给节目组。

一百块钱不算多,但在节目组的设定当中,钱是非常难赚的。

所以每一笔支出都要精打细算。

贺知秋本来想告诉李郁泽,买了油之后就不要再买别的东西了,如果欠节目组太多钱的话,未来一周的任务都不好做。没想到这话还是说晚了,李郁泽不仅买了一桶油,还跑到隔壁卖肉的小摊子上买了一堆不能吃的碎骨头!

摄像师以为李郁泽是新来的,不懂节目规则,想让他把那堆没用的东西退回去,省得后期辛苦。

贺知秋却偷偷地笑了笑,没让摄像前去制止,反而开始想着,如何才能在明天的任务当中尽快赚到一百块钱,帮他还给节目组。

他猜,李郁泽手里的那一堆碎骨头,是买给路上遇到的那群流浪狗的。

果不其然,他们原路返回时,李郁泽用这些骨头喂了好几只可怜兮兮的小狗。

他一边喂,还一边担忧地问贺知秋:"它们估计很久没吃得这么好了,是不是要少喂一点?"

贺知秋点了点头,跟李郁泽蹲在不久前才经过的篱笆园外,摸了摸眼前这只从园子里面挤出来的小黄狗。

摄像拍了他们两个近景,又换了一个位置拍了几幕温馨恬静的远景。他没有想到,李郁泽是一个这么有爱心的人,心中连连称赞了好几句。

此时,有爱心的李大明星拎着那一袋碎骨头,在每一处有流浪狗的地方都溜达了一圈。

每一只狗他都喂了一点，但每一只狗他都喂得不多。

基本保持在它们吃得正兴起的时候，他就收手不喂了。

然后他拎着装骨头的塑料袋前后晃悠，让沾有肉腥味的血水顺着质量不太好的塑料袋滴滴答答地往地上流。

五点左右。

太阳缓缓落山。

院子里已经有几个嘉宾带着食材回来了，但今晚的主厨和帮厨还不见人影。

张导看了看时间，站在门口有点着急。他刚想安排工作人员出去找一找，就看到远处走来两道人影，后面还跟着……

一群狗！

"这？"张导演怎么也没想到，李郁泽不过是出去买了一桶油，回来的时候竟然还能招来一群狗？等他们走到院子门口，他忙问："这是怎么回事？"

摄像关了设备，跟他说了说大致情况。

张导听完，内心一阵感动，他也没有想到，李郁泽那么一个高高在上的大明星，竟然可以这么有爱心。他又细数了一下眼前的流浪狗，大概有七八只，都是瘦骨嶙峋的中小型犬，对人没有什么威胁。

他不可能让李郁泽再把这群狗赶回去。毕竟来都来了，还不如做一个爱护流浪动物的公益选题，娱乐节目也能跟着升华一下。

不过，何扬似乎说过他不喜欢狗。

但无所谓了，张导心想，也不能因为何扬一个人，就放弃这么好的一个环节。他询问了一下已经回来的在场嘉宾，问他们愿不愿意在兽医的协助下，帮这群狗检查身体，洗洗澡，再喂喂食。

答案自然是肯定的，毕竟这个环节拍出来以后，还能让观众看到自己有爱心的一面。

一时间，院子里面热闹了起来。

李郁泽看似随意地把剩下的肉骨头扔在院子中间，任由那群跟着他回来的流浪狗汪汪叫着上前抢食。

刚刚他们忙着买油、喂狗，直到现在晚饭的菜单还没定下来。

李郁泽到卫生间洗了个手，又跟贺知秋一起走进厨房，开始准备今天的晚饭。

嘉宾找回来的食材都很常见，番茄、豆角，还有山里面最普遍的各种蘑菇。也有一些肉类、鱼类是节目组准备好的，不过吃多少，就要折算成钱，还多少。

贺知秋点了点现有的蔬菜，跟李郁泽站在简易的橱柜面前，商量着具体的菜单。

贺知秋习惯性地问："你想吃什么？"

李郁泽也习惯性地答："吃鱼。"

"吃鱼的话你不会做……吧？"

李郁泽听出贺知秋没控制好的语调，笑着帮他掩饰道："凡事都要挑战一下。"

勇于挑战不是坏事，可做鱼这种事情，对于一个新手厨师来讲，还是太难了。光溜溜的鱼身虽然已经清理干净了，但李郁泽还是不知道应该怎么下手。

贺知秋一步一步地教他，都没能把他教明白。让他在鱼身上切个花刀，他险些在自己手背上划了几刀。

算了算了，太危险。

贺知秋让他把刀放下，伸着自己的两只手说："能帮我把这个绷带解开一点吗？"

李郁泽说："为什么要解？"

贺知秋说："你这样做鱼实在太危险了，还是我来吧。"

李郁泽不情愿："你是觉得我做得不好？"

贺知秋晃了晃手上的绷带，笑着说："我是怕你切到手。"

他的这份关心，倒也正常。

毕竟李郁泽拿刀的手法确实有些吓人，换个人的话，同样会担心他伤到自己。

李郁泽犹豫了一会儿，还是小心地帮贺知秋解开了几层绷带，让他的手指变得灵活起来。

两个人角色颠倒，贺知秋最终还是成了今天的主厨。不然，等着李郁泽去做，估计今天的嘉宾是吃不上饭了。

这时，窗外传来了一阵喧哗。

也不知道是谁引起来了一连串的狗叫，紧接着何扬气急败坏的声音响起来："谁招来的狗？早就跟你们说了我不喜欢狗！为什么还要把这些东西弄过来？！故意跟我对着干吗？今天你们不把这些狗东西给我赶走，这节目我就不录了！"

他吼得很大，吸引了所有工作人员的目光。

李郁泽也跟着往外瞥了一眼。不过他没看何扬，而是看了看站在院子里，拿着手机录视频的工作人员。

虽然节目组规定，无论发生什么事情，都不要拿着个人手机乱拍乱照，但总架不住有那么几个好事的，想要把这些内容发给自己的朋友分享。

结果一传十，十传百。

何扬的事情当晚就上了热搜，由于事发突然，公关团队压都压不下去。节目组流传出去的视频基本上全方位无死角地把何扬拍了个遍，他所说的每一句话，都被异常清晰地记录下来，包括进门之后把收集来的食材摔在地上，对着张导颐指气使，对着那群可怜的流浪狗挥起木棍……

粉丝跳出来说何扬怕狗。

可何扬在视频里面表现出来的状态，完全就是厌恶。如果真的怕，早就躲到一边了，又怎么可能上前半步？

不过就算讨厌狗，也没什么关系。毕竟明星也是人，也不一定要喜欢所有的小动物。何扬之所以引起公愤，还是因为那副傲慢无礼的嘴脸。

什么叫作不把这群狗赶走，这节目就不录了？

网络上面原本对何扬的评价就不是很好，如今一闹，口碑就更差了。

节目组的微博更是在半个小时之内被刷了几万条评论，一水的抵制何扬。句式都差不多，什么如果不把何扬赶走，这节目他们就不看了。

当然，何扬的粉丝也不在少数，吵吵嚷嚷的，竟然把炮火转移到了招惹流浪狗的那个人身上。

由于节目组每期来访的嘉宾都是保密状态，只有播出的时候才会揭秘受邀人是谁。

粉丝一通乱猜，竟然在何扬的视频里面发现了本期的女演员嘉宾。

那位女演员爱狗，全网皆知。

何扬的粉丝自然不分青红皂白地就冲了上去，告诉她不是所有人都喜欢狗，质问她为什么要把流浪狗招到院子里。

到了晚上十点，何扬跟着随行的助理下山了。

节目组也暂时停止了所有的拍摄。

其实何扬的离开，对他们来讲也不是什么大事。这期的嘉宾足够了，多他一个不多，少他一个也不少。但何扬背后确实有一个比较难应付的投资人。张导在事发之后，一直联系台里的高层，询问解决的方法。

台里的对策还没想出来，网上的风向又一次变了。

谁都没想到，半年没有更新微博的李郁泽，在这个时候发了一条道歉声明。

李郁泽：对不起大家。我没有想到，第一次参加综艺节目，就引起了这么大的风波。我确实不知道何扬讨厌狗，只是在做任务的过程当中，看到这些流浪狗非常可怜，喂了它们一点吃的。怪我没有提前询问节目组里面的每一个人是不是都喜欢狗，也怪我没有特意去了解何扬的喜好，才会造成他的困扰。下不为例，希望大家可以原谅我。

　　他发完这条微博，就把手机扔到一边去了。

　　他没有再管网上是不是翻起了惊涛骇浪，心情不错地拐进了厨房。

　　贺知秋正在厨房里面热盒饭，因为这件事的发生，所有人都没有吃晚饭。

　　贺知秋还想再做一条鱼，等工作人员把热好的盒饭端出去时，又烧了一点热油。

　　鱼下锅的时候，喷出了一些油点子。

　　李郁泽刚好过来，摘下墙壁上的碎花围裙，递给贺知秋穿上。

　　何扬的事情还在继续发酵。

　　许导从业多年，从来没有见过脾气这么大的小辈明星。他不懂网上的那些弯弯道道，粉丝不粉丝的，跟他也没关系。大家一起围在客厅吃饭的时候，许导直接转发了李郁泽的微博，顺便痛斥了几句何扬的做法。

　　女演员更是委屈，她本来就是受害者，也转发了那条微博为自己澄清。

　　这几位能凑在一起拍电影，本来就不简单，随便拎出一个就能在名气上面压死何扬。

　　张导明显能够感觉到大家的怒火。

　　毕竟这事不怪李郁泽，最后竟然还要让李郁泽出去道歉。

　　真是岂有此理！

只是……台里的解决方案还没有下来。接下来的录制要不要等着何扬，也没有一个准信。虽然此时大部分的观众都在抵制何扬，但具体用不用他，还是要看台里的决定。

李郁泽没发微博之前，张导打过电话。看高层的意思，还是碍于何扬背后关系的面子，想要让何扬回来。实在不行就让他当众道个歉。等时间久了，观众也就忘了。

但如果何扬回来，本期的嘉宾肯定不会满意。

张导愁眉不展，拿着手机在院子里面转来转去，连饭都没吃。他想了想，又一次给台里打了个电话。不管以后怎么安排，至少让何扬这一期先别来了。只是没有想到，短短几个小时而已，台里的决定就变了，直接让他换个常驻嘉宾，说何扬以后都不用再来了。

虽然不清楚具体缘由，但事情就此解决，张导也终于松了一口气。

他正想进屋吃饭，就看到李郁泽和助理从里面走了出来。助理手上还端了一盘鱼、一碗饭。李郁泽跟他打了个照面，微微点了点头，没说话，也看不出喜怒。

张导等李郁泽走远，随便找了一个工作人员问道："李郁泽怎么了？"

工作人员还挺能共情，看着李郁泽的背影说："发生了这么大的事情，他心里肯定不好受，没吃几口饭就说想要休息。许导知道他没吃饱，让他带点饭，又看他特别爱吃秋秋做的那条鱼，就让他把整条鱼都端走了。"

贺知秋做的那条鱼只有李郁泽吃了两口，旁人刚想去夹，他就站起来说要回去休息了。大家都体谅他的心情，也没人因为一条鱼斤斤计较。

第二天。

节目照常录制。

网络上的风波虽然还在继续，但是对于节目组的影响已经不大了。

贺知秋手上的绷带也重新包扎了一下，留下薄薄的两层贴着手心，只要不去沾水，就不会影响任务的进度。

今天的主厨换人。

贺知秋跟李郁泽自然要去寻找食材。但分组的时候两人都没有抽到对方，贺知秋跟许导一组。

李郁泽因为背负了一百块钱的巨款债务，还独享了贺知秋做的一条鱼。两次费用算在一起，没人愿意跟他一起还债。

如果他一个人想要还上这些钱，估计要忙很久。

贺知秋跟许导商量了一下，让李郁泽跟他们一起，这样还可以互相帮助。

许导不是傻子，并没有觉得让李郁泽加入进来对他们有什么好处。毕竟他们的任务就是找找食材。昨天也没吃鱼，只吃了几口肉丝，平摊下来的欠款也就几块钱，随便做做任务就能还上。

贺知秋眨了眨眼睛，没想到平时挺好说话的许导，玩起游戏倒是挺认真。而且这几位电影的主创人员跟李郁泽都比较熟了，也不会因为地位或者名气等一系列的问题巴结他或刻意讨好他。

大家甚至还想借着这个难得的机会看他闹笑话。毕竟李郁泽平时面对他们，总是没什么表情，大家都想看点新鲜的。

贺知秋想了想，对许导用了一个请的手势，让他跟着自己一起背对镜头，又放低音量，在许导身边悄悄地说了几句话。

许导听了半响，再次面对镜头的时候，态度有了转变。

他同意李郁泽跟他们一组，也同意帮助李郁泽一起还账。

但具体怎么还，许导并没有多说。贺知秋避开镜头冲着不远处的李郁泽笑了笑。李郁泽也在看贺知秋，无声地问道："你把我卖了？"

贺知秋连连摇头，同样无声地说："我是在帮你。"

想要赚钱，首先就得有能换钱的物品。

但节目组管控严格，很多东西都是需要做任务才能获取的。

贺知秋和许导接到的任务是去农田里面种卷心菜和甘蓝。李郁泽欠款太多，本身是没有固定任务的，所以贺知秋也没有让他帮忙，给了他一个塑料袋，让他去山里捡蘑菇。

如果说，这个世界上真的有什么事情是李郁泽不懂的，那可能就是贺知秋在比较正常的情况下，飞快运转的小脑瓜。

上学的时候，李郁泽就因为请家教的把柄落在贺知秋的手里，被迫点了他家那个小作坊几个月的外卖。现如今，李郁泽看到他跟许导叽叽咕咕地说了半天，虽然没听清他们说些什么，但隐隐约约也有一点不好的预感。

不过，这种预感还真是久违了。

李郁泽乐得高兴。

捡蘑菇的时候他也觉得开心。

虽然捡了半天，也没捡到什么好的东西。

摄像跟着李郁泽在附近的山坡上转了转，建议他换个地方。李郁泽点了点头，准备拐到村子西边的山坡上再去看看。

这个小村子他昨天绕了一圈，对路线也比较熟悉，心里想着赶紧捡完，赶紧回去跟贺知秋会合。这个时候，摄像师突然喊了一声："李老师！别动！"

李郁泽脚下一顿，看到三米五左右远的地方，竟然并排站着……三只流浪狗？

这三只狗，他昨天见过。

由于体形过于庞大，危险系数较高，李郁泽就没给它们投食。

但他万万没有想到，这些狗竟然记住他了，一双双泛着绿光的眼睛，紧紧盯着他手中的塑料袋，一步一步地逼近。

李郁泽下意识地咽了咽口水。

他也不是神，也有思维混乱不冷静的时候。面对危险，本能就是想跑，结果他刚一转头，那三只狗也跟着追了上来。

李郁泽心里暗暗骂了一句，紧紧攥着捡来的蘑菇，想要找个地方躲起来。

可眼下刚从山坡上下来，附近空荡荡的一片，挨着田埂，也没什么居民。

唯一值得庆幸的事，他跑得比较快，暂时还没有被那三只狗追上。

贺知秋正蹲在田里埋种子，听到路边有狗叫声，回头看了一眼。这一看不要紧，发现李郁泽正在被三只狗追着跑，直接扔了手上的种植工具，冲了过去。

李郁泽顾不得往左右看，怦怦直跳的心脏仿佛要从嘴里蹦出来。他依稀记得前面有一间没人住的小房子，刚想加快脚步躲进去，却没想关键时刻脚底一绊，逃跑的节奏一下子就乱了。

眼看身后的那三只狗越来越近，他还没想出对策，就感觉手腕一紧。

贺知秋突然跑出来，拽着他一路向前，躲进了那间小房子。

房子确实没人居住，破破烂烂的，幸好有个门。

贺知秋跑得也急，此时气喘吁吁地找了根木棍，把那扇破门给挡上了。

三只流浪狗堵在门口叫个不停。

跟拍他们的摄像师已经请了救兵，站在比较安全的地方喊着："李老师，小秋！你们先在里面等一会儿，张导已经去找人过来救援了！"

听到"救援"这个词，贺知秋没忍住笑出声来。他转过身，看到李郁泽正坐在一个废弃的小板凳上面，平复急促的呼吸。

李郁泽跑得汗都出来了。

贺知秋蹲在他面前,从口袋里面拿出一包纸巾递给他。

"你跑什么?"

李郁泽说:"它们追我,我当然跑了。"

主动追的?

怎么可能?贺知秋昨天也见过这三只狗,虽然它们长得有些可怕,但如果不去主动招惹它们,应该是不会遭到攻击的。贺知秋看李郁泽擦了擦脸,戳穿道:"肯定是你先跑的,所以它们才会追你。"

李郁泽耸了耸肩,算是承认了。

贺知秋有些后怕,无奈地科普:"你不知道,看到狗不要跑这个常识吗?"

李郁泽说:"当然知道。"

贺知秋问:"那为什么还要跑?"

李郁泽说:"当时没想那么多。"

他这会儿缓过来了,把刚刚捡的蘑菇递给贺知秋。

贺知秋没想到他跑了这么远,竟然没有把这袋蘑菇丢出去?虽然用途不大,但应该可以用来吸引一下那三只狗的注意力吧?

贺知秋问李郁泽为什么不这样做。

李郁泽说:"不是你让我去捡的吗?我怎么可能丢掉。"

"怎么样?还不错吧?虽然捡得不多,但也不算少吧?"他看着自己的劳动成果还挺得意,本想听贺知秋夸他两句,却没想贺知秋看了他许久,半晌都没有出声。

李郁泽也不知道贺知秋在想什么。

贺知秋对他笑了笑,又低下头,看了看那一包破破烂烂的蘑菇,说:"这个不重要的。"

李郁泽怔愣了几秒,才回过神来。

这时,门外一阵嘭嘭乱响……

张导拿着一个喇叭喊道:"李老师,小贺!都还好吧?狗已经被牵走了，可以出来了！"他喊了两声还不够，生怕两位嘉宾受了伤，带着随行的医务人员一起闯进了房子里。

贺知秋此时已经站起来了，抿着嘴角忍着笑。

李郁泽还在小板凳上坐着，垂着眼睛，看不出情绪。

张导担忧地询问了几句李老师的情况。

李老师被他问烦了，这才站起来跟他握了握手，面无表情地说了句："很好。"

等李郁泽走后，张导问贺知秋："李老师真的没事？我怎么觉得他好像生气了？"

"真的没事，"贺知秋站在原地没动，看着李郁泽迈出门槛的背影，笑着说，"可能是吓到了。"

很多人一旦受到惊吓之后，确实很难控制自己的情绪。张导表示理解，也关心了一下贺知秋的状况。

确定他没有什么大碍之后，张导才让他调整一下，继续录制节目。

都说好事多磨。

这期节目在录制的过程当中风波不断，前两天闹得节目组焦头烂额，后面几天逐渐进入了状态，进度也快了起来。

经过一周的时间，何扬的事情在网络上已经淡了。取而代之的，是李郁泽第一次参加综艺节目引起的关注。许多粉丝都在期待节目的播出，整天要求节目组搞快点，恨不得来个现场直播。

贺知秋忙完提着行李回到了 A 市。

本以为李郁泽也能跟着一起回去，却没想到他还有别的工作要忙，录完节目就直接飞走了。

节目组每天的录制任务都十分繁重，吃个晚饭，再做个访谈，等闲下来，已经过了凌晨。

即便如此,贺知秋还是很开心。

因为在这一周里,他们在节目里一起做任务,还一起捡蘑菇。

贺知秋以为他们把关系隐藏得很好,可是到节目播出的那天,似乎还是有很多粉丝发现了问题。

唐颂最近不忙,跟着贺知秋一起在公司上表演课。

他跟贺知秋也许久没见了,拉着贺知秋没完没了地聊天,顺便哀号着那个节目组管制太严,根本就没办法过去探班!如果贺知秋还有机会见到李郁泽,一定要帮他要一张签名照。

贺知秋知道唐颂是李郁泽的铁杆粉丝,但录制的节目时候确实把这件事情忘掉了,此时默默记在心里,想着以后找个恰当的机会,帮他要一张。

唐颂说:"其实昨天的节目我看了两遍,我真的没想到,你居然让李郁泽亲自去卖蘑菇!他那一脸不情不愿的样子,真的笑死我了!我当时还以为他会扭头就走,没想到他居然同意了!"

节目昨晚播出。

今天大部分人都在讨论这个事情。贺知秋也因此受到了不少的关注,公司有几个新人还特意组团过来看他,跟他签名握手,以前辈相称。

李郁泽的影响力确实很大,这期节目播出后的数据,相比较往期,不知翻了多少倍。同期录制的嘉宾基本都沾了点光,粉丝也跟着翻了几番。

线下尚且如此,线上的讨论就更是热烈。微博热搜从昨晚开始就被这个节目霸屏了,每一个细节、每一个笑点都被单独截取出来,吸引粉丝和路人的讨论。

唐颂跟贺知秋说完,去了一趟卫生间。贺知秋一个人等着没什么事做,于是拿出手机,看了看微博。

此时的热搜第一是"李郁泽 卖蘑菇"。

话题广场上都是粉丝在节目中截取出的片段,贺知秋随手点开了一条看了看评论,弯着眼睛笑了起来。

"我真的没想到,李郁泽居然有这么可爱的一面!我真的看错他了!我一直以为他是高冷那一类型的!"

"拜托!他之前就是很高冷的好不好!参加活动根本没见他笑过,这几个月简直是脱胎换骨!"

"我也万万没有想到,他居然能在推销蘑菇的时候跟阿婆科普自己是谁谁谁,还曾经演过什么电影,哈哈哈。"

"呜呜呜他还背着一个小竹筐,好可爱!"

"哈哈哈心疼阿婆!都八十八岁了,还要被推销。不过他说只要阿婆买蘑菇,等节目之后就送阿婆一台电视机是真的吗?"

"哈哈哈!为了赚一百五十块钱,已经赔出去好几千了!赚钱鬼才!"

"贺知秋也笑死我了,很好奇他到底是怎么让李郁泽顶着一张面瘫脸去卖蘑菇啊?我发现李郁泽好听他的话啊!基本他说什么,就算不情愿也会去做啊!"

"啊啊啊楼上说的是真的!对比就是韩老师想让李郁泽帮忙,他就借口没时间,但是贺知秋找他帮忙,他就算嘴上不愿意,但是到最后也会去做!"

"对啊对啊!而且后面基本都是白打工!贺知秋也是精明,李郁泽最起码赚了三四百,后面都被他和许导分了。"

"他分不也是应该的吗?如果他不提出要帮李郁泽,李郁泽还不知道要还钱还到什么时候好不好?而且贺知秋也去捡蘑菇了,大部分品相好的都是他捡的。"

"我真的发现宝藏了,我真的感觉贺知秋好照顾李郁泽!特别能维护李郁泽的自尊!李郁泽一看就是那种四肢不勤、五谷不分的大明星!捡的蘑菇破破烂烂,还有几个带毒的!但小贺从来没说过他捡的不好!毒蘑菇也是躲在他身后偷偷扔掉的!还找机会给他科普什么样的蘑菇不能吃,小贺真的好温柔!"

"秋秋粉偷偷冒个泡。秋秋对谁都挺温柔的。"

"秋秋真的对谁都挺好的,希望大家多多关注秋秋的作品,不要强行带大明星了。"

我可不是小心眼:"有什么关系嘛,李郁泽看起来和秋秋很合得来啊,说不定已经是朋友了。而且,上次他那个秒删事件过去之后,可是滋生出了不少的组合粉,八竿子打不着的都能拉在一起。我们只是觉得他俩的相处模式很有趣,围观一下他俩的友情,又不是无根无据,为什么要这么卑微啊?"

"楼上没毛病。"

"我觉得小心眼姑娘说的还挺有道理的。"

说到"小心眼"这位姑娘,贺知秋还是挺有印象的。

她好像不完全是自己的粉丝。因为她经常活跃在各种热点事件下面。所发表的大多数的评论,在贺知秋看来还是相对客观。所以给她点赞的人数也比较多,ID通常都比较靠前。

当然,网络这种地方也没什么绝对。赞她的人多,骂她的、喷她的、说她带节奏的,也数不胜数。但这位姑娘看起来还挺不简单的,无论被多少人围攻,好像从来没有动过气,也没见她跟什么人对骂过。

贺知秋因为好奇,特意点开她的微博了解过。

单从首页上来看,就是一个很普通的小女生的感觉,偶尔会看看电影,写写影评,拍一拍天空、草地,感悟一下心情。她似乎很喜欢落叶,头像是一片泛红的枫叶。前几天还发了一条微博,说是秋天来了。

唐颂从卫生间出来,又跟贺知秋一起去了公司的餐厅。李郁泽不在的这段时间,贺知秋也没有回家,一直住在公司之前安排的宿舍,为了节省一点来回跑的时间。

随着节目的播出,贺知秋的通告也逐渐多了起来。什么节目访谈、杂志拍摄之类的,都陆陆续续地找上了门。

徐随帮他把关,接了两个比较主流的访谈节目。这种节目的收视率并不是很高,除了个别明星的粉丝会稍微关注一下,基本上没什么人看。虽然受众不广,却比单纯的娱乐媒体来得权威。徐随想要稳扎稳打,并没有因为贺知秋眼下有了一点热度,就乘胜追击。

徐随的野心远不止于此,他既然选择了亲自带贺知秋,就不可能只是想让贺知秋短暂地红上一会儿。

但眼下,还有一个非常关键的问题。

那就是李郁泽跟贺知秋的关系,到底要怎么处理?毕竟他们私下确实是好友。因为节目播出的关系,不少粉丝把这两个人凑到了一起。其实粉丝闹得再激动,也是小范围的。

只要两个人不承认,就永远无所谓。毕竟哪个明星没经历过这些?

不到两人公开承认是好友的那一天,都不能当真。

徐随不担心粉丝,倒是有些担心李郁泽。

下午一点钟。

徐随在办公室里转了几圈,最终还是翻出李郁泽的联系方式,给他发了一条信息。几分钟后,李郁泽给徐随回了电话,称呼道:"徐随哥?"

"哎,"徐随对于这个称呼还是有点受不了,本能地哈了下腰,说,"不忙了?"

李郁泽说:"刚忙完。您找我有什么事?是贺知秋那边出了什么问题吗?"

徐随说:"不是不是,是我想要跟你了解一个问题。"

"您说。"

"啊,是这样的,"徐随说,"你跟小贺的好友关系,对外,有没有什么计划?"他斟酌了几秒,"比如什么时候选择公开之类的?"

李郁泽说:"暂时并没有想过公开。"

徐随说:"那以后呢?"

李郁泽说:"以后的话,如果不到万不得已,也没有想过要公开。"

徐随问:"为什么?"

李郁泽说:"公开之后,对他来讲并没有什么好处。他是来这个圈子演戏的,其他任何事情,对他来说都不重要。"

徐随笑着问:"那朋友也不重要啊?"

李郁泽说:"重要也得分轻重缓急。不能因为朋友比较重要,就让他放弃同样重要的梦想吧?这又不是什么生死关头的重大抉择,既然能两全,为什么一定要分轻重?"

徐随问:"你不想让大家知道吗?"

李郁泽说:"当然想。"

"那一直藏着掖着,岂不是也挺麻烦?"

"这算什么?"李郁泽笑道,"既然我是他的好朋友。我当然要站在他的角度,为他考虑问题。"

徐随万万没想到会得到这样的答复,虽然李郁泽说过不会插手贺知秋的事业。但徐随其实一直在担心,这两个人的关系如果正式曝光,对于贺知秋的影响会有多大,毕竟他还是个新人,不像高奎已经是影帝,所以李郁泽和高奎的好友关系公开不会有什么影响,但贺知秋就不一定了。

他原本还想劝劝李郁泽暂时不要公开,这样对贺知秋来讲,并不是一件好事。结果没想到,李郁泽比他想得长远。

这时，贺知秋吃过午饭，来到了办公室。

徐随把接下来的工作安排跟他说了说，又拿出了一份采访提纲，让他提前准备一下怎么回答。

主流媒体的问题都比较柔和，大部分都是针对贺知秋的生活经历和兴趣爱好展开的。

说完这件事情，徐随让贺知秋回家调整两天，准备接下来的节目录制。

第九章
乌龙

这段时间，贺知秋也没闲着，接到了几个剧本，又去试了几个角色，时间排得满满当当，休息的时间并不算多。

　　此时终于闲了下来，他也不知道该做些什么。

　　贺知秋提着几件从宿舍带回来的换洗衣服，站在家门口发了会儿呆，开始打扫卫生。

　　家里有将近两个月没人住了。

　　自从上次李郁泽的被子洒了水之后，他们似乎谁都没有回来住过。贺知秋倒是回来过几次，不过每次都是匆匆收拾两件衣服就走了。

　　贺知秋拿着吸尘机从楼下跑到楼上，又打开自己的房门，把被子抱出来晒了晒。

　　今天阳光正好。

　　贺知秋又看到李郁泽的卧室虚掩着，于是给他发了条短信，问对方自己能不能进去打扫一下卫生。

　　半晌，李郁泽回了句"行"。

　　贺知秋这才拿着抹布和吸尘器，推开了他的房门。

　　李郁泽最近接的这部电影的取景地距离A市不远。贺知秋之前查过路线，飞过去也就一个小时左右。

　　刚巧贺知秋今天打扫完房间就没事了，倒不如趁着这个时间去看看李郁泽，只是不知道他有没有时间。

　　李郁泽自然说有。

　　虽然工作确实繁忙，但请几个小时的假出来见个面，还是不成问题的。

贺知秋得到回复，直接买了第二天一早的机票。出门前贺知秋还特意戴了一顶帽子，想了想，又找出了一个口罩，装进兜里。

碰面的地点依旧是李郁泽选的。

据说是一家隐藏在僻静小巷里的私人茶楼，距离片场有一段距离。李郁泽让贺知秋到了之后给自己打电话，如果找不到地方，可以在机场等他过来。

但这个想法不太现实，毕竟李郁泽的目标那么大，如果突然出现在机场，肯定会被人围观。眼下虽然不是春节那种特殊的时候，但机场的人流量还是比较大的。

贺知秋没让他接，仔细研究了一下地图，还是决定自己过去。

早上七点十分。

贺知秋下了飞机。

贺知秋跟李郁泽谎报了航班时间，想着学李郁泽之前的样子，提前一个小时站在约定的地方等他。

只是万万没有想到，李郁泽选的这个地方，着实有些难找。即便贺知秋每一条路都是跟着地图走的，但拐来拐去，还是没能找到茶楼的正门。

明明门牌号近在眼前，但就是找不到入口。实在没有办法，贺知秋也不再逞强了，在附近找了一个目标建筑物，给李郁泽打了个电话。

李郁泽还在片场，接到电话无情地说了声"笨"，让贺知秋站在原地别动，立马就赶了过去。

贺知秋此时也觉得自己挺笨的，随便找了个地方坐下，一边等着李郁泽，一边拿着手机，继续研究刚刚走过的那几条小路。

明明没有走错啊……但为什么就是找不到入口呢？

贺知秋怎么都想不通，刚打算问李郁泽准备怎么过来的时候，就听到有人说："他今天一定会来，我姐就是那个店里的茶艺师，消息肯定不会有错。"

"他来不来不知道，反正只要有一点风声我们就得来。再等几年，我都该退休了。"

"哈哈，退休不至于，不过我们组的奖金都提了三次了，就是没人有本事拿。"

"我们组也有奖金。要不然咱们几个合作吧？到时候奖金发下来，大家平分。"

贺知秋听到这几句话愣了一下，急忙关了手机地图，打开了李郁泽的联系方式。

贺知秋此时站在一个T形路口的正中间，脚下是几米台阶，左右两边是人行道，顺着台阶往上走，就是一条条错综复杂的小巷子，贺知秋刚刚从巷子里绕出来，坐在这里等李郁泽。

刚刚的声音是从左边的人行道上传来的。贺知秋压低帽檐，小心翼翼地往下走了几步。那几个声音越来越近，贺知秋靠着墙角，看到了四五个娱乐记者背着相机，正在讨论如何围拍李郁泽。

糟糕。

贺知秋急忙把头收了回去，匆匆地跑回原来的位置，给李郁泽打了个电话。但电话一直没通，也不知道李郁泽是不是正在赶来的路上。贺知秋正想发一条短信让他先别过来了，就看到有一辆黑色的轿车缓缓地停在了路边。

这辆车所停的位置刚好可以看到那几个记者。

贺知秋不清楚车里的人是不是李郁泽，但如果是他，应该不会选择下来。

贺知秋正胡乱猜测着，手机却在关键的时刻响了一声。

李郁泽发了一条短信过来，问贺知秋有没有被记者拍到。

贺知秋忙回了句没有。

他这才确定了此时车里的人，就是李郁泽。

贺知秋不知道接下来该怎么办，两人是换个地方见面，还是就此回家这个面就不见了。虽然有点遗憾，但遇到这种突发情况，也没有别的办法了。

等了半晌，李郁泽又给贺知秋发了一条信息。

他竟然莫名其妙地提醒贺知秋……系好鞋带……

贺知秋眨了眨眼睛，下意识地低下头，看着脚上那双白色的鞋子。

鞋带没松。

但李郁泽既然说了，贺知秋还是弯下腰重新系了一下。李郁泽似乎一直坐在车里注意贺知秋的动作，等贺知秋系完，他直接打开车门，从车上走了下来。

他此时没戴帽子，也没做什么脸部的遮挡。估计跟贺知秋见完面还要回去拍戏，所以穿着戏服——一套很有年代感的长款深色西装。

李郁泽下车之后先是瞥了那几名记者一眼，随后友好地向他们挥了挥手。趁他们愣神的时候，脱下西装外套，冲着贺知秋跑了过去。

贺知秋还没懂他想要做什么时，就感觉眼前一黑，整个人都被那件带着温度的西装蒙了起来。

"走。"

"去，去哪儿啊？"

"先躲起来。"

"啊？可我看不到路……"

"放心，不会让你摔倒的。"

李郁泽说着，已经带着贺知秋，拐进了巷子里。

那几名记者被大明星友好的态度晃了一下，此时也反应了过来，一个个提着相机紧追不舍。其中有一个人对这边的路况还挺熟悉，哪边通哪边不通，全都了如指掌。

他们嘴上喊着"李老师，我们没有恶意"，但相机的快门却咔嚓咔嚓地响个不停。

贺知秋看不到脚下的路，只能一步一步地跟着李郁泽，也不知道此时此刻跑到了什么地方，直到李郁泽扶着他迈过了一堆障碍物，他们才停了下来，喘了口气。

贺知秋问："甩开他们了吗？"

"还没有。"

李郁泽的声音就在他耳边："你自己一个人来的吗？"

"嗯。"

"那怎么办？要不要给孟林打个电话？"

李郁泽应了声，给孟林打了电话，随后掀开了蒙在贺知秋头顶上的西装。

贺知秋看到了光，发现他们被堵在了一条死胡同里。李郁泽并没有把衣服完全掀开，左右两边还是挡着贺知秋的脸，防止被相机拍到。

娱乐记者没有离开，但也不是土匪，他们跟李郁泽保持着一定的距离，蹲在巷子口，想等李郁泽坚持不住了，自己带着那个"神秘人"走出来。

他们还不能确定李郁泽挡着的这个人到底是谁。

眼下，双方处在僵局。

贺知秋安安静静的，仔细听着外面的动静。

孟林不是一个人来的，还带了一个律师。

李郁泽虽然没有上前，但贺知秋还是可以听到他们跟那些记者说了什么。

"我也知道大家不容易，但是你们这样当街围堵普通民众，还是要承担法律责任的。"孟林虽然平时受李郁泽的欺压，但是在公事上面还是很有能力。他没把话说得太重,毕竟一年到头蹲拍李郁泽的人太多了,清也清不完,还不如和和睦睦的。

其中一个记者说:"我们其实也没想追李老师,主要是他先跑的,他要是不跑,我们怎么可能追他。"

这几个人原本是计划蹲在哪个犄角旮旯里偷拍,结果李郁泽下车就跑,他们自然也就跟着跑了起来。

另外一个记者愁眉苦脸地拿着相机,不停地翻着刚刚拍的照片。他们追跑的时候相机晃得厉害,唯有几张清晰的,照片上那个"神秘人"也被李郁泽的西装裹得严严实实,像素再高、设备再好,也没有透视功能。而且李郁泽的西装比较宽大,又是长款,披在那个"神秘人"的身上根本看不出对方的体形。好不容易把他们两个堵在死胡同了,李郁泽又把那个人完完全全地挡在墙角,挡得严严实实。所以即便他们站得不远,也只能勉强拍到李郁泽的背影。

累了半天,一点有用的线索也没拍到。

这组照片如果发出去,让对家媒体看到,估计标题都想好了,什么"面对无良狗仔,大明星挺身而出",什么"明星也是人,也需要一点点隐私和空间"。

总之,挨骂的不会是李郁泽。

甚至还会有路人、粉丝过来围攻。

毕竟单从这组照片上面来看,只能看到李郁泽带着人狼狈"逃亡"。那么,此时能拍下这些照片的狗仔,必定是穷追不舍,满目狰狞。

有个记者见过孟林几次了,挺无奈地说:"小孟,我也拍了咱们李老师几年。再拍不出一点有价值的东西,就真得卷着铺盖走了。明星是人,那娱乐记者也得吃饭啊。"

孟林也是第一次见到,被明星逼迫到这个程度上的媒体。

正说着,李郁泽已经带着贺知秋走了过来。

那几个记者虽然还想看看西装底下蒙着的那个人到底是谁，但李郁泽完全没给他们机会，直接带着人走出了死胡同。

"哥！"孟林追上来问，"照片要不要让他们删了？"

李郁泽倒是挺大方，说了句："随便，想发就发。"

虽然拍出来的照片没什么意义。

但是媒体这边还是爆了出来。毕竟李郁泽的影响力在那儿摆着，换身衣服都能上热搜溜达一圈。

所有人看到"李郁泽 神秘人"这样的关键词，第一时间都会让人引发联想。

结果点进话题一看，并非如此。

照片虽然高清，但是那个所谓的神秘人，还真就是根本不知道是谁的神秘人。不少网友表示不满，评论一边倒地指责媒体标题党。

"好家伙，我是真不知道，现在娱乐媒体怎么就退化到了这种地步？我等了这么多年，就给我拍了这个？"

"这不行啊！媒体能不能给点力！就算拍不到正脸，也给点关键性的线索吧？"

"有人能根据这几张图扒出正主是谁吗？"

"楼上等等，我先去买个放大镜。"

"建议楼上直接买透视镜比较好！"

网络上的热搜一条接着一条，众人讨论得十分热烈。

贺知秋被李郁泽带上车，终于扒开西装，从里面露出了两个乌溜溜的眼睛。贺知秋怕窗外还有记者，没敢把西装全部拿走，蒙在头上掩着鼻梁，看起来异常滑稽。

李郁泽靠在驾驶座上瞥了贺知秋一眼，觉得有点好笑，又发动车子，跟他说没事了。

贺知秋这才松了一口气，问道："咱们去哪儿？"

李郁泽也没想到会发生这种事情，他只定了这么一个地方，此时还没想好能去哪里。

既然没地方去，两人只能开着车随便转转。

刚拐过一个路口，贺知秋就发现了那家让他找了许久的茶楼，怪不得刚刚怎么都找不到，原来这家茶楼的大门并没有在巷子里，他一开始就走错了，导航面对错综复杂的路线，也有点失灵。

不过也算因祸得福。

如果他没有走错，直接去了两人约定的地点，那么今天和李郁泽见面的事情，一定会被曝光。

这时，李郁泽放在车上的手机响了。

他瞥了一眼来电，让贺知秋帮忙接通，又让贺知秋按了免提。

电话是陈琼打来的，她张口就吼了一声："你是不是故意的？！"

贺知秋吓了一跳，看到李郁泽习以为常地揉了揉耳朵，说："什么故意的？"

陈琼问："你没看热搜？"

李郁泽说："没时间。"

关于陈琼所说的热搜，贺知秋大概能猜到一些，估计跟今天的事情脱不了关系。

果然，陈琼平静了几秒，问道："微博上说的那个神秘人，是不是贺知秋？"

李郁泽："嗯。"

"我就知道！"陈琼气得头疼，"你们到底为什么会被记者拍到啊？"

李郁泽说："这不是很正常？一年三百六十五天，多少记者等着拍我。我又不是透明人，总得有几个能得逞的吧？"

"你……"陈琼一时语塞，"就算被拍了，你也没必要搞出那么大的动静吧？"

李郁泽明知故问："什么动静？"

"你说呢？热搜都出来了，你还嫌自己没话题是不是？！"

陈琼看到热搜，第一时间给孟林打了电话，大概从他那里了解了一些情况，于是跟李郁泽确认道："你是不是一早就看到记者了。"

"是啊。"

"那你为什么不躲开？你明知道有记者蹲点，你还下车？你还说你不是故意的？"

李郁泽等了一个红灯，把车拐出了市区。

他想要带贺知秋去这座城市的海边逛逛，陈琼问话的时候也没多想，直接说："我最好的朋友大老远地过来探我的班，我总不能因为看到有记者蹲点，就开车跑了，把他丢下不管吧？"

他说完一怔，差点踩上刹车。

陈琼那边还在唠唠叨叨，但李郁泽已经不想废话了。

他果断挂了电话，偷偷地瞥了一眼贺知秋。

贺知秋倒是没什么反应，正埋着头抠手指。

难得的一次探班，就这样结束了。

李郁泽说是带贺知秋去看海，但海边游客不断，两人只能坐在车里，远远地看了看风景。

到了中午，贺知秋就回去了。

这次他没坐飞机，李郁泽专门让孟林安排了一辆保姆车送他回去，又提醒他把今天的这身衣服换掉，暂时不要穿了。

贺知秋明白李郁泽的意思。

上车之后贺知秋换了孟林帮他买的另外一套衣服，坐在保姆车的最后一排，跟李郁泽挥手再见。

从这里开车回到A市，大概要八个小时。所幸车上什么都有，孟林还贴心地帮忙准备了一条毛毯。

贺知秋跟他说了声谢谢,心里觉得挺麻烦他的。因为路程太远,李郁泽有点担心,就让孟林随车一起,把贺知秋送回去。

"小秋,你真的别跟我客气。我能趁机出来放松几个小时,还得谢谢你呢,毕竟每天待在我哥身边,也挺心惊胆战的。"

孟林坐在副驾驶,扭着头跟贺知秋聊天,说到心惊胆战还刻意放低了音量,生怕车上有什么录音装置,再被李郁泽听到了。

贺知秋被他畏畏缩缩的表情逗得一笑,问道:"你哥平时……很可怕吗?"

"何止是可怕!"说到这里,孟林的声音又大了,一副无处申冤的苦样,指着旁边的司机说,"不信你问老杨,以前我们几个一起出门,连口大气都不敢出。有段时间,小岳都想辞职了,要不是我生拉硬拽地告诉她,我哥给的钱多,估计她早就被吓跑了。"

老杨是李郁泽的司机,今年四十八岁了。他不是娱乐公司的人,而是李郁泽从家里带来的。

为人老实忠厚,平时也不怎么开口。

但听孟林提到这件事情,也是一脸苦笑,想来受到了不少的压迫。

贺知秋没见过工作当中的李郁泽是什么样子,但是在他的印象中,李郁泽的脾气虽然不怎么好,但也不算差,都是在可以包容的范围之内。而且,很多时候李郁泽都很讲道理,从来不会无缘无故地甩脸色发脾气。

所以应该……不会像孟林说的那样吓人。

贺知秋本能地想要出口维护李郁泽几句,却在这时想起了一件往事,于是心虚地沉默下来,把嘴闭上了。

那件事情发生在他们的高中时期。

应该是个周末。

当时也不清楚到底是个意外，还是被人陷害的。

贺知秋骑着自行车赶往学校的路上，因为车体故障，狠狠地摔了一身的伤。

那段时间刚好有个剧组去他们学校选角，他通过了几次筛选，终于接到了第一次正式试镜的通知。如果当天迟到，很有可能会错过那次机会。

贺知秋在地上爬起来时，腿已经没什么知觉了，然后扭头看了一眼身后的斜坡，强忍着疼，拍了拍身上的土，随手拦下了一辆刚好路过的出租车。

司机可能大老远就看到贺知秋摔倒了，还想着要不要先把他送去医院，却没想贺知秋态度坚决。司机也就没再多管闲事，给了几脚油门，顺利地把他送到了学校。

但因为摔得太疼，即便他赶到了试镜现场，也有点影响他的发挥。

所幸那时的导演十分中意他，见他摔成这样还坚持赶过来，就又给了一次机会，催促他赶紧去医院看看。

贺知秋感激地跟导演道谢，刚刚走出校门就接到了李郁泽的订餐电话。

他们那个时候已经渐渐熟悉起来了。

贺知秋怕李郁泽吃不上午饭，于是给父亲打了个电话，让父亲先把订单做出来，然后又赶快打车回家，帮李郁泽送饭。

只是那顿饭李郁泽没吃上，他看到贺知秋一瘸一拐地进门时，直接变脸了。

李郁泽先是问贺知秋怎么了，随后又看到他血肉模糊的手心，震惊地问："到底怎么回事？"

贺知秋怕李郁泽担心，紧张地把手缩回去藏在身后，笑着说："小伤，摔了一下。"

"小伤？"李郁泽明显不信，瞥了一眼贺知秋的膝盖。

贺知秋卷起裤子，膝盖摔得不轻，但经过了两三个小时，血已经干了。唯一比较麻烦的是，裤子的布料紧紧贴着伤口，稍微碰一下就疼，疼得贺知秋倒吸了几口凉气。

不过他忍着没哭。

只是没想到，李郁泽看完他的伤口，突然站起来冲他吼了一句："你是不是疯了？摔得这么重不去医院，你跑这儿来干什么？"

贺知秋被李郁泽的气势吓了一跳，怔怔地看了他几秒，一股委屈油然而生。

贺知秋是真的没想哭，但也不知道为什么，眼泪就吧嗒一下，掉了下来。

随后他用受伤的手胡乱擦了擦脸，转头想走，却被李郁泽堵在门口，拦了下来。

李郁泽估计也没想到他会哭出来，表情复杂地说："我不是那个意思，我是说你……算了，先过来消毒。"

贺知秋明白李郁泽是担心自己，缓了几秒，坐在了他家的沙发上。

李郁泽匆匆去书房拿了药箱，拿着消毒棉签一点一点地帮他清理伤口。

如今想想，那时候的李郁泽和现在的李郁泽好像差不了多少，都是表面看起来很厉害，可一旦见了真章，就不敢下手了。

贺知秋的眼泪还没哭干，看见李郁泽眉头紧锁地在自己的膝盖附近比画了半天，只好主动跟他聊天，分散他的注意力。

"你刚刚为什么那么大声跟我说话？"

"你说呢？"

"那你不会好好跟我说吗？我要不是怕你没饭吃，我能过来吗？"

李郁泽想反驳，话到嘴边，又变成了："……好吧，我错了。"

贺知秋没想到他会道歉，小声地说："也没有……特别错。但我没想到你嗓音那么大，你怎么不去唱男高音啊？"

"男高音？也不是不行，"李郁泽还真的考虑了几秒，手上的棉签也终于敢放在贺知秋的腿上了，"怎么样？疼不疼？"

贺知秋忍了几秒，诚实地点了点头。

李郁泽抬眼看贺知秋："疼就哭出来，不用忍着。"

贺知秋不听，一边掉眼泪一边倔强地说："我不哭。"

"那你现在是在干什么？"

"我这不是眼泪，而是被某些人的雷声震落的雨滴。"

"哈哈，还挺会形容，"李郁泽笑着说，"你真的希望我去唱男高音？"

"我开玩笑的。"

"都摔成这样了，还有心思开玩笑？"

"那怎么办，总不能逗着你哭吧？"

李郁泽轻哼了一声，问道："那你觉得，我应该去做什么？"

贺知秋想了想："可以去当演员！"

"那是你的梦想，又不是我的梦想。"

"那你的梦想是什么？"

"没有。"

"既然没有，那可以考虑一下啊！毕竟你长得……这么好看。如果当了演员，你肯定会有很多粉丝。"

"那你呢？"李郁泽突然问。

"嗯？"

李郁泽说："我如果当了演员，你会不会当我的粉丝？"

贺知秋当时一怔，然后才说："你要是当了演员，我肯定是你的粉丝。"

贺知秋那时极力推荐李郁泽一起当演员，其实也是有私心的。

贺知秋想着以后就能和李郁泽一起学表演，还能和他一起上电影学院；想着他们俩以后可以一起闯荡演艺圈，可以一起演一部戏，李郁泽如果演男主角，他就演男配角。

贺知秋还想了很多。只是那之后发生的很多事情，他都没有想到。

不过，算了。

贺知秋靠着椅背闭上了眼睛。

李郁泽既然让他把曾经的事情全都忘了，那他从今以后就不去想了。

抵达A市后，孟林和老杨又连夜赶了回去。

贺知秋休息了一晚，提着行李去了综艺的录制现场。那边还有两期没有录完，等过几天再回来的时候，李郁泽的工作也该结束了。

网络上对于李郁泽和"神秘人"这件事情的热度依旧没有退下去。

徐随关注了几天娱乐新闻，发现"神秘人"的事情对贺知秋并没造成任何影响，终于放下心来。

他原本还以为是李郁泽故意制造话题，想把这件事情往上拱。

如今看来，被记者拍到纯粹是个意外，是他想太多了。

但以后这样的意外还是要尽量避免。

毕竟《平沙》和《青衫录》播出之后，贺知秋会越来越红，关注的人也会越来越多。

"所以以后，你们两人行事最好不要这么招摇。"徐随在电话里面对贺知秋说，"这次能逃过媒体还有粉丝的眼睛，不过是因为你的知名度还不够高，关注你的人没有那么多。如果下一次再发生这样的事情，光凭一件西装，可是掩盖不过去的。"

估计李郁泽也是想到了这一层，所以才敢把贺知秋蒙在西装下面，带着他到处跑。

贺知秋今天刚刚收工回来，因为时间比较晚了，没有先回公司。他此时正站在客厅听着徐随严肃地说着这个问题，应了几声，挂断了电话。

贺知秋叹了口气，提着行李回到房间，简单地收拾了一下，又趁着社区超市还没关门，下楼买了点蔬菜。

李郁泽明天回来，贺知秋准备做点好吃的，改善改善伙食。

晚上十点。

社区超市除了固定的几名工作人员之外，已经没有客人了。

贺知秋直奔生鲜区，买了几样保存还算新鲜的蔬菜，又买了一条鱼，准备明天早上煮一点鱼片粥。

收银小姐认识他，礼貌地对他鞠了个躬，叫了声贺先生。

贺知秋同样礼貌地点了点头，把购物车里面的东西全数递给了她。

说起来，李郁泽居住的这个地方一直让贺知秋比较好奇。他们偶尔下楼散步的时候，也会碰到一些居住在这里的业主。

但那些人，对李郁泽的明星身份一点都不在意，对他的私生活也丝毫不感兴趣。物业人员更是除了基本的服务礼貌，全程把他们当作空气。不多打扰，也不会围观，更不会拿着手机做出偷拍这样的举动。超市内还有很多特殊的摄像头，不是用来监控客人，而是用来监控员工。李郁泽说住在这里的人签过三方协议，业主与业主之间，业主与物业之间都签过。所以在个人隐私方面，基本可以放心。

贺知秋刚结完账准备离开，就被收银小姐喊住了。

她从柜台下面拿出来一个包装精美的礼包，递给贺知秋说："今天是公司的周年庆，我们给每一名业主都准备了一些小礼物，不清楚您能否用得上。如果觉得太重，我可以安排工作人员帮您送到家里。"

虽然收银小姐说是小礼物,但实实在在是个大盒子。贺知秋拎起来确实能感觉到一些重量,但不至于让别人再跑一趟。他跟收银小姐道了谢,提着那个礼包回到了家里。

不过这个礼包他并没有打开,毕竟他不是业主,没有这份权利。

十一点左右。

贺知秋洗漱完毕,靠在沙发上面研究徐随帮他接的剧本。在两个小时之前,他给李郁泽发过一条短信,还没有得到回复。

正常来讲,这个时候李郁泽应该在忙,估计在赶拍夜戏什么的。贺知秋想等他忙完跟他道晚安,却没想到此时,门外响起了指纹输入的声音。

贺知秋眨了眨眼睛,立刻站了起来,便看到李郁泽一身便装,提着行李站在门口。

"你怎么回来了?不是要等明天?"贺知秋放下剧本,走了过去。

李郁泽身上还带着一丝丝深秋中的凉意:"提前收工了,就提前回来了。"

"那你吃饭了吗?"

"吃了。"

李郁泽看贺知秋正抿着嘴笑,问道:"笑什么?"

贺知秋说:"没什么,就是没想到你能提前回来,高兴。"

"傻。"李郁泽提着行李箱准备上楼。

不过有个问题他一直挺好奇,打量着贺知秋身上的睡衣,问道:"你这套睡衣是在哪里买的?"

贺知秋今天又穿了那套黑白花的牛宝宝睡衣,低着头想了想:"好像是一家打折的小店,记不清楚了,怎么了吗?"

"没,"李郁泽说,"挺好的。"

贺知秋不好意思地咳了一声,准备明天换一套成熟点的。

"对了,今天我去超市收到了一个礼包。"

贺知秋帮李郁泽收拾行李箱的时候,突然想到这件事,匆匆跑到楼下把那个礼包拿上来。

他本想让李郁泽拆开看看,但李郁泽似乎对这种东西没什么兴趣,仅仅瞥了一眼,就拿着睡衣去了浴室,让贺知秋自己打开,有用就留下,没用的话,扔了就行。

一般来讲,超市送的东西都是一些生活用品,可能会根据客户的消费水平做一些调整,但基本大同小异。

果不其然。

贺知秋拆开了那个礼包,看到里面是一些特别定制的毛巾、茶具,还有一瓶男士香水,几罐看不懂名字的咖啡豆,以及一个放在最底层的白色纸盒。

贺知秋把其他的东西拿出来,又打开了那个纸盒子。盒子里面放着一套非常精致的剃须刀,还有两瓶颜色不同的……洁面泡沫?

可能是定制品的缘故,包装上面没有文字说明。不过能和剃须刀放在一起的,除了洁面泡沫应该也不会是别的东西。

贺知秋把那两瓶东西也取出来,帮李郁泽收拾好之后就回房睡觉了。

第二天。

贺知秋早早地睁开了眼睛。

今天他要去一趟公司,听徐随说接下来的工作安排。眼看就要十二月份了,综艺代班还有最后一期,录完节目之后他就要回归本职工作,进组拍戏。贺知秋下一部戏的角色已经定下来了,预计一月份开机,依旧是一个很有挑战性的男配角。徐随把他未来半年的工作都安排得满满当当。

相比较而言，李郁泽今年的工作似乎都已经结束了，至少在孟林发给贺知秋的行程表上来看，他似乎在前几个月把所有的工作都忙完了。接下来，会轻松很长一段时间。

贺知秋入行以来的第一次迟到，发生在今天早上。

虽然娱乐公司没有明确的打卡制度，但徐随让他九点抵达公司，他紧赶慢赶，还是迟到了十分钟。

主要是等李郁泽太久了，耽误了不少时间。幸好李郁泽今天没什么事，收拾完之后把贺知秋送了过来。

贺知秋下车之前问李郁泽："你待会儿回家吗？"

李郁泽看了眼时间，说："不回，约了高奎喝茶。"

"高前辈忙完了？"

"嗯。你忙完也跟我说一声，我可以过来接你。"

贺知秋点了点头，解开安全带下了车。

除了高奎，李郁泽还约了方昊川。

方总为了这次小聚特意推了一个会议，在百忙之中请了两个小时的假，赶到了三个人常去的茶楼。进门之前刚好碰到了高奎，打了个招呼，问："没多睡会儿再来？"

高奎一脸憔悴，还挂着两个硕大的黑眼圈。他刚刚杀青的那部戏，拍摄条件异常艰苦，没日没夜地拍了将近两个月，才从深山老林里爬回去。作息还没调整过来，就在今天上午接到了李郁泽的电话，说是约着一起喝茶。

这电话如果是方昊川打的，高奎可能就推了。但李郁泽亲自打电话约他，还真是非常少见。除了当年有一次找他喝酒，之后就再也没怎么主动约过他。

所以他想着，这次是不是又出了什么事？赶紧过来看看。

方总估计也是这么想的。两人一起走到包间门口，神色凝重地嘀咕了几句，才推门进去。

李郁泽已经到了，正坐在老位置上翻着手机。

他平时也这个状态，所以看不出什么不妥。

但方昊川还是觉得不太对劲，跟高奎一起坐下，互相使了个眼色。

高影帝了然，开口道："要我说，友情这种事情真的没什么绝对。"

方总接腔："对，天下无不散之筵席。"

高奎点头："你看十年过去，再次遇到依旧是一样的结果，那只能说明一个问题。你们真的不合适做朋友。"

方总赞同道："这次真的算了。别再勉强了。"

李郁泽放下手机，喝了口茶。

他看了看高奎，又看了看方昊川，挺慎重地点了点头。

方总松了一口气，还以为他终于看开了，刚想转移这个话题，就听李郁泽平静地说："勉强，应该不会勉强了。毕竟我们两个早就已经和好如初了。"

高奎一怔，立刻问道："真的假的？"

李郁泽说："真的。"

方昊川也跟着反应了半天，挺开心地笑道："我就说，前阵子不是还好好的，怎么可能就出了问题。"

主要高奎一开始就没往好处想，还以为李郁泽主动约他们出来，又是和贺知秋出了什么问题，打算找他们喝酒，才闹了个乌龙。

方昊川以茶代酒跟李郁泽碰了一杯。

"不过，有一件事情我一直挺好奇，"高奎说，"你当年不是听说贺知秋打算以后就留在小县城不回A市了吗？"

李郁泽说："不知道。"

高奎说："你都不问问？难道你一点都不好奇贺知秋从前的

生活？"

"你都说是从前了，那还有什么可好奇的？"李郁泽瞥了他一眼，端起茶杯说，"他以前说了什么做了什么，都是他自己的事情，我无权过问。朋友之间也需要有自己的个人隐私。"

三人结束了短暂的会面，李郁泽又开着车去了贺知秋的公司。

贺知秋已经跟徐随聊完了，正站在地下车库等李郁泽。回家的路上，两人一直商量着中午吃点什么，还没确定下来，就听贺知秋说："徐随哥这次给我放了一周的假期。我想趁着新戏还没开机，抽两天的时间回家看看爷爷。"

贺知秋已经很久没有回去看望老人了。如果这次再不回去看看，不知道又要等到什么时候。

李郁泽完全可以理解，沉默了几秒，问他什么时候出发。

贺知秋想了想说，越早越好。

毕竟早点出发，就能早点回来。这样之后的几天，他都可以待在家里。

于是，第二天早上八点。

贺知秋提着行李回了老家，李郁泽一早把他送到机场，坐在车里跟他话别了几句，才调转了个方向，驱车离开。

贺爷爷现在所居住的这座小城，并不是贺知秋真正的老家。

因为父母的意外离世，对爷爷造成了巨大的打击，所以在爷爷的身体稍微恢复一些以后，贺知秋就给老人办理了转院，带着他来到了一个陌生的地方，开始了新的生活。

这个地方不如 A 市繁华，发展也比较落后。所幸有一家口碑不错的专科医院，专门针对贺爷爷所患的那种病症进行治疗研究。贺知秋当初选择这里就是看中了这家医院，毕竟爷爷要在这里长久地生活下去，所以医疗方面还是要跟得上去。

小城市比较安静，贺知秋坐了一个多小时的飞机，又转了一辆大巴，回到了久违的家中。只是贺爷爷没在家，拎着鸟笼子拄着拐杖去公园溜达了。

家里只有一位五十几岁的保姆，听到贺知秋的脚步声急忙从厨房跑了出来，喊了声："小秋！"

这位保姆就是贺爷爷自己去人才市场找来的，本地人，姓王，特别和蔼可亲。

贺知秋笑着跟她打了个招呼，把行李放到房间，来到了院子里。眼前这座四四方方的小院子，是贺知秋用父母的积蓄买下来的。那些积蓄原本是父母留给贺知秋上学、结婚用的。虽然没用到该用的地方，但拿来给爷爷买了房子，也不算乱花。

王婶热情得不得了，忙着给贺知秋端茶倒水，又打算解开围裙去公园找爷爷，把老人叫回来。贺知秋忙说不用了，又问她："我爷爷的身体，最近怎么样了？"

王婶说："好得很，好得很，就是秋冬天凉，咳嗽得有点厉害。"

贺知秋说："去拿药了吗？"

王婶说："我去拿了几趟，但老爷子怕花钱，舍不得，这几天都不让我去拿。"

就知道会这样。

贺知秋看了时间，刚好下午两点。

他让王婶找出爷爷的病例，去了趟医院，顺便也要找一下爷爷的主治医生，问一问这一年来爷爷复查的情况。虽然老人在电话里面总是跟他说挺好的，但是贺知秋还是有些不放心。

主治医生记得贺知秋，似乎最近一段时间还在电视里看过他的节目，于是说道："我女儿特别喜欢你的，我之前跟她说你爷爷在我们医院住院，她还不信。"

贺知秋不好意思地笑了笑，这还是第一次在生活当中，听到别人提及他的演员身份。

他此时不红，也没有名气，所以哪怕走在大街上，也没什么人能够把他认出来。如果是李郁泽过来，恐怕就不行了，李郁泽如果不乔装打扮一下，哪怕去了偏僻的小山村，也一样会被许多粉丝围观。当然，除了家里没有电视的八十多岁的老婆婆。

贺知秋跟主治医生聊了很久，直到五点左右才从医院出来。

此时天色已晚，贺知秋独自走在一条宁静的小路上，总觉得有些奇怪……

自从他拐到这条路上以后，就感觉背后一直有人跟着他。

可每次回过头，他又发现什么都没有。

奇怪。

贺知秋望着空荡荡的街道，疑惑了半响，心想可能是自己疑神疑鬼，然后扭过头继续往回走，顺便拿出手机给李郁泽发了一条短信，询问他晚上吃什么。

这条短信通过网络传输，并没有发到A市，而是在距离贺知秋十几米外的一个拐角处的某件上衣口袋里，悄悄地闪了几下。

那个拐角站了两个人，其中一个戴着帽子口罩，完全看不清模样。

另外一个虽然也戴着帽了，但隐隐约约还能看到半张脸。

第二个人紧张兮兮地看着偶尔路过的行人，又看了一眼行踪鬼祟、扒着墙角的"同伙"，忧心忡忡地说："哥，咱们跟踪小秋哥干什么啊？哥，咱们赶紧回去吧？要是让琼姐知道你又到处乱跑，闹上新闻，我又要挨骂了。"

贺知秋拿着药回到家时，贺爷爷已经从公园回来了，正拄着拐杖在院子里转来转去，不停向门外张望。

老人家今年八十二岁，面容消瘦，背脊佝偻。虽然行动上面略有些迟缓，但一双眼睛非常有神。原本还皱着眉头，看到贺知秋进门的那一刻，瞬间眉开眼笑，脸上的皱纹全都挤到了一起。

他觉得贺知秋有点瘦了，关切地问是不是没吃好，又见贺知秋手上拎着药袋子，唠唠叨叨地说乱花钱。

贺知秋笑着告诉爷爷自己没瘦，又哄着他把今天的药片一颗不落地全都吞进了嘴里，才跟他聊起了在片场里面发生的趣事。

王婶也站在一旁听热闹，说这倔强的老爷子，只愿意听贺知秋的话。

贺知秋只回来两天，时间上面比较紧张，他抽出了一天的时间陪爷爷，又抽出半天的时间去了另外一个地方——颜茹花店。

这家花店位于小城中心的一条商业街。

店主是一位三十岁左右的漂亮女性，此时正系着一条灰色的背带围裙，整理店门口的绿色植物。

贺知秋拎着刚去超市买来的水果，走到她身边，笑着叫一声："颜姐。"

颜姐看清来人，面上一喜，赶忙站起来拍了拍身上的土说："阿秋？你怎么回来了？"

贺知秋说："最近不忙，就抽时间回来看看。"

"怪不得，我前几天还跟儿子念叨你呢，没想到你今天就来了。"颜姐挡不住地高兴，放下手上的活，打开花店的玻璃门说，"来来，先进来喝点水。"

贺知秋点了点头，把水果递给她，跟着她一起进了花店。

颜姐名叫颜茹，花店的名字就是她自己的名字。

当年贺知秋带着爷爷刚搬到这座城市的时候，受到了她不少照顾。如今生活渐渐好了起来，贺知秋也没有忘了她的恩情，以前偶尔还会来花店帮忙。不过去了A市以后，他就再也没有时间过来了。

颜茹这个人比较懂得生活，自己亲手经营的小店在装修上面也比较用心。店门口的左右两边,各有一面通透敞亮的落地窗,周围摆放着各种各样的花花草草。窗外的绿植更是茂盛,品类繁多,挨挨挤挤地放在一起,营造出了一种丛林深处的感觉。

店内的各类花草中间还摆了两套木制桌椅,平时用来插花会客,接待朋友。

颜茹让贺知秋随便坐,倒了两杯白水,一杯递给贺知秋,一杯留给自己:"A市的生活怎么样?当演员辛苦吗?"

贺知秋说:"挺好的,也不觉得辛苦。"

颜茹笑道:"也是,毕竟是自己喜欢的事业,怎么都不会觉得辛苦。"

"对了,我前阵子还看了你演的那个网络剧,演得特别好。"

贺知秋弯着眼睛笑了笑,谦虚地感谢她的夸奖,跟她聊起了近况。

上午九点,阳光正好。

这个时间没有什么客人,所以也没人打扰两个人的交谈。

此时,门外摆放的宽叶绿植微微晃动了几下。昨天出现在街头拐角的那两个人,又一次出现在了花店的玻璃窗外。

其中一个半蹲在花店正门的垃圾桶后面,另外一个迈着长腿挤进众多绿植当中,随手扯过一片叶子,挡在了一张戴着口罩的脸上。他先是顺着叶子的缝隙往店里面看了看,又随口"哼"一声,侧着耳朵紧紧贴着窗户,想要听听坐在店里面的那两个人到底在说些什么。

只是双层玻璃的隔音效果实属不错,这人在这儿趴了半天,一个字也没听清。

他微微拧眉,又把耳朵往前凑了凑。

"哥?哥!别再往前挪了,要被看到了!"另外一个"同伙"始终战战兢兢,一边关注着花店里的动静,一边提醒着躲在绿植丛里的人注意隐藏。

他声音很小，但依旧是扯着嗓子用气声喊的。

只可惜对方听得过于认真，也不知道是听到了什么关键性的字眼，激动地抬脚往前一挪，就听"咣当"一响，一盆绿色的植物倒在地上，滚到了花店的正门口。

……

糟了！

贺知秋正在喝水，听到声音明显一怔。

他和颜茹同时往外看了一眼，发现一道高大的身影慌慌张张地一闪而过。

本以为是贼，结果两人追出来以后，却发现那个"贼"……缓缓地从绿植丛里走了出来。

主要是他实在跑不掉，毕竟偷偷摸摸挤进来的时候，就费了好大的劲。

"你……"

贺知秋对上那人藏在帽檐下面的眼睛，迟疑几秒，震惊地问："你怎么会在这里？"

颜茹本想报警，看到贺知秋的反应，又把手机放了起来，疑惑地问："认识？"

贺知秋急忙应了一声，又看到路上偶尔走过的行人，说："我们先进去再说。"

颜茹点了点头，总觉得眼前这人给她的感觉莫名地熟悉。

可上下打量了一番他此时的着装，她又觉得不太应该。毕竟那位是经常出现在电视上的大明星，即便私下喜欢混搭，也不应该这么……不堪吧？

只是她可能不知道，李郁泽其实早有准备。

哪怕是偷偷跟踪，也要做好被发现的万全准备。不被发现当然最好，但如果真的被发现了，也绝对不能在这种时候丢人。

李郁泽头上戴着一顶黑色的鸭舌帽，身上却穿着一套平整帅气的西装。

皮鞋擦得很亮，摘下帽子之后，能够明显地看出是特意做了造型。

孟林此时也从外面走了进来，讪讪地跟贺知秋打了个招呼。

贺知秋还疑惑不解，就见李郁泽摘下口罩，优雅地整理了一下袖扣，礼貌地对颜茹伸出了一只手："你好，李郁泽。贺知秋的室友兼好朋友。"

想要进入演艺圈，长相算个门槛。虽然圈内不是人人符合大众审美，但也人均及格，都长得不错。

眼前这位的颜值极高，在那个圈子还是天花板一般的存在，平时一张随随便便的机场照就能引发粉丝的尖叫。

如今精心打扮一番，更是夺人眼球。

颜茹也看电视，当然认识李郁泽。

她刚刚只是觉得眼熟，却万万没想到真的是他，震惊之下跟他握了握手。

孟林跟颜茹商量先把店门锁了，又找了一把椅子守在门口，看着坐在店内的三个人。

小秋和女店主还算正常，主要是他哥。

他哥的行为举止虽然没什么不妥，但跟往常比起来却多了些高贵优雅，对待女士表现得非常绅士，即便方才在门外还充满敌意，此时坐在一起，却能谈笑风生，谦和有礼。

只是端起纸杯的时候，他不小心摇了两下。

随后他又立刻跟女店主道歉，把纸杯放了下来。

孟林在心里暗暗说了句"完美"。

此时此刻，李郁泽那努力想要融入平民阶层的贵公子形象脱颖而出。不会让人觉得过分刻意，也不会让人觉得难以接受，甚至还能明显地感觉到他正在努力地收敛着自己所散发出的光芒。

但很抱歉，他实在太耀眼了。

他根本收不住。

如果孟林此时坐在他哥面前，可能已经挖个地洞钻进去了。

毕竟，货比货得扔。

"没想到过了这么多年，你们真的又再次成为好朋友了。"颜茹缓过神来，还是觉得有些不真实，"从前阿秋就经常跟我说起你，那时候你应该还没有当演员，所以也不知道你长什么样子。"

李郁泽一直保持该有的微笑，听她这么一说，眼神变了一下，瞥了一眼始终坐在旁边的贺知秋，问道："他以前跟你……提过我？"

颜茹说："当然啦，你们从前的那些事情啊，我可全都知道。"

颜茹又继续说："阿秋在这边没有朋友，很多事情都是自己憋在心里。他那时候又要照顾爷爷，又要去夜大读书，辛苦得不得了。只有提起你的时候才会开心地笑。"

李郁泽微微一怔，又一次看向了贺知秋。

贺知秋正在埋头喝水，可能是因为提起了往事，有一些不好意思。

颜茹双手放在桌上，温柔地看了他几秒，又对李郁泽说："不过你那个时候应该出国了，他联系不到你。又怕时间久了，把你们之间发生的那些事忘了，他就会偶尔跟我说一说，让我帮他一起记。"

李郁泽疑惑："你们只是朋友？"

颜茹奇怪道："不然呢？硬要说的话，我可能也算阿秋的姐姐吧。"

不对。

不应该。

李郁泽皱了皱眉，原本放松的手指也跟着收紧了。

颜茹没注意到他的表情，又笑着说："不过有段时间，我确实充当了两天阿秋的妻子。啊，不过充当妻子这件事情，只是为了哄贺爷爷吃药。"

那一年，贺知秋二十岁，白天忙着打工照顾爷爷，晚上还要骑着自行车赶去夜校读书，忙得没有一点自己的时间。贺爷爷当时没有现在健康，迷迷糊糊的，心理情况也不太好，总是担心自己死了以后，留贺知秋一个人在这世上太可怜了，所以就想让他尽快找个对象结婚，组建家庭。老人家的想法总是这样，虽然出发点是好的，但完全没有考虑贺知秋的感受。

不过贺爷爷当时也没时间考虑了，只是单纯想要在临死之间，看到孙子不是一个人孤独地活着。他原本没什么太大的过错，只是绝食断药的行为有些过激。主治医生也建议贺知秋先找个幌子，把老人家的情绪稳定下来再说。

贺知秋想了很久，都没有想出任何办法，最后找到了颜茹还有她现任的老公，邹先生。

三个人聚在一起商量了半天，才决定让颜茹冒充贺知秋的对象。这个办法，邹先生是同意的。毕竟，这只是一个善意的谎言。

"我们当时还特意彩排了一下，什么嫁妆彩礼的，说得跟真事一样。阿秋那时候想让爷爷放心，还说以后我们就留在这里过日子，结果从爷爷的病房出来，他就忍不住掉了眼泪。"颜茹的目光落在贺知秋的手上，温和地笑道，"那应该是我第一次看到阿秋哭，以前阿秋被爷爷折腾到无能为力的时候，也只是红红眼圈……"

"颜姐，"贺知秋突然打断，"以前的事情，就不要说了……"

"哈哈，不好意思了？"

贺知秋确实有点不好意思。

三人聊了一个多小时，不能再聊下去了。颜茹的花店还要开张，买花的客人已经打了两次电话，马上要进门了。李郁泽虽然戴着帽子和口罩，但也没办法这么光明正大地从正门离开。幸好，花店后面有一条僻静的小巷。颜茹帮他们打开后门，让他们走了出去。

离开之前，李郁泽挺郑重地跟颜茹说了抱歉，颜茹没弄明白怎么回事，还以为所有的明星，都是这么有礼貌。

后门的巷子很深，弯弯曲曲的看不到尽头。

贺知秋总觉得李郁泽出来之后有些不对劲，走了几步停下来，发现他始终站在原地，没有动。

贺知秋刚想问他怎么了，就听他叫了一声："贺知秋。"

"嗯？"

"没事。"

李郁泽笑了笑，一步一步向贺知秋走过来。

他们在没有行人的巷子里走了很久。

贺知秋问："李郁泽，你怎么知道我和爷爷住在这里？我来之前，有详细地跟你说过地址吗？"

李郁泽说："没有，孟林查的。"

"孟林？竟然这么厉害？"

"嗯。"

贺知秋偷偷往后看了一眼，发现距离他们很远的孟林正仰着头，打了个喷嚏。贺知秋忍不住笑了笑，又好奇地问："那你以前，有没有为了什么事情哭过呢？"

"我？"

"嗯。"

"没有。"

"真的？"

"当然是真的。"李郁泽说。

我这么厉害,怎么可能会躲起来偷偷哭呢?

第十章 新星之夜

当天下午，李郁泽就离开了。

贺知秋还要在家里待上一天半，陪着爷爷去医院做个全身检查。这样一来，时间上就有些紧张。

假扮结婚对象的事情暴露之后，老爷子也认识到了自己的问题，不再逼迫贺知秋结婚，而是努力调整身体，想要再多陪他几年。

李郁泽让贺知秋先照顾好爷爷，回去的事情可以不用太着急。

但有一点，贺知秋不太明白。

李郁泽为什么会偷偷跟着自己？如果他真的想来，为什么不在出发的时候直接告诉自己？

这件事情结束以后，两人前后脚抵达 A 市。

贺知秋提着行李回到家中，洗过澡后走到一楼客厅。

李郁泽一身清爽，此时穿着一身深蓝色的绸面睡袍，头上戴着一个发箍，正坐在沙发上。

贺知秋想随便找点话题："那个……李郁泽。"

"嗯？"

"我们是室友，那我……能跟你提点意见吗？"

"什么意见？"

贺知秋沉默了几秒，看着他的绸制睡袍："你以后在家里……能不能不要穿这种睡衣？"

李郁泽问："为什么？"

贺知秋闷闷地说："你穿这种睡衣，显得我的睡衣很幼稚。"

"哦？"李郁泽一本正经地问，"真的？"

贺知秋点了点头。

李郁泽向来尊重贺知秋的想法，安静了几秒，没有说话，像是在认真地考虑这个问题。

聊了会儿，两个人各自回房休息。

第二天一早。

贺知秋还没起床，就被楼下的门铃声吵醒了。他穿好衣服，下楼开门。

门外是社区服务处的快递人员，搬来了两个巨大的纸箱子，让他签收。

贺知秋没有买过东西，疑惑地问快递人员是不是送错了。

快递员仔细跟他核对了一下信息，确定没有送错，帮他搬进门后，转身离开了。

贺知秋对着那两个箱子站了一会儿，找来一把剪刀，拆开了封口的胶带。

这……

他看清里面的东西，先是一怔，又发现李郁泽不知何时醒了，从楼上走了下来，靠在楼梯口看着他。

箱子里其实也不是什么奇怪的东西，就是层层叠叠地放了几百件丝质睡衣。

蓝的、灰的……

每天不重样地穿，都能穿到一整年了。

搬起石头砸自己的脚，说的就是贺知秋现在这种情况。

李郁泽一脸单纯地走到他的身边，随手拿起几件睡衣，又冲他做了个鬼脸，转身上楼了。

那几件睡衣被李郁泽大大方方地挂在衣柜里，还真是每天一件，不带重样地换着穿。

他买了两个大箱子，倒也不是完全买给自己的，还有一箱送给贺知秋，里面同样都是睡衣，只是面料换成了纯棉的，图案也都换成了各种各样毛茸茸的小动物。什么牛宝宝、小兔子、小狐狸，怎么幼稚可爱怎么来。

贺知秋前段时间为了改变形象，特意买了一套保守的蓝格睡衣，刚穿了一天，就消失得无影无踪，连块碎布都找不着了。

转眼到了一月份。

贺知秋的新戏开机了。

随着新戏开拍，《平沙》和《青衫录》的制作也接近了尾声，进入了最后的宣传阶段。

这两部戏的片花前后脚在网络上曝光，贺知秋也因为同时诠释了两个完全不同的角色，吸引了一大批观众的关注。之前的网剧和综艺节目给他带来了一些粉丝，但由于没什么实质性的作品，粉丝对外安利的时候也没什么拿得出手的东西。

光用性格和颜值说事，终归不能长久，毕竟娱乐圈长得好看的人那么多，人设和性格什么的，也很容易包装出来。

如今，虽然只有短短的两个片花。

但一个是恣意洒脱的少年郎，一个是城府深重的丧家犬，一善一恶，一正一邪。在同一个人身上，同一张脸上，同时表现出来，着实让人惊叹。

粉丝自发剪辑的视频不知道被哪家的宣传买上了热搜。

一时之间"贺知秋 演技"这个话题，成了今天讨论的热门。

"贺知秋是谁？忽悠李郁泽卖蘑菇的那个吗？"

"啊啊啊秋秋！我家秋秋！"

"实话实说，演技确实挺不错的，我之前还以为贺知秋是个综艺咖呢。"

"《平沙》那个片花真的绝了！"

"新人吗？有点眼熟，怎么以前没听说过？"

"啊啊啊,终于要播了吗!贺知秋给我冲!给我红起来!"

"天哪!我真的要哭了,我家秋秋也太争气了!《平沙》真的太绝了!他到底是怎么把平时那么温和的气质扭转得那么彻底的!我没想到他能演这么好!徐哥以后能不能多帮我们秋秋接点大制作!我们秋秋撑得起来!跟高奎搭起戏来都不怯场!"

"我该死,我关注了秋秋这么长时间,都不知道他演技这么好。"

"楼上一定没有关注《平沙》选角时的录像,我那时候就挺看好他的。"

"《青衫录》虽然演得也不错,但还是《平沙》更亮眼啊!"

"呜呜呜,既然都跟高奎一起搭戏了,那是不是可以考虑跟李郁泽拍一部?拜托了拜托了,我给徐哥烧高香了!"

"粉丝过激了吧?这样的新人,跟李郁泽搭戏是不是还差点火候?"

我可不是小心眼:"楼上是在暗指高奎不如李郁泽吗?"

我是楼上:"什么啊?我可没这么说啊,你别在这儿挑拨离间!"

贺知秋正在剧组忙着拍戏,根本不知道自己上了热搜。如果不是周朴过来探班,把手机拿给他看,他可能就错过这件事了。虽然知道这个热搜有可能是剧方为了宣传做的推广,但看到粉丝对他演技的肯定,他还是觉得特别开心。

周朴也为他感到高兴,拍着他的肩膀说:"我就知道以你的演技,红只是早晚的事。"

贺知秋也没在朋友面前说些什么不想红之类的虚伪话。毕竟进入这个圈子后,他也摸出了一些门路,只有红了,才能拥有更多的资源,只有红了,他才能更好地实现自己的演员梦想。

周朴跟贺知秋闲聊了几句,又想起了一件事情:"你最近有没有接到什么酒会或者品牌活动的邀请?"

贺知秋摇了摇头,说:"没有。"

周朴惊讶地说:"我都接到了,你竟然没有接到?"

贺知秋嗯了一声,他确实没有接到徐随给他的通知。

周朴所说的活动邀请,贺知秋大概知道是关于哪方面的。

眼看年关将至。

大大小小的品牌都会联合起来组织一些年终活动,邀请各路明星走走红毯、做做慈善,再搞个年终总结、颁颁奖。这种活动其实也没什么太大的意义,小明星就是过去凑个热闹,吃吃喝喝,再趁机扩充一下人脉,增加一下曝光度。贺知秋去年刚刚入行,没接到邀请,今年稍微有点人气了,按道理来讲,应该会有一些曾经合作过的品牌商或者比较中意他的广告方邀请。但徐随至今没有给他通知,估计是因为他正在拍戏,徐随都帮他推掉了。

周朴本想帮着贺知秋找一张邀请函,带他一起去见识见识,但是被他拒绝了。

有这个时间参加活动,他还不如回家一趟。

只是没想到,刚拒绝了周朴的邀请,他就接到了徐随的电话。徐随通知他月底有一个活动邀约,让他抽时间过去一趟。

周朴的邀请可以推掉,但是徐随给他安排的工作就不是那么好推了。

工作如此,也没有任何办法。

贺知秋本以为自己做好了十足的准备,来面对长达半年的繁忙工作,但在得知月底不能回家的时候,情绪还是有些低落。

贺知秋左右为难,当天晚上跟李郁泽视频的时候说了这件事。

李郁泽最近很闲,此时正坐在餐厅里吃着泡面,听贺知秋说完,面上挺平静地问道:"哪个品牌方的活动?"

贺知秋翻着徐随给他发来的通告信息:"好像是几个杂志品

牌联合举办的年度酒会,叫作'新星之夜'。"

他以前没有参加过这种活动,说起来也是一知半解。

贺知秋不懂,但李郁泽懂,听他说完先是一怔,又惊讶地补了句:"好巧。"

贺知秋问:"巧什么?"

李郁泽说:"刚好我最近也接到了他们的邀请,不出意外,月底的时候可能会跟你一起参加。"

"真的假的?"贺知秋一下子欢喜起来,惊喜地问,"他们真的邀请你了吗?"

李郁泽点了点头,吃完最后一口泡面挂了视频。

他靠在椅背上坐了一会儿,又站起来给陈琼打了个电话,问道:"'新星之夜'是谁家举办的活动?"

陈琼说:"没听过。"过了几秒又去查了一下,"好像是老周那边。"老周是个时尚杂志社的主编,陈琼跟他认识。

李郁泽问:"找过我吗?"

陈琼说:"找你干什么?"

"参加活动啊。"

"没有。"

李郁泽皱着眉问:"为什么没有?"

"为什么?"陈琼说,"人家是新星之夜!你是新星吗?你过去干什么?"

李郁泽淡淡地说:"新星之夜难道不能请前辈过去助阵吗?"

陈琼说:"能是能。但你是什么身价?老周他们这种小活动请得起你吗?"

李郁泽觉得她这人比较冷漠,问道:"你跟老周熟吗?"

陈琼说:"熟啊。"

李郁泽说:"那你就不能给他打个折?给他一个用得起我的机会?"

陈琼："……"

很多机会都不是白来的。

但此时摆在老周眼前的这个机会，确实跟白捡的一样。

"新星之夜"的活动现场距离贺知秋所在的新戏片场有点远，坐飞机过去大概要三个小时，中途还要转机。他没有随行助理，徐随就给他安排了一个始终驻扎在那边的工作人员，带他两天。

这个工作人员姓程，二十出头，一大早就赶到机场接贺知秋，挺热情地自我介绍："我叫程昀，你可以叫我小程，是徐哥以前的助手。他前儿年在这边开了一个新媒体工作室，把我调过来的。"

贺知秋也认真地做了自我介绍，又不好意思地说："这两天麻烦你了。"

程昀说："不麻烦不麻烦，都是工作需要。对了，我现在带你去主办方安排的酒店，离这儿不远。"

贺知秋说了声"好"，跟他一起上了出租车。

程昀这人比较健谈，性格也比较开朗，一路上跟贺知秋东拉西扯，始终没有冷场。他是做媒体行业的，对于圈内的一些事情多少都有些了解，无伤大雅地跟贺知秋扒了几句行业内幕，又坐在副驾驶神秘兮兮地说："小秋哥，你知道这次主办方邀请的神秘嘉宾是谁吗？"

贺知秋下意识地问："是谁？"

"李郁泽！"

"啊……"

"哈哈哈，惊喜吧！"

贺知秋虽然一早就知道李郁泽要来，但并不知道他是以哪种身份出现。看到程昀那么兴高采烈地揭秘答案，贺知秋也不想拂了他的面子，跟着惊喜地点了点头。

"小秋哥你真的太幸运了，"程昀说，"往年这个'新星之夜'都没什么人看，请来的助阵嘉宾也都是一群二三线的小明星，今年能请来李郁泽，主办方真是下了血本。"

贺知秋有些好奇地问："请李郁泽要花很多钱吗？"

"当然了，"程昀说，"像这种活动，可是有很多弯弯道道的，到场的各位明星也不全都是受到邀请参加的，比如李郁泽，请他不仅要花钱，还要花大价钱。其他嘉宾的话，都是看主办方比较中意谁，还有一些是自掏腰包来的。"

"自掏腰包？"

"对啊，拿小秋你举个例子，你现在属于受邀参加活动，是不需要门票的。但如果有一些新人没有接到邀请又想参加，就要自己掏腰包买入场券，挤进来增加曝光率。"

贺知秋多少懂了一些，又问道："那请李郁泽，要花多少钱？"

程昀掰着手指头数了数，爆出了一个天文数字。

贺知秋听完一怔，大脑空白了两分钟，迷茫地问："那我现在……要多少钱？"

程昀眨了眨眼，挺贴心地安慰道："小秋哥是受邀来的，没有自掏腰包已经很好了。"

由于主办方有意无意地在圈内透露了李郁泽要来的消息，今年的"新星之夜"似乎变得有些不一样了。正如程昀所说，大多数明星来参加这样的活动主要是为了增加曝光率，以前没什么人看，自然也就没什么人来。但今非昔比，虽然今年的活动还没有正式举行，甚至连录都没有进行录制，但破表的收视率，已经是板上钉钉的事了。

新人想来，老人也想来。

红不红的都想趁着这个机会蹭个热度，什么咖位不咖位的，大咖来得多了，活动的整体水平自然也就跟着上去了。

往年的"新星之夜"可能真的是"新星"之夜，但今年的"新星之夜"就有些名不副实了，直接改名"群星之夜"来得更为贴切。

匿名论坛里的新楼换了一栋又一栋，最近没什么大事发生，粉丝只能揪着这件事情讨论。

37楼："'新星之夜'的神秘嘉宾到底是不是李郁泽？"

39楼："绝对是他。除了他还有谁能把那么一个活动镶上金边吗？"

45楼："何止是镶金边，我看这个活动算是由里到外地脱胎换骨了，听说好多正当红的明星都是抢着名额进去的。"

46楼："主办方这么有钱？"

55楼："某杂志社小打工的一枚。听我们老大说，这次活动好像是陈姐主动联系我们家的主编，还跟李郁泽一起吃了饭。开始我们主编是真的没敢请他，主要是没钱。后来也不知道怎么就谈妥了，好像陈姐那边还帮着运营策划了一下，让我们提前透露李郁泽会来，才吸引了这么多眼球。"

57楼："真的假的？现在人均内部知情者，我都不知道该不该信了。"

61楼："楼里的姐妹应该靠谱吧，所以真的是陈姐主动联系的？为什么？陈姐怎么可能帮李郁泽联系这种工作？"

63楼："惨还是陈姐惨，粉了这么多年，你们还没摸出什么门道吗？李郁泽所有的工作都是他自己接的，陈姐就是个传声筒。55楼的姐妹如果没有撒谎，那也就是说这个活动是李郁泽主动接的？为什么？"

71楼："这还看不懂吗？各位！肯定是哪个好朋友也参加了活动啊！不然李郁泽怎么可能会接这种平时只有小演员出席的活动？"

80楼："李郁泽是真的太贼了。别家估计还想着蹭他热度呢，打死都想不到花着大价钱挤进场，反倒帮活动提升格调了。"

粉丝的交流不知真假，但本次前来参加活动的明星，确实多得吓人。

主办方准备了两个高档的酒店，全都住满了。活动现场的后台也挨挨挤挤，无处下脚。

程昀带着贺知秋先去酒店放了行李，又抓紧时间带着他去见了这次发邀请的负责人。像这类活动并不是只有一个主办单位，而是不少品牌联合在一起，所以邀请的明星也是五花八门的。

邀请贺知秋的这家是一个小众的服装品牌，负责人一直对他的印象很好，想要找个机会一起合作。如今见他过来，负责人先寒暄了几句，又让他抓紧时间去化妆间试试衣服，别到最后，好看的款式都被抢走了，走红毯的时候不好看。

没什么影响力的新人受邀参加这种活动，肯定也不是真的白来。品牌方需要他们在这两天的活动当中穿着自家提供的衣服，变相宣传。但衣服不是量身定做的定制款，所以尺码方面都要到了现场再做调试或者修改。

负责人说"抢"的时候，贺知秋还有些疑惑。

直到贺知秋和程昀一起推开化妆间的大门，才发现这个"抢"字，用得是多么贴切。仅仅四五十平方米的房间里，已经挤满了跟他一样没什么名气的小明星，以及小明星的助理、经纪人。

大家都在忙着试衣服，打算在活动开始的时候，以最亮眼的方式出现在镜头前。

程昀看了眼时间，已经下午两点了，贺知秋早上八点来的，忙到现在只喝了点水，于是问道："小秋哥，你现在饿吗？"

贺知秋确实有点饿了，但还能坚持。

程昀说："那咱们先站在外面等会儿吧？我怕到时候好看的衣服真的都被挑走了，再给你留下两件不合身的，等以后你红了被扒出来，那就成黑历史了。"

贺知秋倒是没他想得那么多，笑着点头同意，跟着程昀一起站在化妆间的门口。

　　主办方在晚上六点的时候安排了一次节目彩演。
　　原本就没什么地方的后台，此时更加热闹了起来。
　　所有人都在叽叽喳喳地讨论着明天正式举行的新星活动。只有贺知秋一边饿着肚子，一边跟程昀站在化妆间门口等着试衣服。
　　程昀说，底层明星的生活状态都是如此，所以大家都争着抢着想要红起来。先不说能红成什么样，但红起来以后，最起码能先拥有一个独立化妆间。
　　两人正有一搭没一搭地闲聊着。
　　突然，一声突兀的尖叫声，从走廊的尽头传了过来。
　　贺知秋顺着声音看了过去，发现李郁泽穿着一件黑色的衬衫，在一群人的簇拥当中走了过来。
　　贺知秋还是第一次看到这样的李郁泽，一时之间，竟然和程昀一样，愣住了。
　　化妆间里的众人似乎也听到了声音，一窝蜂地跑出来围观。贺知秋原本就站在门口，此时被后面的人推推搡搡地挤到了中间，险些摔到地上。
　　幸好，这时有人扶了他一把。
　　他刚想抬头道谢，就见李郁泽扶着他，正面无表情地看着他，一副看他有些眼熟又不太熟的样子，问了句："没事吧？"
　　贺知秋一怔，忙说："没事。"
　　李郁泽淡淡点头，然后走了。

　　随着李郁泽上了电梯，后台里的气氛也渐渐平息下来。大家又开始各忙各的。贺知秋也依旧跟着程昀站在化妆间门口，等着试衣服。
　　半个小时后，化妆间终于消停了下来。

但好看的衣服……也确实一件都没有了，勉强还能翻出来两件能看的，可挂在贺知秋的身上实实在在胖了两圈，改都没有办法改。

"这可怎么办？"程昀站在镜子前犯愁，正想着要不要拿到酒店的服务处让相关人员帮忙改一改，就看到刚刚接待他们的那个负责人提着两套白色的礼服，笑着走了进来。

"我就知道你抢不过他们。"负责人本身也是这个品牌的一位设计师，年龄在三十岁左右，气质温婉，跟颜姐很像。

她本来就中意贺知秋，自然对贺知秋的关注多一些。见他等了两个多小时，到底还是没能"抢"到合适的衣服，她就拿了两套备用的过来，亲自递给他。

贺知秋感激地说了声谢谢，转身进了换衣间，换上了负责人拿给他的衣服。

他平时很少有机会穿正装，哪怕这一套的设计已经极为休闲了，但穿在他身上，还是让他有些不自在。本以为最后的上身效果会有一点滑稽，却没想到在他走出来的时候，负责人和程昀的脸上全都闪过了一抹被惊艳到的神色。

贺知秋有些不好意思地抻了抻衣角，问道："还可以吗？"

"什么叫还可以！"负责人立刻帮他整理了一下裤腿的褶皱，笑着说，"是很好看！我果然没看错人，你的气质和我们家的衣服真的太搭了。等这次活动结束之后，我就跟老徐把咱们的合作方案敲定下来，不等明年了。"

程昀也连连点头说着好看，还拿着手机拍了两张照片，发给徐随。

照片上面的贺知秋多少有些拘谨。

但是贵气优雅的白色西装，搭配他不同流俗的温雅气质，还是让人眼前一亮。

衣服还算合身，不过负责人精益求精，帮他把腰部、腿部不够服帖的位置又修改了一下。

"今晚先这样穿,明天走红毯之前,我再帮你改一改。"

贺知秋再次跟负责人道了谢,看了眼时间,跟着程昀一起去了附近的餐厅,简单地吃了点东西。他们没吃太多,因为晚上八点左右,还要在活动现场的顶层进行"新星酒会"的录制。

这个活动在电视上播出的时长大概两个小时左右。

半个小时的红毯,一个小时的节目表演、慈善义卖,以及各类奖项的颁发。

还有最后半个小时,是酒会采访。

观众看的时候是按照这个流程来看的,但实际上在录制的时候,酒会是安排在今天晚上,明天是红毯还有节目环节。

周主编往年不会到场,今年却亲力亲为,已经在这边忙了两天。此时他正带着李郁泽参观顶层的现场布置,边走边说:"为了安全,游泳池已经封了,但前面那个音乐喷泉晚上的时候会打开。场地可能还是有一点小,但我当时真的没想到你能过来参加,所以也没想着更换地方,你可千万别嫌弃。"

李郁泽点了点头,客气道:"已经很好了。"

周主编体形微胖,年纪挺大,个子挺矮。听李郁泽这么一说,忙仰着头摆手:"哪里哪里,相比较你曾经出席的那些活动,我这算是最差的了。其实咱们谈妥之后我也想换个地方,但你也知道,眼下到了年根,各家都在组织活动。别说是咱们圈内了,不少的企业单位都在举办年会活动,实在订不到好的地方。"

李郁泽表示理解,在周围转了一圈,又瞥了一眼一直跟在身边的孟林。

孟林赶忙站出来,对着周主编说:"冒昧地问您一下,咱们这边的安保措施做得如何?"

周主编说:"都已经安排好了。"

"其他方面呢?我看楼上这么多灯,线路什么的都排查好了吗?有没有多准备几套防止意外发生的备用方案?"

"哎,有的有的。"

孟林一副"那就好"的样子,随后又公事公办:"可以再带我去看一眼吗?我们也是第一次参加这个活动,希望在录制的时候,不要出什么差错才好。"

周主编自然同意,恨不得让工作人员带着孟林把所有地方都转上一圈,让他亲自确认各个方位的安全关卡,甚至给了他一份很详细的负责人排班表,让他有什么问题直接跟负责人对接就好。

周主编倒不是殷勤,主要是李郁泽这么大一个明星,如果真在现场出了什么差错,他们可担待不起。如今交给孟林,那么在他检查之后,再出什么问题,就可以推脱一些责任了。毕竟这样的话,安保方面就不再是单方确认,而是变成双方确认了。一般来讲,受邀方不会参与主办方的工作安排。但李郁泽这边的人主动揽责,周主编自然高兴,又带他仔仔细细地参观起来。

当晚八点,酒会正式开始。

虽然此时的 A 市正处在凛凛冬日,但主办方选择的这个地方却温暖如春。

全年气温基本保持在二十度左右,不会太冷,也不会太热。所以哪怕酒会选在露天的顶层进行录制,也不会冻得瑟瑟发抖。

程昀以助理的身份跟着贺知秋一起入场,告诉他在这种场合之下应该如何交际。毕竟在场的人都是公众人物,看到前辈主动敬酒,看到眼熟的就主动打个招呼。无论以前是不是有过合作,如今站在这里所说的每一句话,都是在为以后的合作打基础。

贺知秋最近刚巧上了一次热搜,所以在同期的新人当中算是比较出挑的。

不少人过来跟他打招呼,渐渐地就围成了一圈,也就聊了起来。他们都是新人，话题什么的也比较共通，偶尔镜头扫过来的时候摆个最灿烂的笑脸，不管到最后能不能成为活动当中的素材，状态都要保持在最佳。

其中一个小明星的脸都笑僵了，拿着红酒杯说："这活儿太难了，要不是因为有李郁泽参加，我绝对不会笑得这么卖力，都快笑脱相了。"

另一个说："那你先歇一会儿，反正镜头应该不会怎么关注咱们这边，这次来了那么多大牌，没时间拍咱们。"

"配角也有配角的好，要是待会李郁泽来咱们这边溜达，我都不知道应该做什么表情。"

"对了，贺知秋之前是不是跟李郁泽合作过啊？"

"嗯。"

"其实我也跟他有过合作，不过他肯定不记得我了，像他们这种大牌明星，记性都差。"

酒会现场原本没什么波澜，大家都各聊各的，有采访环节的接受采访，没有采访的就穿着品牌商赞助的衣服吃吃喝喝。直到半个小时后，尖叫声再次传来，贺知秋才从酒会的入口处看到了一身黑色西装的李郁泽。

他们隔得太远了。

就好像此时此刻，他们各自在圈里的地位一样，贺知秋可能在短时间内还无法走到李郁泽身边。

可李郁泽却端着酒杯，一步一步地朝这边走了过来。

"啊啊啊！他真的过来了！"

"我这衣服不合身啊！赶紧给我找个别针别一下！"

"我笑得还行吗？是不是标准的八颗小白牙？！"

"别……别再靠近了，我第一次见他，我都要缺氧了！"

"颜值天花板果然不是吹出来的，这脸也太完美了。"

周主编没想到李郁泽跟几个熟人寒暄了几句之后，会来到这一群新人的面前。李郁泽说这些新人才是今天的主角，所以还是要关照一下。周主编觉得有理，本想帮他逐一介绍，但这些都是生面孔，他也说不上名字。

结果没想到，李郁泽自己倒是认识几个，对着那位露着八颗牙的小明星说："娄扬？"

娄扬一怔，急忙给李郁泽鞠了个躬："我是娄扬，没想到李老师还记得我。"

李郁泽点了点头，又看了一眼那位要缺氧的小明星："乔迪？"

"啊！对，对对对，我是乔迪！前辈好久不见，我之前就在您的电影里跑了个龙套，没想到您还记得我！"

李郁泽应了一声，又把目光落在了贺知秋的身上。

李郁泽看着贺知秋，突然展颜一笑，像是终于想起他是谁了一样，说了句："贺知秋？"

贺知秋微微点头，学着别人的样子对李郁泽鞠了个躬，同样笑着说："没想到，李老师还记得我。"

李郁泽挑了挑眉："当然，我们合作过。"

他们简单且客套地聊了几句，周主编又带着李郁泽去了另外一圈新人的中间。只是站在那边还没有两分钟，酒会门口的几盏灯就莫名地闪了闪。

紧接着，顶层的电源总闸像是被谁拉了。话筒停了，音响静了，挂在头顶上的那一盏盏亮闪闪的灯，也跟着众人的惊呼彻底熄灭了。

贺知秋还没来得及适应突如其来的黑暗，就被一只大手拽出了人群。

远处的周主编正在急哄哄地联系工作人员检修。

这边的喷泉后面却有两个人。

贺知秋轻轻地叫了一声："李老师。"

李老师没说话，跟贺知秋在漆黑的夜里，交换了一个心照不宣的眼神。

现场的嘉宾渐渐反应过来，陆陆续续地拿出手机，打开了手电筒。

周主编正借着附近的灯光联系排查线路的工作人员。

他原本挺生气的，可听了对方的解释，心道了句：幸好。扭头看向身边，刚刚还在这里的李郁泽不知道去哪了儿。

周主编还当自己黑灯瞎火地乱跑，把他给跑丢了，此时也顾不上找他，忙对着电话说："那现在情况怎么样？好，没出什么大问题就好，快把总闸推上去，有什么事情上来再说吧。"

主持人那边似乎也得到了消息，换了一个不用连接电源的话筒活跃气氛。一般这种大型活动都会有好几套备用方案，毕竟就算在活动开始之前准备得再充分，也都避免不了各种各样的意外发生。

周主编在办公室坐久了，自然不知道手底下的工作人员，对于这样的小状况早已见怪不怪。他担心了一会儿，发现没出现什么骚乱，才彻底放下心来。

几分钟后，顶层的灯光又亮了起来。

主持人临场反应很强，立刻打开音响，继续刚刚的采访活动。

周主编还算满意地点了点头，刚想去找李郁泽，就见他晃着酒杯，从游泳池那边走了过来。

"你怎么跑到那边去了？"周主编疑惑地问。

李郁泽说："太黑，走错路了。"

周主编没多想，对李郁泽做了一个请的手势，把他带到了一个人少的地方。

那边有两个人等着。

一个是孟林，一个是工作组的负责人。

孟林顶着一脑门的汗，一副做了坏事的紧张模样，看到李郁泽结结巴巴地说:"哥我……"

李郁泽没等他说完,就不让他说了,转头问负责人:"怎么回事?"

负责人如实交代:"刚刚孟助理跟我一起排查线路,不小心碰到了总闸的开关。但您千万别怪他,他也不是故意的。"

李郁泽表情一变,赶忙对周主编说了句抱歉,又关心地问:"那刚刚断电的时候,有没有造成什么损失?"

负责人忙说:"没有没有,我们也办过几年这样的活动了,什么样的意外都碰到过,像这种断电短路的事情常有发生,可能就是镜头黑了一会儿,浪费了您一点时间。"

李郁泽说:"是我们耽误大家的时间了,如果有什么需要赔偿的,您尽管说。"

周主编说:"哪里哪里,都是小事。"

短暂的小插曲就这样结束了。

李郁泽又往新人堆里瞥了一眼,带着孟林离开了现场。

孟林脸上的汗还没擦干,就听李郁泽低声问了一句:"摄像头什么情况?看了吗?"

孟林一抖,忙哭丧着脸:"哥,要不咱算了吧。你跟小秋哥住的酒店距离太近了,两个酒店的摄像头加起来好几百个,今天还来了好多记者蹲点。那些摄像头我不可能全给人家拔了啊,而且,我这辈子没干过什么缺德的事……"

"缺德?"

"不不不,我不是说你缺德,我不是这个意思。"

李郁泽走后,酒会现场又恢复了最开始的气氛。

贺知秋也不知在什么时候回到了原来的位置,继续听娄扬和乔迪他们聊着天。

晚上十一点半。

采访环节录制完成。

程昀跟着忙里忙外地跑了一天，终于把贺知秋送回了酒店。

程昀没有上楼，而是站在电梯门口跟贺知秋约了一下明天见面的时间，又等着电梯从地下一层上来，把他送进去，才转身离开。

此时，电梯里除了贺知秋，还有其他两个人。

那两人原本正在聊天，见贺知秋进来停顿两秒，客气地点了点头。他们都是过来参加活动的小明星，双方都有些眼熟。

"我听路哥说，李郁泽这次过来，根本就不是主办方邀请的。"

"啊？那他是怎么来的？"

那两人并没有理会贺知秋的存在，继续刚刚的话题。

"听说是他自己要求来的，好像为了能参加这个活动，还降了一些出场费。"

"真的假的？"

"路哥说的话能是假的吗？"

"不会吧？我只听过咱们这种抢破头地往上挤，还没听说有哪个大咖自降身价地往下滑的？"

"我也没听说过。不过你看他最近的行程，明显跟以前不是一个档次了，即便咱们这个活动因为他拔高了不少，但跟他以前的工作相比，也不在同一条水平线上。"

"该不会是他的事业出了什么问题吧？"

"不清楚。算了，不瞎猜了，不过他再这么降下去，早晚是要跌落神坛的。"

两人说完，电梯的门也开了。他们又换了一个新的话题，有说有笑地走出去。贺知秋始终没动，一个人站在原地，怔愣许久。

"好巧。刚好我最近也接到了他们的邀请，不出意外，月底可能会跟你一起参加。"

贺知秋回想着李郁泽对自己说过的这两句话，微微垂下眼睛。

主办方虽然准备两家星级酒店，但是在酒店上面多少有些差别。稍微红一点的，自然住得好一些，那些不红的，自然就住得差一点。贺知秋跟李郁泽之间差得太远，在酒店的分配上面，自然没得选择。他们之间隔着一条马路，不知道隔了多少楼层。

贺知秋回到房间简单地洗漱一下，穿着从家里带过来的小兔子睡衣，站在阳台上给李郁泽打了个电话。

李郁泽那边不知在忙些什么，过了好几分钟才接通，而且说话的时候情绪不是特别高，偷偷叹了好几次的气。

贺知秋问他怎么了。

他又说没什么。

其实李郁泽不说，贺知秋也能猜到一二。

贺知秋住在八楼，站在阳台就能看到外面发生了什么。对面酒店的门口挤满了大大小小的各家媒体，不用猜也知道是专门过来堵谁的。某人被包围在酒店当中，怎么想心情都不会太好。

贺知秋抿着嘴笑了笑，抬起眼睛问道："你住在几楼呀？"

李郁泽说："三十二楼。"说完似乎也走到了阳台，问道，"你呢？"

"我在八楼。"贺知秋认真地数着楼层，直到数到三十二的时候，兴奋地喊了一声，"我好像看到你了。"

"真的？"李郁泽没去思考，一巴掌拍在了面前的窗户上。

咚的一声巨响，透过话筒传到了贺知秋的耳朵里，贺知秋哈哈大笑："是假的。"

李郁泽的手都拍麻了，这才反应过来自己上当了。八楼距离三十二楼，还是有相当远的一段距离，如果贺知秋真的能看到他，那这个远视能力应该不是一般的好。

李郁泽没想自己竟然犯了这么低级的错误，又气又笑地甩了甩手掌，低声说了句："小骗子。"

"那你就是大骗子。"

他们彼此安静了一会儿,听着对方平缓的呼吸。

第二天,上午九点。

程昀准时来到酒店。

贺知秋已经吃过早餐了,收拾妥当,正在等他。

红毯下午开始,程昀这么早过来,还带来了一个化妆师。

化妆师是个可爱的小姑娘,圆圆的脸,进门后笑眯眯地跟贺知秋打了个招呼,做了个简单的自我介绍。

她原本也是徐随公司的员工,但后来觉得跟着各种各样的明星跑来跑去实在太辛苦了,于是回老家开了一个工作室。

"小秋哥你放心,"程昀说,"芳芳的技术绝对不会比别家的化妆师差,她没退圈之前,可是能跟李郁泽的化妆师齐名的。"

贺知秋去洗了个脸,这会儿头上戴着芳芳递过来的发箍,把额头前面的碎发背在后面,露出了光洁饱满的额头,疑惑地问道:"是小岳……小姐吗?"

程昀说:"就是她,就是她,据说她已经算圈内顶级的化妆师了。"

同行之间竞争激烈,哪怕是化妆师之间,也要比一比谁的技术更好。

芳芳正在准备化妆用品,听程昀这么一说,不屑地撇了撇嘴:"姓岳的有什么真本事啊,整个圈子里的化妆师就属她最清闲。拿钱多,人还不忙。李郁泽那张脸调都不用调,素面朝天的都能上镜。这么多年过去,她那技术早就不知道退到哪儿去了。"

芳芳一边冷哼一边抬手扭正贺知秋的脸,信誓旦旦地说:"小秋哥你放心,我的技术肯定比她好,今天肯定会让你成为整个红毯上最抢眼的新星……"

"怎么了?"程昀听她突然没声了,还以为贺知秋的脸出了什么问题。这个时间如果出问题可就惨了，急忙走过来问。

芳芳没理他，只是左右转了转贺知秋的下巴，叹了口气，一副很没有挑战性地说："算了，再好的技术也用不上了。"

程昀说："为什么？"

芳芳说："因为小秋哥这张脸，也不用怎么调。"

程昀反应过来，大笑了两声，说她是个马屁精。

芳芳反驳："谁拍马屁了？我说真的！"

徐随帮贺知秋临时找的这两个助手性格都好，他其实一直有意给贺知秋配两个这样的人跟在身边。毕竟以后贺知秋会越来越忙，出席活动什么的也会越来越多。昨天徐随也给贺知秋打了电话，问程昀合不合适，如果觉得还行，就把他调回A市。

贺知秋还在考虑，也需要在活动结束之后，去问一问程昀的意见。

三个人在房间里说说笑笑，连乏味枯燥的化妆时间都变得快了起来。

芳芳确实没怎么给贺知秋的脸型做过多的调整，不过是打了点暗影高光，让他的整张脸能在镜头前更加鲜明。程昀趁着他们化妆的时候，拿着贺知秋的礼服找到了昨天的负责人，让她帮忙改了改，又拿了回来。

他们忙忙碌碌几个小时，直到快要出门的时候，芳芳才发现了一个问题。

"小秋哥，你脖子上面的那条项链能不能换一条？"因为今天这套西装是休闲款，所以贺知秋的上衣打底并没有搭配规规矩矩的衬衫，而是换了一件圆领T恤，多少露出了一点项链的边缘，看起来有些突兀。

贺知秋点了点头，把项链摘了下来。这条项链他其实已经在身上戴了很久。

他站在镜子前，等着芳芳帮他找一条合适的项链。

下午四点，走红毯准时开始。

无数媒体全都挤在金色的礼宾柱两边，等着各路明星的到来。如果说酒会、节目这一类的环节还有彩演的机会，那么红毯这块，就相当于现场直播了。毕竟媒体可不会等着主办方后期剪辑再发新闻，现场出了什么情况，谁穿了哪件衣服，基本都会立刻同步到网络上。除了媒体，一些品牌商也会借着这个时间拍一些衣服首饰的特写，简单修片之后，发到网上。

贺知秋的粉丝都知道贺知秋来参加了这个活动，早早地就蹲在品牌方的微博底下等着红毯照片。

李郁泽那边的黑色西装照已经上了热搜，紧随其后的，是一些当下比较红的演员名字。像贺知秋这种名不见经传的小明星，基本不会有媒体去拍。即便是有，也不是什么正面照。贺知秋也没有随行团队，唯一的途径就是蹲在品牌方这里等着。

五点左右，品牌方的微博终于有了动静，一下子发了九张贺知秋的红毯照片。

"啊啊啊来了来了，终于来了！"

"啊啊我的天！秋秋好好看！穿白色西装也太好看了吧！"

"王子，这是谁家跑出来的小王子！我家秋秋的气质真的绝了！衣服也太好看！从此以后我只穿你家衣服，我买！"

"呜呜呜，没有抢到前排！光顾着存图了，太好看了！还是第一次看秋秋穿正装，简直就是富贵人家的小公子！"

"我真的失去了语言组织能力，我现在只会说好看！"

我可不是小心眼："是真的好看！白色西装看起来好合适秋秋呀。不过好像没见秋秋穿过什么黑色的衣服吧？也不知道秋秋穿黑色西装会不会好看呀？"

"肯定好看！"

"啊啊啊楼上说到了黑色！今天那个谁好像也穿了黑色！太

帅了！"

"楼上这一说，我立刻就把他俩的照片组合在一起同时看了！简直太好看了！"

"烦死了，这是秋秋的单人场合吧？别以为你们几个阴阳怪气的没提正主名字，我就不知道你们在说什么！尤其是你——我可不是小心眼！你是纯钢筋打造的搅屎棍吧？没事就会煽风点火挑拨离间带节奏！怎么哪儿都有你啊！"

两个人在一起尚且还有意见不合的时候，更不要说隔着网线，不知对方男女老少的各位粉丝了。

这些粉丝的想法不同，喜欢上某个明星的点也不尽相同。

有些人因为颜值，有些人因为演技，有些人可能什么都不为，硬要找个理由的话，估计就是传说中的谜之好感。

贺知秋出道也有一年多了，粉丝群体渐渐成型，各种粉丝也都有了各自的领地。遇到什么事情吵个架，在所难免，不会引起太多的关注。

"新星之夜"结束以后，贺知秋再次回到了片场。

这个春节他又没有回家，甚至连过生日的时候都在赶拍夜戏。

二月十四号零点零分，李郁泽给他发了一条生日祝福。贺知秋到了凌晨三点才有机会摸到手机，然后回了条消息过去。

他本以为李郁泽这时已经睡了，却没想信息刚刚发完，就收到了视频邀请。贺知秋赶忙接通，看到李郁泽此时正穿着一件灰色的套头毛衣坐在沙发上，对他说了句："生日快乐。"

贺知秋卸妆不久，带着一脸疲倦又开心的笑，趴在床上。

李郁泽站起身，拿了一个没有水的杯子，来到了餐厅。

餐桌上放着一个点着蜡烛的榛子味小蛋糕。他找了个支架把手机支在面前，坐在镜头前说："先许个愿，再把蜡烛吹了，然后赶紧休息。"

贺知秋心中有些感动，但他不想在这种时候拉着李郁泽诉说太多，怕说得太多破坏了此时的气氛。贺知秋平复了一下心情，从床上坐起来，拿着手机问："可我隔着屏幕，要怎么把蜡烛吹灭啊？"

李郁泽说："你可以让我帮你吹。去年我都帮你许愿了，今年也可以帮你吹蜡烛。"

贺知秋想了想，觉得这个方法可行，于是笑着说："那我想想许什么愿。"

愿望无非就还是那几个，希望身边的朋友平平顺顺，希望爷爷身体健康。

最后一个愿望没有说出来，但贺知秋闭着眼睛抿着嘴角，像是把所有美好的寄托都装进了这个愿望里。

几十秒后，贺知秋睁开眼说许完了，安静地等着李郁泽帮忙吹蜡烛。

李郁泽半晌没吹，挑了挑眉，懒洋洋地靠在椅子上，开始讨价还价。

"想要找我帮忙也可以，但我有条件。"

"啊？"贺知秋眨了眨眼，没想到仅仅几十秒而已，他就从被帮助的一方，变成了受胁迫的一方。

简直就是误入黑店！可此时也管不了那么多了，愿望都许完了，如果不吹蜡烛，那他今年所有的愿望不就白许了吗？

贺知秋问："你有什么要求？"

李郁泽说："很简单。我帮你吹一下蜡烛，你就要答应我一个要求。"

就这样？

贺知秋本想立刻答应，但转念一想，又说："可以是可以。但你必须对着蛋糕上面的蜡烛吹，不可以假装吹不到。"

李郁泽点了点头，无奈地叹了口气。

贺知秋见李郁泽抬手把蛋糕上的蜡烛拔了下来,放到刚刚拿过来的空杯子里保持不灭,又摸出一根没点燃的蜡烛,插到蛋糕上,挪到镜头前,说:"我开始吹了。"

贺知秋:"……"

这样能吹灭才怪吧?根本就没有点燃啊?

贺知秋怎么都没想到他会在这里等着,忍不住闷笑了几声,又看他对着没点燃的蜡烛吹了半天,干脆把头埋在枕头里面,大笑着说:"好了好了,我同意,我回去答应你一百个要求好不好?"

李郁泽觉得一百个还算可以。但是"商人"嘛,总是想着能多赚一点,于是他得寸进尺:"一百五十个吧。"

"好啦,二百个。"

"成交。"

第十一章

往事

新戏的拍摄进度很快，但这不代表贺知秋有机会停下来。

他的事业逐渐步入了正轨，《平沙》和《青衫录》也开始了大范围的活动宣传。线上线下都有。贺知秋分别跟着两部戏的主创团队到处跑了两个月，又接到了徐随给他的试镜通知，让他抽出时间看看剧本。

这部戏应该是贺知秋接到的第一个电影剧本，徐随在电话里说："制片方那边还是海选机制，但这次的竞争要比《平沙》激烈很多。虽然也给了新人机会，但过去试镜的人，大多是演技不错、在电视圈混了很多年的演员。我大概看了一下这次前去试镜的名单，都有些实力，估计不会碰到像何扬那么敷衍了事的。"

《平沙》的成功虽然跟贺知秋自己的努力脱不了干系，但跟何扬的敷衍也有着必然的联系。娱乐圈这种地方本来就没什么绝对实力，很多人上位、抢角色都会使出那么一点点小手段。

徐随说，不少电视演员总是觉得电影演员要高贵一些，所以面对每一个优秀的电影剧本都会竭尽全力拼命争取，想方设法地让自己迈上一个台阶，成为"高贵"的一群。所以，这次的试镜对贺知秋来讲难度很大，并不是单纯的要有实力那么简单。但徐随还是想让他去试试，实在没有选上也没关系，就当长经验了。

贺知秋对着电话应了一声。挂断之后，又看了看徐随发过来的演员名单，果然看到了许许多多眼熟的名字参与试镜，甚至还有一个极为眼熟的名字。

正好是贺知秋的高中同学——江呈。

说到江呈。

贺知秋已经很久没有他的消息了。除了上次的同学会，两人再也没有过任何交集。江呈入圈比贺知秋早，算起来也是前辈。虽然和李郁泽相比没什么名气，但比贺知秋这种正在发展中的小透明要好得多。无论产出的剧集质量如何，至少都可以保证男一男二的位置。而且有稳定的电视资源，这么多年似乎也不怎么缺戏拍。他来参加试镜，估计就是为了跳脱电视圈，晋级到"高贵"的电影圈。

至于江呈的人品到底如何。

贺知秋现在也不好轻易地去下定论。或许他们在高中时代确实存在着一些矛盾，但也时隔多年，估计早该忘了。陶央之所以帮贺知秋记得，主要是因为他以前做娱乐媒体，跟江呈抬头不见低头见。如今陶少爷为了历练升职，跑到国外当战地记者了，再提江呈，都快忘了他是哪根葱。不过贺知秋今天跟陶央通话的时候，提起了这件事，陶央还是提醒贺知秋谨慎一些，提防那个小人。

毕竟江山易改本性难移，十几岁就可以为了一个角色不择手段，如今都快三十岁了，还有什么事做不出来的？

贺知秋当然明白这个道理，但他一向不用恶意揣测别人，无论江呈曾经如何，至少现在还没对他怎么样，不用整天惦记着。他现在唯一要做的事情，就是认真准备试镜，即便机会渺茫，也要努力地试一试。

忙完眼前的最后一份工作，贺知秋提着行李回到了家中。

此时，已经是四月底了。

贺知秋跟李郁泽将近四个月没有碰面，聊天的时候，贺知秋把试镜的事情跟李郁泽说了，顺便提了一句江呈，问他还记不记得这个人。

李郁泽当然记得。毕竟他们之前重逢的那场同学会距离现在也没多久。即便是以前忘了,去了一趟同学会他估计也能记起来。

"江呈也参加试镜了?"李郁泽翻着贺知秋递给他的剧本看了看。本子不错,徐随很会争取资源。

"嗯,"贺知秋说,"我们两个上高中以前还算熟悉,但后来也不知道怎么了,江呈开始躲着我,跟我之间的交流也变少了。"

李郁泽点了点头,看似没什么兴趣地说:"躲着你,可能是因为你太耀眼了,笑起来傻乎乎的,晃得眼睛疼。"

贺知秋扭头看他:"你是在夸我吗?"

李郁泽认真地研读剧本:"没,我实话实说。"

贺知秋笑了两声,问道:"李郁泽,你真的忘了……我们以前的事情了吗?"

李郁泽翻动剧本的手指一顿,随意地说:"当然。"

"那你还记得,你曾经动手打过江呈吗?"

李郁泽惊讶地问:"我打过江呈?"

贺知秋重重地点头。

"不会吧?"李郁泽不可思议地站起来,一脸纯良地说,"我怎么会做出那么粗鲁的事?"

他记不清打过江呈,这倒是跟他告诉贺知秋完全忘了以前的事情对应得上。

毕竟时隔太久,估计挨打的那一方都快忘了,打人的这一方又怎么可能记得?

但贺知秋最近总是觉得李郁泽有事瞒着自己。

如果直白地问他,他肯定不会如实回答。可又撬不开他的嘴,不知道真相到底如何。

贺知秋一直以为,李郁泽是真的记不清以前的事情了。

李郁泽找他帮忙或许是假的,但想要重新跟他做朋友,或许是真的。就算李郁泽记不清他们曾经发生的点点滴滴,但可能会对"贺知秋"这个名字,有一点印象,记得他们曾经在学生时代是好朋友。

贺知秋那时猜想,李郁泽给他设下了一个陷阱,让他迈进了圈套。

可是最近,贺知秋总是觉得,他想错了。

浓郁的咖啡香从身后飘了过来,李郁泽刚刚去了厨房,此时正磨着咖啡。贺知秋顺着香味扭头看了他一眼,刚巧对上了他投来的目光,那目光说不上有什么内容,就是看着有点防备,还有一点点心虚。

第二天。

贺知秋去了一趟公司。

徐随在办公室等他,问了问他的准备情况,又带他去见了一个人。

这个人是主动联系徐随的,看了贺知秋的资料,第一时间把电话打到了公司。徐随的脸上都乐开了花,对贺知秋说:"我本来觉得这次的机会挺渺茫的,但万万没想到,负责本次选角的导演竟然认识你,而且对你十分有好感,想要找你好好聊聊。"

贺知秋有些疑惑,他入行不久,作品不多,即便是有导演关注他,也应该是电视导演,而不是电影导演。贺知秋暂时还不认为,以他的演技可以吸引到选角导演的目光,正胡乱猜想着,徐随推开了会客室的门。

室内站着一个胡子花白的老先生。

贺知秋见到他明显一怔,下一秒,平静的眼中迸发出了一丝色彩:"胡导!"

"哈哈哈小秋!我就知道是你!"

胡导本名胡崇山,虽然外形看着像一位老先生,但脸上的皱纹并不多,实际年龄也就五十岁左右。他年轻的时候就喜欢装老成,把胡子染得白花花的。

贺知秋怎么都没有想到会在这里遇到他。时隔多年，又一次碰到了当初去学校选角的导演，不知是何等的幸运。那时贺知秋走得太过匆忙，根本来不及跟导演解释缘由。如今两人又坐在一起，才有机会把当年的事情说了出来。

胡导听了贺知秋的遭遇连连叹气，安慰了几句，又说："不过你还能坚持你的演艺梦想，实在难能可贵。你都不知道，我当时可是等了你一个星期，你硬是一点消息都没有给我，最后实在是等不及了，我才换了你们学校的另一个孩子。"

每一个导演都对自己选中的演员印象深刻，再加上贺知秋那个时候尤其出挑，胡导看到徐随递上去的资料，仔细想想，自然就想了起来。

贺知秋也对当年的事情感到抱歉，连声说对不起，又对胡导说了感谢。

胡导应该算是贺知秋演艺事业的启蒙老师了，当年胡导对他的鼓励还言犹在耳。

两人叙了叙旧，又简单地说了一下这次电影的相关事宜。

"虽然我很看重你，但我绝对不会给你开后门。"

"这次能不能弥补之前的遗憾一起合作，就要看你努不努力了。"胡导临走的时候拍了拍贺知秋的肩膀，笑着对他说。

胡导这人出了名的刚正，虽然白胡子染得挺时髦，骨子里却是一个相当有原则的人。尤其对于选角这一块，除非是制片方硬塞进来的，他无能为力。其他的，只要经了他的手，都是实力优先。

学生时代他看中贺知秋，也是因为贺知秋演得确实不错。这次他也相信贺知秋能够脱颖而出，给了贺知秋十足的信心。

有人欢喜，自然就有人愁。

当胡导作为选角导演，出现在各个演员的通告列表的时候，江呈终于按捺不住。特别是看到贺知秋的名字出现在这部电影的其他角色试镜中,江呈立刻翻出贺知秋的电话,打了过去。

这时,贺知秋正在家里跟李郁泽对戏。

李郁泽不小心看到了来电人的姓名,不动声色地皱了皱眉,本不想开口,但忍了忍还是让贺知秋按下免提,卷着剧本站在旁边,听着两人的对话。

江呈说:"我这段时间挺忙的,都没时间关心你发展得好不好。怎么样?娱乐圈的生活还适应吧?"

贺知秋嗯了一声,说:"挺好的。"

江呈笑道:"那就好。对了,你最近忙吗?"

贺知秋看了一眼李郁泽,李郁泽微微摇了摇头。

贺知秋说:"不太忙。"

"那刚好,我最近也不忙。咱们好久没见了,一起吃个饭怎么样?"

贺知秋不知道跟江呈一起吃饭能说些什么,正想着怎么拒绝,就见李郁泽拿出手机打了一行字。

贺知秋看了看,一字不落地读了出来:"好呀,正好我最近发现了一家比较好吃的餐厅,可以一起过去尝尝。"

江呈那边迟疑了几秒,问道:"你定地方?"

李郁泽点了点头。

贺知秋说:"不行吗?"

"行,那就这么定。"江呈没有多想,又跟他简单聊了几句,挂了电话。

贺知秋听着话筒里的忙音,眼睛却始终看着李郁泽。李郁泽不知道在考虑什么事情,双手抱胸,手指有意无意地敲动起来。

"你说,江呈为什么给我打电话?只是为了叙旧吗?"贺知秋把手机放在一边,有些好奇地问他。

李郁泽说:"不可能。"

"为什么不可能?你不要把人……都想得那么坏嘛。"贺知秋看似一脸天真地说,"或许他真的只是单纯地想要约我吃个饭呢?毕竟我们现在都在演艺圈,多走动一下,以后也好有个照应。"

李郁泽瞥了贺知秋一眼,问道:"这次选角导演是谁?"

"胡导。"

"学校那次呢?"

"也是……胡导。"

李郁泽并没有注意到贺知秋的语速慢了下来,心里还想着他怎么傻成了这样,连最基本的防备心都没有了,以前就吃过这个人的亏,难道没长记性?

情急之下,人就会脑子短路。

于是李郁泽帮贺知秋分析道:"既然两次都是胡导,那么江呈自然会有强烈的危机感。江呈明知道上学的时候胡导就对你印象不错,又怎么可能会放任你再次出现在胡导的面前,让你有机会抢走他的角色?不过,我想江呈这次应该不会再去做破坏自行车那么低级的……"

"你怎么知道上学的时候胡导对我印象不错?"

李郁泽话没说完,贺知秋就立刻打断他,眼中的那点天真也消失得无影无踪。

"我……"

"你不是都忘了吗?那你又怎么知道,江呈破坏过我的自行车?"

李郁泽飞快地眨了眨眼,本想信口胡诌,但总觉得怎么说都漏洞百出。他平静了几秒,眉头越皱越深,最后竟然丢了剧本捂住胃部,难受地呻吟起来。

贺知秋眼看就要把真相揪出来了,结果见他缓缓地蹲在地上,急忙扶住他的手臂,焦急地问:"怎么了?哪里难受?"

李郁泽站都站不稳,脸色苍白地说:"胃……有点疼。"

贺知秋知道他有胃病,但已经有一段时间没犯了,忙说:"疼得厉害吗？要不要去医院？"

李郁泽虚弱地说："不用。"

"扶我回房间，休息一会儿就好了。"

有些人为了不开口说话，会找各种各样的借口。

贺知秋把李郁泽扶到房间，坐在床边静静地看他。

贺知秋其实已经猜到一些了，但又不敢完全确定，只隐约记得，他在跟着父母回家的那个晚上，让李郁泽等等他。等他忙完回来，他们再约在某个地方。

贺知秋其实一直很怕李郁泽没有忘记曾经的事，更怕他这么多年以来，一直都在信守承诺……

第二天。

李郁泽的病好了。

他精神不错地从楼上下来，直接跨过了昨天的问题，跟贺知秋聊起了别的。

贺知秋也没再刻意问他，当作无事发生。

但两人的话题绕来绕去，还是绕到了江呈的身上。

贺知秋今晚约江呈吃饭。

地点是李郁泽帮忙订的，就订在了他和高奎、方昊川常去的那家茶楼。

据说这家茶楼是方昊川的哥哥开的，所以经理和服务人员都算是自己人。

李郁泽嘴上说着忘了忘了，实际行动起来可一点都不像忘了。他非要跟着贺知秋一起过去，但为了躲避媒体的视线，两个人并没有一起出门。

傍晚，六点十分。

贺知秋独自打车到了茶楼门口，江呈也刚好抵达，从一辆黑色的轿车上面走了下来，跟贺知秋打了个招呼。

贺知秋也客气地对江呈点了点头，总觉得他的脸似乎又做了些调整，跟上次见面的时候不太一样。

不过如今进行脸部微调实在太正常了，爱美之心人皆有之，也没什么可多说的。

倒是江呈对于贺知秋订的这个地方很感兴趣，跟贺知秋一起走进包间，四下参观了一下，怪声怪气地说："这里可不是一般人能来的。看来老同学这一年混得确实不错，能消费得起这样的地方了。"

包间的装潢确实不错，古色古香的餐桌、茶海，还有木制的荷花屏风隔在视野中间。

餐桌后面的博古架上摆着许许多多高价拍回来的珍藏品，每一件都独一无二，价格不菲。博古架旁边还有一些供客人休息的檀木圈椅。据说每一把桌椅板凳都是出自名家之手，总之，处处都是钱的味道，并不像外表看起来那么朴实。

江呈本想打开面前的衣柜把衣服挂进去，但柜门上了锁，只好讪讪作罢，把外套挂在门口的衣架上。

他跟贺知秋一起落座，翻着菜单点了几个菜，说着最近发生的一些有趣的事，看起来真的只是过来叙叙旧。

贺知秋对他也没有过于防备，彼此有问有答，像是都忘了曾经发生的那些不愉快。

餐酒过半，江呈看了一眼时间，笑着说："我前段时间接到了一个电影试镜通知，经纪人把参加各个角色的试镜演员名单发给我的时候，竟然看到了你的名字。"

终于进入正题了。

贺知秋点了点头，说道："我也看到你了，挺巧的。"

"是啊，"江呈笑道，"你说这人生是不是很有意思？也不知道咱们两个到底是有缘还是没缘。说有缘，我们总是在为同一部电影的角色竞争。要说没缘,我们从初中到高中都是同班同学。"

贺知秋放下筷子,直白地问:"你主动给我打电话,到底是为了什么事?"

"当然是为了叙旧。"

"啊,对了。还有一件事,想要跟你确认一下。"江呈说完,走到衣架旁边,从外套的内兜里面拿出了一个薄薄的牛皮纸袋,递给了贺知秋。

贺知秋把纸袋打开,抽出了两张照片。

照片的内容倒没什么稀奇,网上到处都是,搜一搜"神秘人",估计能出来几张。

江呈说:"这个传说中的'神秘人'是你吧?"他熟悉贺知秋,也知道贺知秋跟李郁泽的关系,看到照片稍微联想一下,就能猜个八九不离十,一直没用这个把柄说事,只是觉得时机未到而已。

贺知秋拿着照片看了看,并没有立刻否认。

江呈挑了挑眉:"果然,你跟李郁泽还真的和好了?"

贺知秋:"我不懂你在说什么。"

"不用跟我装傻,"江呈说,"其实上学的时候,我就知道你们两个关系好了。"

他一副看热闹不嫌事大的表情,又坐回椅子上:"不过李郁泽真的结婚了吗?"

贺知秋没说话,又拿起筷子夹了一口菜。

江呈以为他是无话可说,友好地表示:"我今天过来,倒也不是想为难你。说起来你和李郁泽学生时代就认识了,你当年走的时候,他可是找了你很久很久。他其实挺讨厌我的,但还是跑来问我有没有你的消息。不过我当时年纪小,不知道你们的友情这么深厚。"

江呈一副替贺知秋惋惜的表情:"如果我知道的话,肯定不会在捡到李郁泽的手机之后就把它扔进垃圾筒,更不会眼睁睁地看着你给他打了好多电话，不去转告他。对了，那些电话是你打来的吧？虽然是公用电话，但我记得那是你老家的区号。"

贺知秋明显一怔，不可思议地看着他。

江呈嘴上说着抱歉对不起，脸上却是满满的幸灾乐祸。

他还沉浸在自己的臆想中无法自拔。

贺知秋和李郁泽联合起来欺骗媒体和粉丝，而他同时捏住了他们两个人的软肋。他要让贺知秋退出这次的电影选角。等他通过这个角色进入了"高贵"的电影圈，再由李郁泽接手铺路，可以为他寻找更好的机会。

江呈相信李郁泽不敢拒绝自己，光是想着李郁泽对自己低三下四的样子，江呈都要笑出声来。

江呈刚准备跟贺知秋谈论退出选角的事情，就听嘭的一声巨响，方才那个上了锁的挂衣柜，被人一脚踹开了。

江呈吓了一跳，顺着拍在地上的门板一点点地往上看，发现李郁泽不知道什么时候藏在衣柜里，正双手抱胸，冷冷地看着他。

李郁泽以前打过江呈，所以江呈本能地对这个人有些抵触，哪怕如今握着对方的"把柄"，也不敢轻举妄动。

不过江呈想，大家都是成年人了。

如今他们又都是公众人物，哪怕待会儿条件谈崩了，也不会再像年轻的时候一样，随随便便就要动手。

况且，以李郁泽在圈内的地位，如果再动手打人，一定会受到大众的谴责，所以他肯定不会……

"嗯……"江呈还没准备好措辞。

李郁泽就已经从柜子里走了出来，沉沉地问："我的手机是你扔的？"

江呈没想到他的重点竟然放在了这句话上，想要解释，但又不知道如何解释，忙说："是我扔的，但我不是故意的，我当时不知道你们关系这么好，我如果知道我肯定不会……"

江呈话音未落,李郁泽拎起了他的衣领,狠狠地盯着他。

贺知秋反应了许久,才明白了江呈的意思。

怪不得,怪不得他处理完父母的后事,第一时间给李郁泽打电话,却被挂断了。

那时他还以为李郁泽生气了,怎么都没想到,竟然是被江呈挂断的。

贺知秋一时怒火中烧,本想大声地质问江呈为什么要这么做,一眨眼,却发现江呈已经倒在了博古架的旁边,各种名贵的藏品摔得乱七八糟。李郁泽正一脸煞气地瞪着江呈,像是下一秒能要了他的命。

贺知秋心里烧起来的那点小火苗顿时就被吓没了,急忙跑到李郁泽身边,拦着他说:"算了算了。"

现在有一个很严重的问题摆在面前,无论江呈曾经做了什么过分的事情,李郁泽此时动手,在公众的眼里就是不对。

如果哪天被爆出去,李郁泽肯定会遭到一大批网友的痛斥。

贺知秋忧心忡忡地说出自己的顾虑,李郁泽却笑了笑,对他小声说了几句话,让他去找服务员借一瓶番茄酱。

二十分钟后。

救护车来了。

孟林带着一群急救人员慌慌张张地闯进包厢,没有在第一时间发现江呈。

江呈刚想要抬手让救护人员看到他所在的位置,却看到李郁泽满身是血,半死不活地被人抬了出去……

李郁泽被打这件事情,一个小时之内传遍了全网。

所有手机只要下载了娱乐方面的相关软件,都会收到同一条推送。

《急报！当红男演员李郁泽遭人黑手！》

推送刚刚发出，阅读量直逼千万。

无数网友同时打开微博搜索"李郁泽"的名字，都能看到他躺在担架上，被送上救护车的照片。

照片拍摄得并不是特别清晰。

很显然是首发媒体躲在比较远的地方蹲点，刚巧碰到了这么一件大事，抢拍下来的。

虽然看不清具体情况，但李郁泽身上带血，毋庸置疑。

一时之间，无数网友都挤到首发媒体的微博下面询问是怎么回事？

但媒体也不清楚。

茶楼附近一向禁止蹲点，安保人员二十四小时巡逻，看到娱乐记者就往远处撵，导致这几张照片还是趁着保安不注意的时候拼了命拍下来的。而且那种地方虽然不算隐秘，但消费实在太高，一般人根本不敢进去，想找个围观群众问问发生了什么事都找不到。

二十分钟后，媒体那边终于又有了新的发现。热搜也随着记者的曝光，把另外一个人带上了风口浪尖。

"江呈是谁？！就是他把李郁泽给打了？"

"这个十八线是不是疯了？多大仇啊！"

"等等，从照片上来看，他也受伤了吧？互殴吧？"

"他这点也叫受伤？李郁泽可是竖着进去躺着出来的！头都打破了！谁轻谁重看不出来吗？"

"还是不要妄下定论了吧，现在还没弄明白怎么回事，两个人不可能平白打架吧？"

"什么叫妄下定论？楼上眼瞎了吗？你没看见李郁泽是躺着出来的？无论他们之间发生了什么，也不能把人往死里打吧？！"

公众人物可以这么放肆吗?"

"就是啊!而且李郁泽能跟他有什么过节?我看就是这个整容脸嫉妒李郁泽!"

"先别管姓江的了,李郁泽那边到底怎样了?"

"没事没事,刚刚孟林发微博了,说没什么大事,让粉丝安心。"

短短几个小时,江呈的微博彻底沦陷。

李郁泽的粉丝平时不怎么开麦,如今正主被打,他们怎么可能坐视不管?再加上江呈这人本身不怎么干净,入圈之后干了不少恶心人的缺德事情。如今一件一件全都被扒了出来,彻底让他没了开口的机会。

毕竟他怎么说都是错,还不如老实闭嘴,老实被骂。

这件事在网上闹了一天一夜,李郁泽也穿着病号服,绑着一脑袋绷带发了自拍,亲自给大家报了平安,还破天荒地说了点感谢的话,着实让人觉得他的脑子被江呈给打坏了。

这仇就又加了一笔。

事情闹得这么大,肯定没有那么快就平息下去。

不过这种明星之间的互殴,也不可能把真实的情况公之于众,一字一句地告诉大家,他们是怎么动手的,又是为什么动手。

一般都是结果出来之后,发个和解公告。

具体有没有和解,谁也不知道。

李郁泽"身受重伤",还要在医院多住几天。

陈琼得知这件事情以后,头都要气炸了。她发誓,如果再给她一次重来的机会,她绝对不会接手李郁泽!给她赚再多的钱,她也不接,再这么操心操肺地操劳下去,给她多少钱,她也没命花。

陈琼处理完手头上的工作,第一时间赶去医院,想要当面训斥李郁泽几句。

虽然她训了也是白训,但该说的还是要说。

此时还有两个路口抵达医院,陈琼在等红灯的间隙看了一眼路边,竟然看到了一个戴着一顶鸭舌帽的熟悉身影。

变灯之后她把车开了过去,按下车窗,问了一句:"贺知秋?"

贺知秋手上提着一个行李箱,见到她明显一怔,问道:"您是……"

"陈琼。"

"陈……琼?啊,陈姐!"贺知秋忙鞠了个躬,又说了一句,"您好。"

陈琼瞥了一眼他手上的行李箱,问道:"你在这里做什么?"

贺知秋忙说:"我在等孟林。他说李郁泽还要在医院住几天,让我帮忙带几件衣服过来。"

但贺知秋不方便在医院露面,只能送到这里,等着孟林或者别的什么人过来拿。

陈琼点了点头:"放我车上吧,我刚好要赶过去骂……看他。"

贺知秋看到了她西装上的名牌,再加上他以前在网上看到过一些关于陈琼的介绍,差不多能确定是她本人。贺知秋先说了一声谢谢,又把行李放到她的车上,迟疑了几秒,问道:"陈姐,您看过我演的剧,或是其他节目吗?"

陈琼被他的问题问得一愣,想说看过吧,但她确实没看过。

贺知秋也意识到这个问题有些尴尬,忙说:"抱歉陈姐,我不是这个意思。我是说,我们之前从来没见过,您是怎么认识我的?"

"哦,"陈琼这边可没有那么多弯弯道道,扶着方向盘,直截了当地笑道,"李郁泽那儿有你跟他的合影,他以前老带着。我看得多了,就记住你长什么样了。"

合影?

所以高奎第一次见自己的时候就觉得眼熟,也是因为合影?

贺知秋站在原地愣了几分钟，等陈琼走后，立刻拦下了一辆出租车，急匆匆地回到了家中。

下午三点。
陈琼从医院走了。
李郁泽一个人坐在私人病房，一边叼着苹果，一边玩着游戏机，耳朵里还堵了两个耳塞，显然刚刚过去的几小时里，陈琼没少唠叨。
私人医院管理严格，高级病房都十分冷清，李郁泽的某个朋友在这里上班。那天的救护车也是让孟林找朋友女安排的，所以住院之后也没什么人能过来打扰，耳根子还算清净。不过他打算再住一天就走，不想在这里浪费时间。
这时孟林偷偷地打开病房的门，把贺知秋带了进来。
李郁泽眨了眨眼，咬了一口苹果，问："你怎么过来了？"
贺知秋没有说话，脸颊两边微微泛红，呼出来的气息也有些不稳。
李郁泽觉得不对劲，赶忙扔了苹果和游戏机，站起来问道："怎么了？"
贺知秋一步一步地走到他身边，把手里面的东西递给他。
李郁泽接过来看了看，是一张已经泛黄的一寸照片，还有一张保存完好的双人合影。
他拿起那两张照片怔了怔："你……在哪里找到的？"
"你房间的床垫底下。"贺知秋带着浓浓鼻音说道。
藏床垫底下也能被翻到？！
失策失策。
"你为什么要骗我？"
"我……"
"你根本没有忘记以前的事情……对不对？"

李郁泽任命地叹了口气:"好吧,我坦白。"

"但你必须跟我保证,在我坦白以后,不要觉得内疚,不要觉得都是你的问题。我不希望你记得从前的事情,不希望你知道我一直没有忘记。我不希望你活在亏欠当中,不希望你每次看到我,都觉得对不起我。"

李郁泽低声说:"贺知秋。"

"这所有的一切,都是我自愿的,因为你是我最好的朋友。

"你不要放在心上,也不要觉得愧疚。

"事情已经过去那么多年,你回来就好。

"你从来不欠我什么。"

贺知秋眨了下眼睛,眼泪落下来。

两人把多年的过往彻底说开。

网络上的纷争还没有平息。

"江呈退出娱乐圈"的话题,在热搜上挂了整整两周。

所有人都逼着江呈出来道歉,最终他还是抵不住压力发了道歉声明,声称所有的事情都是他一人所为,是他嫉妒心作祟,言语挑衅在先,才招惹了李郁泽。

经纪公司也紧随其后,发布了致歉声明,顺便暂停了江呈手头上所有的工作,正在拍的戏也停工了,即将拍的戏弃演。毕竟除了殴打李郁泽,网上还爆出他曾经陷害其他演员,使用非正常手段获取演出机会,收买导演,出卖朋友。总之,无所不用其极,劣迹斑斑。

网友开始还觉得有一些蹊跷,觉得他一个十八线,不敢对李郁泽那样的大咖动手。必定是李郁泽有错在先,江呈才会被迫还手。但是连续追了两周的"江瓜连载",才发现这人本身就是个坏胚,前期做了那么多坏事,如今动手打李郁泽,也不过是正常操作罢了。

洗白是不可能洗白了。

再想辩解，也没有任何机会。

经纪公司虽然只是说了暂停工作，但是基本可以确定是要把这人雪藏了，而且藏得还挺严实，似乎是某些高层领导亲自下了指示。

贺知秋并没有关注江呈的后续问题。

贺知秋不可能对一个曾经害过他，如今又想威胁他的人抱有任何的怜悯之心。

因为贺知秋又开始忙了，《半沙》和《青衫录》同时开播，使他的人气在一夜之间迅速地增长起来。两个完全相反的角色演绎，果然可以吸引观众的眼球。所有的事情都如徐随之前设想的一样，贺知秋在入行一年半以后，事业终于有了起色，慢慢地红了起来。

当然，热度肯定不能跟李郁泽的程度相比，但他也跟随这两部剧的播出，成了近期热议的人物。

江呈的事情虽然已经过去了两个月。

但某个匿名论坛，依旧在热火朝天地讨论着关于他的事。

18楼："快快快！到底有没有姐妹能联系到他们的校友！快给我上证据！我今天必须知道真相！"

20楼："别急，再等等。（所以，那个姐妹到底去哪儿了！啊啊急死了！）"

35楼："好久没爬楼了，缺席了十几栋。有没有好心的姐妹帮忙科普一下到底发生了什么事情？"

45楼："回35楼的姐妹，前段时间李郁泽不是被江某打了吗？但是官方并没有给出相关的解释，告诉大家他们俩为什么动手。有的姐妹不服，就开始扒江某的底，结果不扒还好，一下子就扒出了个大窟窿！可能有些人还不知道江某和李郁泽是高中同学。但主要原因还是江某实在太糊了，根本就没人仔细看他是哪个学校毕业的！同学什么的先放在一边，这都不是重点！重点是在这所高中，除了江某，还有另外一个人也进了娱乐圈！而且那个人入圈的这个时间点非常奇怪！基本在他入圈之后，李郁泽的微博、行程、传说中的高冷人设都有了微妙的变化！所以楼里面的姐妹都开始怀疑，他跟咱家李郁泽是不是有什么关系！"

52楼："求关键字！除了江某，还有哪个人跟李郁泽是高中同学！"

56楼："高影帝？"

59楼："高影帝是大学同学好不好？回52楼，大家都猜是不是贺知秋。"

59楼说完，还贴了一张照片。照片是李郁泽被送上救护车时的画面。她在照片边缘画了个红圈，虽然红圈里面的人都已经糊成马赛克了，但是从外形和着装上来讲，确实有些像贺知秋。

63楼："不会真的是贺知秋吧？打架那天他也在现场？他们三个人？（说句题外话，贺知秋最近还挺火的，我也看了他演的那两部剧，演技真的不赖！有实力的啊！）"

80楼："算了，大家还是先别瞎猜了。楼里的妹子不是说有办法联系到李郁泽他们那一届的校友吗？等证实了再看吧。"

匿名楼里依旧在讨论这个问题。

贺知秋在这两个月也通过了整整三次试镜，终于得到了胡导的认可，正式确定出演那部电影。

电影的名字简单明了，叫作《凶手》，这很明显是一部悬疑推理向的影片。不过电影的拍摄周期比较长，将近六个月才能结束，这还只是预计的时常，具体拍到什么时候，还要看整体的拍摄进度。

李郁泽向来不会对贺知秋的工作指手画脚，不会发表任何的意见。

明天，贺知秋就要进组了，此时正在卧室收拾行李。

李郁泽作为"受害者"，还要休养一段时间，这会儿正坐在床尾的单人沙发上，一边玩着平板，一边跟贺知秋闲聊。聊的无非就是贺知秋即将去拍的那部电影，什么投资大小、商业价值和拍摄之后会得到什么样的反馈。在这方面李郁泽比贺知秋专业太多，能教会他很多东西。

"推理悬疑类的电影，这些年的成绩都不是很好。"

"为什么？"

"很多高智商犯罪都被进行了形式阉割，结局上也会根据大众需求拍得模棱两可。有些人看不懂或是不想过多思考，就会给电影打上烂尾的标签。不过电影这东西拍出来就是给别人看的，也不能强迫观众主动思考，或是必须喜欢。"

贺知秋点了点头。

"不过，胡导这个剧本，整体来讲还是不错。如果后期的制作和宣传不掉队的话，很可能会引发一场全网对于人性的讨论……"

李郁泽话没说完，突然停了下来。

贺知秋扭头看了一眼，发现他皱着眉盯着平板，像是看到了某件让他十分不屑的事情，还偷偷地哧了一声。

贺知秋把手上的衬衫放进行李箱，走到他身边，问道："怎么了？"

李郁泽没说话，手指正戳着一条刚刚发布的娱乐新闻。

新闻的内容是圈内的某对金童玉女，在今天正式宣布结婚，连带着结婚照和结婚证，一下子发了九张图片。

此时正飘在热搜上，获得一片美好的祝福。

贺知秋原本没觉得这件事有什么问题，拿过平板看了看，刚想还给李郁泽，就发现他正撇着嘴，一副"结个婚而已，至于发个微博秀一下"的嫌弃样子……

贺知秋把平板递给他，他就拿着平板走了，还一脸不耐烦地把人家结婚的那条新闻飞快地划走，酸唧唧地小声嘀咕："显摆什么，有什么了不起的？"

他以为贺知秋没听见。

但贺知秋还是读懂了他的嘴型，听得清清楚楚。

娱乐圈不是每天都有大事发生。

李郁泽"惨遭黑手"的那件事，在今年来讲，基本已经封顶了。那之后，所有的新闻都让围观群众觉得索然无味，每天吃瓜都吃得兴致缺缺。各路媒体也弹尽粮绝，开始无聊地炒起了冷饭，遛着各家粉丝相互周旋，无非就是想带动一下阅读量。

正在这种青黄不接的时候，某个匿名论坛竟然爆出了一件不知真假的大事。

"李郁泽根本没有跟任何人结婚，之前对外宣布已婚，都是假的！"一时之间全网震动，所有人都来了兴致。

"李郁泽是不是要走下神坛了！太爽了！"

"就算走下神坛，他也没有毁容啊？脸还是那张脸，依旧是娱乐圈的顶流。"

"我就说！他要是真的结婚了，不可能这么多年拍不到一点关于他老婆的信息！"

"我的天！那也就是说我还有机会？！"

"楼上别做梦了，人家就算没有结婚，你也没有机会。"

"我本来还想谴责一下李郁泽对公众撒谎，但看了某论坛的分析贴，我现在更想知道李郁泽跟贺某的故事！"

"什么分析贴？"

"指路某论坛某楼,不过这会儿都上热搜了,估计一会儿就有手快的人发截图过来。"

"看完分析了。虽然不知道真假,但骂是骂不出来了。"

正如评论所说,没过两分钟,各大媒体就混入了论坛,把那张爆料图截到了微博上。

截图上洋洋洒洒七八百字,说的都是关于李郁泽高中时的事情,以及他和江某之间的一些联系,包括当年江某故意在贺某的自行车上动手脚。起初大家并不知道这个贺某是谁,因为全部都是猜测,也没人敢直接带上大名。

据说当年那件事,在他们学校引起了不小的轰动,似乎是李郁泽亲自帮贺某找到了"真凶",还一反常态地帮着贺某教训了江某一顿。

如果是帮朋友出手,那自然没什么可说。

但最奇怪的是,李郁泽跟贺某从表面上来看,根本没有一点关系,大概是私下是非常好的朋友吧。

后来两人却突然失去了联系,不少人猜测,江某肯定在其中动了手脚!

而现在李郁泽跟贺某一别多年后重逢了!

"哈哈哈!"高奎拿着手机,坐在三人聚会的老位置上,笑得眼泪都飙了出来,"现在还真是什么秘密都藏不住,粉丝和吃瓜群众真的太厉害,虽然猜得不是那么准确,但也八九不离十。"

到了年底,高影帝终于有了空闲,约着方昊川和李郁泽出来喝茶,在茶桌上扒拉着最近的新闻,跟着一起吃瓜。

方昊川也瞅了两眼:"不过还好,如今大家的重点都放在他们的往事上,倒是没什么人说假结婚的事了。"

高奎说:"本来结婚与否就是一件非常私人的问题,许多演员乐得公布一下,那是心系粉丝,把粉丝当成朋友。有些瞒着不说,你也不能拿人家怎么样。一直揪着欺骗这事,真的没什么意思。他对外宣布结婚,总比直截了当地告诉大家,都离我远点来得好吧?"

这话李郁泽没准还真能说出来,毕竟他的颜值和演技都在那里摆着,不说不做,也必定有人倒贴。这圈子本就纷纷扰扰,想要独善其身,还是要在行动上面明确一些。

两人当着正主的面议论纷纷,也没个遮拦。

李郁泽今天却有些反常,单手托着下巴,盯着桌上冒着热气的茶碗,全程没有参与他们之间的任何话题。

高奎瞥了他两眼,刚想跟他说两句话,就被方昊川拦下了。

高奎问:"怎么了?"

方昊川悄声说:"最近还是别搭理他了,臭脾气又来了。"

高奎惊道:"不会又出现什么问题了吧?"

方昊川说:"那倒没有。"

贺知秋已经进组六个月了。

原定这个月底杀青,因为同组的搭档出了点意外,只能往后推迟几天。其实近期贺知秋也可以抽时间回家一趟,却跟李郁泽说先不回去了,又主动找到胡导讨论了一下之前拍过的两场戏。那两场戏贺知秋不是特别满意,想趁着这个机会重拍一下,顺便问了问胡导的意见。

胡导听他说完,把那两场戏调了出来。单就贺知秋的角色而言,已经表现得非常好了。

他在这部电影里并不是饰演男一号,而是一个至关重要的男配角,一个想要保护家人,不惜包庇真凶,帮着真凶进行逃亡的伪证人。这个角色绝对不能算是好人,但如果观众代入角色本身,也能理解他为什么要那样做。

其中有一场戏,是他目睹了凶手作案的全过程,从震惊到恐惧，再到慌乱之中掉入冰冷的泥潭，在泥潭当中拼命呼救的戏份。

角色当时的心理活动十分复杂，又惊又怕，又想逃又想活，满身泥泞地爬上了岸，就看到凶手阴恻恻地朝他伸出了一只手。

胡导把贺知秋之前拍的那几条反复看了几遍，虽有不足，但也能用。眼下又是冬天，温度低得要命，再重拍几遍，演员身体都要受不了。

不过贺知秋对着屏幕清清楚楚地点出了自己的不足，更跟胡导保证，他有了新的思路，估计再拍两三条就行。如果出来的效果不好，那就还用之前的。

胡导非常欣赏他这份认真敬业的态度，于是把这场戏重新拍了一遍。

泥潭是真的泥潭，片场就在长满了芦苇的荒郊野外。

贺知秋腰上绑着一根绳子防止溺水，在冰冷的泥潭里摔了整整五次，才听到胡导大喊了一声："完美！"

"太棒了小秋！太棒了！"胡导也没嫌贺知秋此时一身泥浆，抬手拍着他的肩膀说，"幸好重拍了这场，太完美了！"

贺知秋腼腆地点了点头，裹着程昀送来的毛毯，哆哆嗦嗦地上了剧组的房车。值得一提的是，程昀前不久答应了当他的助理，刚好这部戏跟着一起进组，多少能帮他一些。

贺知秋在车里洗了个澡，又换了一套厚厚的衣服，才从淋浴间走出来，坐在车内的沙发上。

程昀此时刚好上车，端着一杯热水递给他，笑着说："门口有几个人正讨论你呢，说你也太拼了，没见哪个演员这么乐意往泥潭里摔的，说你第一次拍的时候就摔了五六十次，竟然还没有摔够。"

贺知秋捧着水杯笑了笑："你觉得这次是不是比第一次好？"

"那当然是好！虽然还没有剪辑成片，但我能清楚地感受到你的那种恐惧。不知道的，还真以为你看到了可怕的凶杀案呢。"

贺知秋挺不好意思地喝了口水，又缩着脖子抖了抖，显然身上的寒气还没有散去。

程昀说："小秋，你干吗这么卖力啊？我觉得你在同期演员中已经算最拔尖的了，而且这半年的人气也在稳步攀升，以后肯定会越来越好，真不需要这么急着证明自己。"

程昀也是为贺知秋担心，看着他在零下几度的气温下，穿着薄薄的衬衫往泥潭里摔，实在怕他摔出个好歹。

贺知秋没做过多的解释，只是又喝了口水。

发展初期的演员一般都会非常忙碌，尤其是稍微有一点人气的演员，更加忙得没有一丝喘息的机会。

贺知秋最近正是如此，拍完《凶手》以后又接了很多通告。他全国各地到处跑，根本没有一点休息的时间。

徐随有时也觉得贺知秋辛苦，让他别那么拼，稳扎稳打走得慢点，没什么关系。公司又不是靠他一个人吃饭，有些工作可以考虑推掉，没必要全部都接。

但贺知秋说还扛得住，徐随自然也就不再勉强。毕竟经纪公司也要盈利，趁着贺知秋如今正红，确实要趁热打铁再抓住一些机会。

今天刚好有个活动，徐随跟贺知秋一起过去，加上程昀和司机四个人坐在一辆保姆车上，有一搭没一搭地闲聊。贺知秋歪在后排的座位上小睡了一会儿，睁开眼睛正好看到徐随扭头问他："多久没回家了？"

此时，保姆车距离家门口，只有几公里。

贺知秋趴在窗户上看了一眼，发现冬天过了，路边的杨柳又发芽了。

李郁泽最近也恢复了工作，接了一部电影，去了别的城市。

两人再一次因为工作完美地错过,只能在闲暇之余,拿着手机说几句话。

网络上关于李郁泽跟贺某之间的讨论,已经进入了白热化的阶段。

大部分网友的重点都不再是李郁泽假结婚的事,而是集体转移了目光,想知道李郁泽跟贺某到底和好了没有。

"每日一问!李郁泽今天跟贺某和好了没!"

"话说,现在两位正主都没有出来说话,你们这样是不是有些过分了?万一两个人一点关系都没有呢?"

"不可能没关系!我又把李郁泽跟贺某之前的综艺看了五十遍!相信我,绝对有关系!"

我可不是小心眼:"会不会是因为贺某觉得自己的演技,还有地位还不配做李郁泽的朋友啊?"

"什么叫不配做朋友?"

"如果单说圈内的地位,贺某确实跟李郁泽没法比。但你要是说演技配不上,那就纯粹胡扯!贺某虽然作品不算太多,但演技全部在线!"

"确实,尤其是《凶手》那个泥潭片花出来以后真的吊打一片。"

"而且听说贺某特别敬业,我家正主还亲自发微博夸过他。其他不说,就演技这块绝对没问题!"

"对对对!《凶手》的片花我也看了,太牛了太牛了!"

"如果贺某真的跟李郁泽有关系,那我合理怀疑,他的这些资源都是李郁泽给的吧?《凶手》《平沙》可都不是小制作?他一个新人能接到这种资源?"

"楼上怕不是傻子?你把徐随那么大一个经纪人当成废物了?那怎么也是个金牌经纪人吧?"

"哈哈哈，徐哥听到都要骂人了。"

"我听说贺某刚入圈的时候，是通过朋友介绍给徐哥的，朋友绝对不是李郁泽，好像是圈外的。"

"我觉得这种没必要解释，就算资源都是李郁泽给的又怎么了？人家能演好啊！有些人抱着大把资源，演出来什么都不是，那种才该去喷一喷好吧？"

"我顶多算个路人，但因为对贺某有好感，就一直关注他。他这两年是真的很努力，而且演技真是肉眼可见的飞速成长，我觉得在演技这块没得黑。"

贺知秋如今有了稳定的粉丝，有了拿得出手的作品，在和李郁泽有牵扯的情况下，也不会作为一个完全的附属品挂在李郁泽名字的后面。只不过网上闹得如何热闹，两位正主都没有给出任何回应。贺知秋依旧每周一两条微博，跟粉丝互动。

李郁泽的微博又开始"长草"了，除了转发一些合作广告，再没发过任何一条原创内容。

眼看到了十一月份，《凶手》的制作、宣传都已经接近尾声，定档下月中旬正式上映。在此之前，成片也已经报名参加了某国际A类电影节，并且入围了多个奖项，包括贺知秋的最佳男配角。

虽然只是得到了入围通知，但还是让贺知秋高兴了好一阵子。

他最近难得不忙，能在家里住上一个星期。

刚好李郁泽昨晚收工回来，此时的行李箱还扔在客厅门口，孤零零地没人理会。

第二天，早上九点。

贺知秋从床上睁开眼睛，轻手轻脚地踩着拖鞋打开了卧室的门,然后去了厨房。

这时,徐随打来电话,提醒他不要忘了上午的生日直播。贺知秋应了两声,又看了眼日期。

算一算,这应该是他回到 A 市以后过的第四个生日。

餐桌上还放着昨晚吃剩下的蛋糕盘子,贺知秋简单收拾了一下,又用砂锅煮了点鱼片粥,坐在餐桌前打开了微博。

《凶手》已经上映一段时间了,口碑和票房都非常不错,打破了悬疑类影片的尴尬境地,稳坐去年的电影票房冠军。贺知秋也因为这部电影一下子迈上了好几个台阶,从默默无闻的小透明,彻底成了一个实力与颜值并存的演技派。

其实粗略地算起来,他已经算不得新人了。

无论是在年龄上,还是在资历上。

毕竟过完今天这个生日,他就整整三十岁了。

但他还是穿着各种各样的卡通睡衣,幼稚得像个小孩。

贺知秋的生日直播定在上午十一点。

他在楼下的卫生间洗漱干净,又找了一个采光很好的位置,拿着手机点进了直播间。

直播间里已经有许多粉丝在等他了,见他露面,同时刷起了评论,祝他生日快乐。

贺知秋对着镜头温柔地打了个招呼,很自然地跟大家互动了起来。

他跟粉丝之间的交流一贯如此,基本有问必答,也很乐于分享生活中的趣事。

唯独有一件事情,他始终闭口不谈。

那就是网上一直流传的那个"贺某"到底是不是他?

他和李郁泽到底是不是好朋友?

其实熟悉他的粉丝,早就觉得反常了。但正主始终不肯给出一个明确的答案,谁也不敢确切地说,那个"贺某"就一定是贺知秋。

毕竟这事情从论坛里爆出来的时候,就只是一个简单的猜测。

一众吃瓜网友连个拿得出手的证据都没有,只能等着这两个人哪天能给个准信。

不论好坏,总得有个结果。

半个小时后,李郁泽睡醒了,下楼刚好看到贺知秋正在跟粉丝聊天。李郁泽没发出什么声音,去厨房倒了点柠檬水,顺便看了眼砂锅里面的粥。

粥已经煲好了,正温在锅里。李郁泽没有先吃,而是拿着掌机坐在沙发上打起了游戏。

一局游戏还没结束,门铃突然响了起来,贺知秋本想让粉丝稍等一下,自己过去开门。李郁泽却对他摇了摇头,让他继续直播,自己放下游戏机走了过去。

门外是一名社区高层,手上拿着一套定制西装。

这一套西装是李郁泽专门为贺知秋准备的。贺知秋下个月受邀参加某个国际电影节,在着装上面还是要用心一些。虽然也有品牌商乐意赞助,但李郁泽还是亲自打电话让徐随推了,找了一家自己常去的店,把贺知秋的尺寸递了过去,让主设计师亲自剪裁,做出了这件衣服。

李郁泽拎着木制的挂衣架看了看,觉得还行,随口喊了一声:"贺知秋!"

"啊?"

"过来试试衣服。"

"好,稍等一下,我马上……"贺知秋话没说完,突然意识到他还没有关闭直播。

评论似乎在一瞬间就炸开了。

所有人都听到了李郁泽的声音,但又不敢确定到底是不是他。

"李郁泽?"

"谁?李郁泽?"

"李郁泽?是不是李郁泽?"

"啊啊啊我的天!李郁泽!绝对是李郁泽!我粉了他八百年了!他的声音我能听出来!"

"秋秋明显是在家里直播!难道他们是室友?"

"不是?这届网友行不行啊!正主都是室友了,你们竟然还在扒人家到底和好没有?"

"秋秋别走!秋秋你给我说实话!刚刚说话的那个人到底是不是李郁泽!"

贺知秋被评论吓了一跳,反应过来后偷偷地瞥了一眼李郁泽。

李郁泽正拿着西装准备上楼,贺知秋对着屏幕意味深长地眨了下眼睛,依旧没有给出任何回应。

贺知秋挂了视频,上楼去试衣服。

眼看电影节越来越近,贺知秋穿着这套服装站在镜子面前,多少有些紧张。

李郁泽安慰道:"能入围已经很好了,不要有太大的心理压力。这次电影我也接到了邀请,你如果觉得紧张,就看着我,我离你应该不远,估计只有几排距离。"

贺知秋迟疑:"你也接到了邀请?"

李郁泽说:"你不信?我这次是真的接到了邀请,要不要我把邀请函拿给你看?"

说完他还真的要去拿邀请函,贺知秋急忙拦着他,笑着说:"逗你的!"又垂下眼睛,轻轻地说,"我还是有点紧张。"

李郁泽说:"没事。不管这次能不能获奖,你永远是我心中的最佳男配角。"

无论紧张与否，电影节还是如期开幕了。

贺知秋穿着李郁泽特意找人定制的西装，第一次登上了领奖台。

其实，贺知秋获得这个奖项毫无悬念，对比其他入围作品，他确实在表现上面高出很大一截。

但他在接过颁奖嘉宾递过来的奖杯时，还是紧张得说不出话。

这时，台下有人带头鼓掌。贺知秋偷偷地看了一眼对着他笑的李郁泽，才稍稍放松了一些。

"非常感谢，一直以来支持我、关注我的各位朋友。感谢胡导对我的栽培，感谢剧组给了我很大的发挥空间，让我可以有机会拿到这个奖。"贺知秋在偌大的舞台上感谢了很多人，最终停顿了几秒，把目光落在了李郁泽的身上。

贺知秋问了颁奖嘉宾能不能再占用两分钟时间。颁奖嘉宾说没有任何问题，对他做了一个请的手势，让他继续说下来。

贺知秋深呼了一口气，笑着说："其实这两年，一直有人问我一个问题。"

"问我，是不是和台下的某位先生，有着一些关系。"

贺知秋说完这句话，镜头也随着他的目光扫了过去，看到李郁泽一双黑亮的眼睛，正紧紧地盯着台上。

"有。"

贺知秋点了点头，第一次在公开的场合，正式回应这件事情："我和他确实有些关系。正如网络上大家所猜测的一样，我们是高中同学，又隔了十年的时间，先后进入这个行业。"

"我们，确实是非常好的朋友。

"无论是以前还是现在。

"可能很多事情，不能一一跟大家说明。

"但我很庆幸,我们还能重逢。"

贺知秋的嗓子有些哑,却在笑。

他对着话筒说出了那个人的名字。

他说:"李郁泽,谢谢你。"

—— 正文完 ——

番外一 粉转黑

之后的日子似乎也没有什么不同。

该忙还是忙。

聚少离多，已经成了固有状态。

贺知秋在三十岁的这一年，拿到了第一个"最佳男配角"。

事业蒸蒸日上，他得到了许多人的认可。

当然，有粉有黑。

网络上依旧有一小部分人觉得，他能够走到如今这一步，全是依靠李郁泽的关系。

粉丝如何解释，演技如何亮眼，都不能作为他本身就很优秀的证据。

黑子永远都不会看到别人的优点，解释再多也是浪费口舌。

不过眼下的这种情况，已经是最好的结果了。

贺知秋倒是无所谓别人怎么说他。

眼下不忙，贺知秋难得在家里休息。

今天早上七点。

贺知秋早早地醒来，穿着拖鞋轻手轻脚地下楼。

李郁泽还在睡，半张脸埋在枕头里。

他有赖床的习惯，所以早饭一般都是贺知秋提前做好，放在锅里温着，忙完再找点别的事情，等着李郁泽睡醒一起吃饭。

虽然获奖之后比较忙，但贺知秋发微博的频率还是保持在一周两次，内容没怎么变，依旧是跟大家分享一些日常。今天也是如此，他随手拍了刚刚做好的鱼片粥，发到了微博上。

几分钟，评论区被粉丝占领。

"啊啊啊第一！"

"前排前排！秋秋好久不见！我刚从学校被放出就赶上秋秋更博！"

"又是鱼片粥！哈哈哈，秋秋每次休息都做鱼片粥！"

"好久没有看到那个小心眼的姑娘出现了！还有人记得吗？"

"有印象，她不是双人粉（指同时喜欢两个人的粉丝）吗？"

"她才不是！我觉得她就是个营销号，而且转黑了！"

"她黑秋秋？"

"没……她黑李郁泽。"

"她疯了？她干吗黑李郁泽？"

"楼上淡定，其实也不算黑，就是到处带李郁泽的节奏而已。"

"打住打住！大家不要在秋秋的微博下面讨论这些啊，快点删掉啦。"

粉丝的评论删得很快，但贺知秋一直没有放下手机，所以全都看到了。

他想了想那个叫作"小心眼"姑娘的全名，打开微博的搜索引擎，搜了搜她的名字。

他原本是想踩着她名字，去她的主页看看，却没想搜索页面上有很多人提到她，似乎是她说了一些模棱两可的话，让大家十分关注。

贺知秋有些好奇，于是顺着几个账号摸到了事发的源头。

源头是在一个营销号发布的微博下面，那条微博是专门黑贺知秋的。说他一无是处，最佳男配角什么的，都是靠着李郁泽的人脉得来的。

评论底下自然吵吵嚷嚷，闹得不可开交，其中这位"小心眼"姑娘突然冒出了一句，"如果说贺知秋是依靠李郁泽上位，那李郁泽又是依靠谁？我记得他刚出道的时候，资源就好得让人咋舌吧？这么多年，难道大家就没有扒一扒他的身世背景吗？"

此话一出，风向立刻就变了。

有些人极为双标地表示，李郁泽无论什么身份背景，人家就是颜好演技好，能红那是理所当然的。

有些人则觉得，确实应该深扒一下，毕竟李郁泽的起点可比贺知秋高太多了，即便颜值再高演技再好，也不可能刚出道就有那么优秀的电影资源吧？如果能接纳李郁泽的成功，那为什么要揪着贺知秋不放？

一时间，大家的目光就全都转移到李郁泽的身上，黑贺知秋的通稿，也在这段时间少了一些。

只是这位"小心眼"姑娘的做法，贺知秋不能认同。他能看出来这位姑娘是站在他这边的，但他并不喜欢她把李郁泽拉出来，帮他当挡箭牌。

贺知秋正犹豫着要不要给这位姑娘发一条私信，简单地聊一聊，就见李郁泽叼着一根牙刷，满嘴白沫子地从楼上冒了个头。

贺知秋听见动静看了他一眼。

他什么都没说，一副"没事，就看看你在不在家"的模样，扭头上楼了。

贺知秋忍不住笑了笑，暂时把手机放在了一边，去厨房准备早餐。

网上的事情放在网上说，他不想把这种负面的新闻，带到生活中来。

最近，两人都没有工作，简单地吃过早饭，也没什么别的事情可做。贺知秋上楼拿了平板电脑，准备跟徐随说说新剧本的事情。李郁泽看着洗碗机工作结束，来到客厅拿起了遥控器，打算找一部电影。

这时，贺知秋拿着他的手机从楼上跑下来，喊了声："李郁泽，陈姐的电话！"

李郁泽原本没什么表情，听到这句话微微地皱了皱眉，接过贺知秋递过来的手机，先跟陈琼说了几句接下来的行程，说完又坐在沙发上继续翻找电影。

贺知秋脱了鞋子，盘着双腿抱着电脑，准备跟他一起看电影的时候，却发现他对着手机找了半天，找到了一部八十集的……家庭伦理剧？

这……

算了，他想看什么就陪他一起看好了。

番外二

客串

一周前，贺知秋接到一个剧本。

这个剧本是《青衫录》的陈导亲自递给他的。

陈导希望他能帮帮忙，客串一下。

为了这个角色，陈导亲自跑了一趟贺知秋的公司，专门过来跟他谈了谈。毕竟贺知秋经过这几年的发展，早就今非昔比，陈导请他帮忙，自然要显得真诚一些。

虽然陈导知道他不这样做贺知秋也会答应，但这个剧本里有一场比较特殊的戏，他还是想亲自问问贺知秋的意见。

"特殊的戏份？"贺知秋跟陈导坐在公司的会客室，翻着剧本说。

陈导穿着一件工装马甲，从胸兜里掏出了一张面巾纸擦了擦额头上的汗。此时室内二十三度，陈导穿得也不多，但还是一直冒冷汗。

他看着贺知秋说："对，主要看你的意思。"

贺知秋翻开了剧本看了看。这个角色的戏份不多，只有十场左右，大多出现在主角的回忆里，给了主角很多温暖，最后又为了解救主角，丧命在反派手中。

其他没什么问题，只有一场戏让贺知秋犹豫了一会儿，他想了想，问道："这一段，可以删掉吗？"

"啊？"陈导今天过来就是要跟他谈这件事的，一边擦着汗一边挺为难地说，"删是可以删，但是我跟编剧那边商量了一下，还是觉得尽量保留比较好。"

陈导越说越虚，偷偷瞥了一眼对面的单人沙发。

那张沙发上始终坐着一个人，单手支着下巴，跷着一条长腿，认认真真地听着他们讨论工作。

不是旁人，正是收工后过来找贺知秋的李郁泽。

贺知秋沉吟了几秒，扭过头看了他一眼，问道："你觉得呢？"

"我？"李郁泽放下腿，接过贺知秋递来的剧本翻了翻，挺客观地分析道，"角色还行，虽然出场不多，也算灵魂人物。"

陈导虽然觉得今天有点体虚，但还是擦着冷汗尽量争取道："这个角色确实非常符合小秋的气质，除了吻戏小秋可能还不适应，其他的真的都像是为他量身定做的一样。"

他见贺知秋不太想接，只能把目标换到李郁泽的身上："我之所以敢提出这个邀请，也是因为小秋的事业刚刚发展起来，以后戏路宽广，接到吻戏在所难免。要不然先从这部下手？你看这段戏，就先别删了？"

李郁泽看着陈导默默擦汗的模样笑而不语，拿着剧本扇了扇风，对贺知秋说："还是听导演的安排吧。"

贺知秋本意还是不想接这种戏份。如果不是对剧组对陈导心怀感激，他可能会直接让徐随帮忙推掉。

其实如果从专业角度出发，这根本不算什么。贺知秋挫败地叹了一口气，心想或许还是他不够专业吧。

虽然拿了奖，演技也进步了很多，但在专业领域，还是跟李郁泽差了一大截。

不过，事情既然敲定了下来，他就不再想那么多了。他回去简单收拾一下行李，准备带着程昀一起进组。

程昀特意来家里接贺知秋，帮着提行李。不过没有上楼，只是站在客厅等着。贺知秋收拾完毕从卧室出来，发现他正在跟李郁泽闲聊，有说有笑的，还交换了彼此的电话号码。

贺知秋问两人："在聊什么？"

程昀忙说："没什么。"

没什么才怪。

贺知秋倒没多问,看了一眼仰头喝饮料的李郁泽,就直接进组了。

贺知秋本以为,他这次进组李郁泽不会来。

毕竟只是一个客串,半个月左右就能结束。

却没想到李郁泽今天一早打来电话,说是碰巧路过,带着孟林还有小岳,拎着一袋袋精美的礼品来了片场。

虽然圈内所有人都知道贺知秋的室友是李郁泽,但真正见过李郁泽的还是少数。如今不仅能够见到传闻中的大明星,还能收到其用心准备的礼物,全都开心得不得了。李郁泽人也随和,一直挂着笑脸没什么架子。他没怎么打扰贺知秋拍戏,只是简单地跟贺知秋聊了几分钟,就跟陈导坐在摄像机的后面,看着贺知秋忙起了工作。

《青衫录》第二部的主角是个刚入圈的新人,二十出头,挺有礼貌的一个小孩,演技可圈可点,平时不用导演太过费心。

今天也不知是怎么了,面对镜头的时候总是有些紧张,跟贺知秋对戏时也瑟瑟发抖,台词都说不清楚。

贺知秋此时穿着一身仙气飘飘的白色戏服,正歪在石头上假寐。他等了许久,没等到小演员说台词,却听到导演喊了声"停",暴跳如雷地吼道:"你怎么回事?说呀!"

小演员赶忙调整好情绪,对导演做了一个"OK"的手势,又跟贺知秋说了声抱歉,准备再来一次。却没想这次也是一样。

小演员也刚入行不久,专业水平还有待加强。贺知秋都歪在那十几分钟了,小演员还是不太敢动……

陈导等了许久气得想要骂人,李郁泽却站起来,挺和煦地说:"别动气。新人经验不足,我过去指导一下。"

能够得到李老师的亲自指导,可是不少人梦寐以求的事情。

可李郁泽指导过后,小演员又试了两次,依旧没有成功。

小演员有点自暴自弃。李郁泽自始至终都没有说过什么,还好心好意地教小演员表演。

贺知秋也一直没有表现出任何的不耐,一直好脾气地跟着重拍。但小演员就是拍不好,最终,哭丧着脸跑到陈导面前,求着他把这段戏给删了。

番外三 小心眼

贺知秋的手不算粗糙了。

手茧淡了许多，指腹圆润饱满。

贺知秋这几年除了拍戏，没再做过其他工作，休息的时候偶尔煮个饭，洗碗之类的事情都是李郁泽交给洗碗机去做。

两个碗也要洗碗机洗。

一个勺子也要扔进去。

养着养着，手自然就养回来了。

两个人同时休息的时候，也会一起做做家务。

贺知秋负责忙，李郁泽负责帮忙。

不过李郁泽帮的都是倒忙，此时餐厅里，还有一摊证据。

贺知秋让他帮忙擦桌子，他擦着擦着，就把插着向日葵的花瓶给擦到了地上……

李郁泽有时也会质疑自己的生活能力是不是真的有问题。他沉默了几秒，说道："今天我做午饭。"

"啊？"贺知秋刚巧拿来一个装好水的新花瓶，听他说完这句话，差点把花瓶扔地上，"还……还是算了吧。"

李郁泽委屈："你觉得我做饭不好吃？"

贺知秋忙说："当然不是。"

李郁泽做过两次饭，做出来的东西也不能说难吃，主要是不能吃。

他连糖和盐都根本分不清楚，用不粘锅炒菜都能炒得黑乎乎的。这些其实都是小问题，上次他还差点烧了厨房，如果不是贺知秋一直在他身边盯着，厨房恐怕得重新装修了。

为了打消他做饭这个念头,贺知秋捡起地上的向日葵,说:"我现在还不饿,你能给我煮点咖啡喝吗？"

李郁泽原本还在质疑自己的能力,此时眼前一亮,挑了挑眉问:"你觉得我煮的咖啡不错？"

贺知秋笑着赞美道:"何止不错,是非常好喝。"

李郁泽得意:"那你等会儿,我现在去煮。"

贺知秋点了点头,等李郁泽去了厨房,把餐厅的碎玻璃扫了扫,又把地上的水擦干净,来到客厅打开了电视。

八十几集的家庭伦理剧两个人还没看完,断断续续看了好几个月,刚看了一半。贺知秋一边等着咖啡,一边把电视的声音放大,大到可以传到厨房的位置,李郁泽想看的话,站在厨房的吧台前面,抬个眼就能看到。

贺知秋至今没有跟李郁泽学习怎么煮咖啡,毕竟那是李郁泽在"烹饪"上唯一拿得出手的事情。贺知秋得把这个项目留给他,留在他心血来潮想要去厨房大显身手的时候,不至于无"技"可施。

两个人褪去演员光环,在生活中也没什么大起大落,日常相处都是一些柴米油盐,家庭琐事。

贺知秋如今的发展已经彻底稳定了下来,只不过不像李郁泽只接电影剧本,发展上面有点类似高奎,影视双栖,只要有好的剧本都会考虑,前段时间还去体验了一次话剧演出,收获颇丰。

现在两人鲜少在媒体面前露面。

李郁泽再次低调了起来,除了拍戏和固定的代言,很少接其他的工作。

但有些媒体没事找事,之前追着两人的事情报道了个遍,如今热度下去了,又开始把两个人摆在明面做起了对比,比咖位、比颜值。原本就没什么可比性的两个人,偏偏要来个对比。总之,一副唯恐天下不乱的欠揍样,生怕两人的友情太过和谐,没办法从他们身上榨取话题。

贺知秋以前不会关注这些问题，但是最近这段时间看了很多。

他倒也不是故意看的，而是踩着一个人的足迹，顺便看到了一些。

那个人不是别人，正是前段时间拉着李郁泽出来帮贺知秋挡枪的"小心眼"。

说到这个"小心眼"，着实有些不简单。

贺知秋之前一直以为她是一个普普通通的小姑娘。虽然某些言辞有带节奏的嫌疑，但应该也不是故意的，可能就是心里想什么说什么，没考虑那么多。

但自从她"招惹"了李郁泽，贺知秋对她的印象就稍稍有了一些改变。贺知秋可以理解那些喜欢自己的粉丝不喜欢李郁泽，所以脱粉或者转黑，老死不相往来。

但这个"小心眼"非常奇怪，说她脱粉了，也没完全脱。每一篇黑贺知秋的通稿下面都有她的身影。虽然不明显，但还是能看出她字字句句都在为贺知秋说话。

贺知秋趁着电视剧结束的时候，拿出手机看了看今天的热搜。

第一位竟然是"到底哪个当红明星没有靠山？"话题广场也闹得沸沸扬扬，一个个的大喊房子塌了。

"我一直以为方某是一步一个脚印爬上来的！没想到他爸竟然是某娱乐公司的总经理，光起点就比别家高出了不知多少，粉丝别再跟我实力不实力的了，粉过爱过，但也到此为止了。"

"啊啊啊我家房子也塌了！楼上那位还好，至少没顶着富二代的头衔搞什么美强惨人设。我粉的这位才牛！明明家底雄厚，结果出道就卖惨！说什么自己为了梦想没钱吃饭种种，当初虐了不少粉。"

"只有我觉得这个话题很奇怪吗？人均仇富？追个星而已，还管人家有钱没钱，有没有背景，明星演员这些不就是看个脸好、演技好吗？"

"但一开始就说明自己有背景的话，大家的反应也不会这么激烈吧？主要是有背景还卖惨，是不是有点过分了？"

"有背景也不敢说吧？现在网络这种环境，一说有背景就直接被扣上没实力的帽子了。"

"别提了，我再也不敢这么真情实感地追星了。我一天天辛辛苦苦上班赚钱，追这个、买那个，就是想他们过得好一点。结果，好家伙，一个个都比我过得好！"

"哈哈哈笑死了，话说李郁泽的背景扒出来了吗？"

"有倒是有，但大家都不信。"

"为什么？"

"背景略显浮夸，不少人觉得脱离现实。说实话我也不信，如果李郁泽真有那样的背景，他还来什么演艺圈啊？"

"楼上有没有解码？"

"好像是说需风集团的董事长姓李？"

"我不信。"

"我也不信……"

"说实话，我真觉得大家没必要扒这种事情。无论是红是黑，人家有资源有平台，凭什么不用？能红起来必定是有可取之处啊！这会儿怎么没人说那些怎么捧都捧不红的糊咖了？太过双标了吧？"

"对啊，这事到底谁起的头啊？有没有课代表？"

"我知道！吃了一个月的瓜太开心了！开始有人喷贺知秋，说他能红起来都是因为李郁泽给的资源。贺粉当时就不乐意了，直接跳起来让李郁泽挡枪，怂恿大家扒李郁泽的底。李郁泽的粉丝那么彪悍能干，一气之下拉着整个圈子共沉沦！结果，不少骂过贺知秋的都糊了，可太热闹了，哈哈哈！"

"我也围观了全程，啪啪打脸不要太爽！"

"澄清一下,"我可不是小心眼"这个人,绝对不是我家粉丝!还希望楼上那位科普的时候注意措辞!"

广场还在热热闹闹地讨论着这些问题,每个人的角度不同,感受也不同。贺知秋其实也跟着围观了不少,但他的关注点都在那个"小心眼"的身上。

不得不说,整件事情还真是她到处挑起来的,出发点肯定是为了贺知秋。但对方频繁地拖李郁泽下水,还是让贺知秋有些为难。贺知秋想了想,点开了"小心眼"的微博,给她发了一条私信。

"你好。"

"嘟嘟——"

"请问,可以跟你聊一下吗?"

"嘟嘟嘟——"

贺知秋发完私信怔了怔,看了一眼自己的手机,又看了一眼茶几上扔着的那个平板电脑。

那台平板是李郁泽的,偶尔会用来翻翻新闻,看看剧本。

奇怪?为什么自己给"小心眼"发消息的时候,李郁泽的平板会振动?

不会吧?

贺知秋飞快地眨了眨眼,又试着给"小心眼"发了一个微笑的表情。

果然,信息刚发过去,李郁泽的平板又响了。

巧合?还是……

不,不可能。

"小心眼"这个账号,怎么可能会跟李郁泽有关?

贺知秋刚想拿过平板确认一下,就见李郁泽端了两杯咖啡走过来,递给了他一杯。

贺知秋接过咖啡没有说话,沉默几秒才道:"你的平板刚刚响了,是不是有人找你?"

李郁泽没有任何怀疑,坐在沙发上,拿过平板翻了翻。

贺知秋本想趁机凑到他的身边看一看,还未有所行动,就听"噗"的一声。

李郁泽把刚刚喝到嘴里的咖啡,全数喷到了平板上……

"喀喀……"

他咳嗽了两声,一脸不可思议地看着贺知秋。

贺知秋此时也一脸迷茫。不敢相信,但又觉得李郁泽的举动十分可疑。贺知秋紧紧盯着还没有息屏的平板,想要赶紧看上一眼,却没想李郁泽眼神一变,顺手锁上屏幕,平静地拿出纸巾擦了擦嘴。

"中午吃什么?"

"啊?"

李郁泽又抽出一张纸巾把平板擦干净,若无其事地说:"中午吃点什么?"

贺知秋说:"昨天买了两块牛排,我去煎一下。"

李郁泽点了点头,刚想目送他去厨房,就听他说:"你不是想要做饭吗?不如……我今天来教教你吧?"

李郁泽不紧不慢地抱着平板,笑着说:"那我先上楼换个衣服?"

贺知秋瞥了一眼平板,想了想说:"我陪你一起去。"

李郁泽说:"不用了,我很快下来。"

贺知秋说:"刚好我也想换一件衣服。"

李郁泽说:"你的衣服又没湿,换什么衣服?"

贺知秋眨了眨眼,随手拿起桌上的白开水,往袖口上倒了一点,无辜地说:"现在湿了。"

李郁泽哑口无言,抱着平板转了一圈,看着贺知秋严厉地说:"贺知秋,你现在很有问题。"

贺知秋忍不住做了个鬼脸,跟着李郁泽一起上楼。

李郁泽脸上虽然没什么表情，但在换衣服的途中却始终没有丢下平板，即便是放下一会儿，也要很快拿起来。

明显是此地无银三百两。

贺知秋原本还觉得这只是巧合，现在已经开始怀疑他心里有鬼了。

"你的平板还能用吗？"贺知秋堵在衣帽间的门口问道。

李郁泽正在换上衣，套头的，因拿着平板穿不进去，只能暂时放在表柜上。等他穿好露出一双眼睛，贺知秋已经上前一步，摸到了平板。除了之前在家里翻过一次照片，贺知秋从来不会随便动李郁泽的东西，但这次他想确认一下。

李郁泽没有让他得逞，胡乱整理好衣服，也一巴掌拍到了平板上。

此时画面定格。

两人各自抓着平板的一角，暗自较劲。

李郁泽说："能用。"

贺知秋点了点头："那不用去修了。"

李郁泽嗯了声，又看了眼时间："下楼做饭吗？"

贺知秋说："刚十点半，还早。你现在饿了吗？"

李郁泽说："也不算太饿。"

贺知秋说："那再稍等一下吧？"他明显感觉李郁泽稍微用了点力气，想要把平板拖过去，急忙用两只手按住，弯着眼睛看着李郁泽。

李郁泽惯用的伎俩就是什么天大的事都可以装作无事发生，如果贺知秋不抓住眼前这个机会问一问，那错过了黄金时间，基本就没有任何机会可问了。

而且问还不能直接问，直接问总会被李郁泽打太极一样地打回来，甚至还会被倒打一耙，把自己的问题扭转成你的错误。

果不其然。

贺知秋问:"李郁泽,你平时会关注网上的评论吗?"

李郁泽说:"什么评论?"

贺知秋说:"网友的评论,或者是粉丝的。"

李郁泽皱了皱眉,反问道:"你关注了?"

贺知秋诚实道:"最近看了一些。"

李郁泽说:"我之前不是跟你说过?要远离粉丝生活,不要过多地关注网上那些评论吗?"

贺知秋说:"这次是个例外。"

李郁泽一本正经道:"这种事情没有例外,过多关注网上的评论,对你来讲并没有太大的好处。"

贺知秋直白道:"但我看不得别人欺负你。"

李郁泽怔了两秒,手上一松,差点把平板送出去,但立刻反应过来,也用上了两只手。

此时平板已经离开了表柜,被两人各拽一边。

场面再次陷入僵局。

李老师说教:"徐随是不是也跟你说过,不要太在意别人的眼光?网上黑我的人那么多,你怎么可能每一个都注意到?公众人物本来就是这样,既然做了这个行业,就不要在乎那些粉粉黑黑。"

贺知秋说:"我知道,但这个人有些不一样……"

李郁泽立刻抓住了他的话柄:"哪里不一样?所有网友粉丝在你的眼里都应该是一样的,你必须一视同仁,不能有偏有向。粉丝喜欢你的心情也都是一样的,你对待他们自然也要公平一些。归根结底,还是要远离网络生活。对了,今天中午的牛排需要哪些配菜?"

贺知秋说:"口蘑、芦笋、西兰花。我知道你的意思,也知道不能过分地关注网络上的评价,更知道所有的粉丝都是一样的。但这个人关注我很久了,这次竟然为了维护我,拉你出来挡枪。

他可能不知道你对我来说意味着什么,所以我想跟他聊聊。"

李郁泽问道:"我对你来说意味着什么?"

"你是我最好的朋友。我不在乎别人对我的抹黑和诋毁,但我在乎别人这样对你。我不想让你像个靶子一样挡在我的面前,为我遮风挡雨。我也是一个成年人,我有能力承受那些负面新闻,也有能力面对任何困难。"

贺知秋说完这些话,证物已经到手了,他对着李郁泽咧嘴一笑,晃着平板说:"我说的都是真心话,并不是骗你的。"

李郁泽好不容易清醒过来,正要去抢夺平板,就发现贺知秋已经轻松地解开了屏保密码,瞪着眼睛说:"你真的是'小心眼'?!"

李郁泽一脸绝望地合了合眼,不自在地咳了一声。

"啊,就一个小号。"

贺知秋勉强能回想起"小心眼"这个账号曾经说过的某些话……明明少女感十足,他到底是怎么装得那么像的?

"你为什么要开这个小号?"

李郁泽轻描淡写地说:"开始只是想开个小号关注你的微博,但后来看到了一些关于你的负面新闻,就用这个号回复了几句。"

哪里是回复几句?明明每次都是血雨腥风……

贺知秋还是没办法接受这个号竟然是李郁泽的事实,问道:"你不是跟我说,要远离粉丝生活,不要过分关注粉丝评论吗?"

李老师开始搞双重标准,义正词严地说:"你是我最好的朋友,我怎么可能放任别人说你不好?"

"可是那么多人,你怎么可能都……"

"看不到的自然就算了,既然看到了,当然不能坐以待毙。"

"那你也不能为了我,拖自己下水……"

几个月后。

李郁泽出席某个活动，有记者问了他一个问题。

"最近一些明星被扒出了小号，李老师有没有开过小号？"

李郁泽一身西装革履，面对镜头，思考了几秒，说道："有过。"

"有过？那还在用吗？老师一般都会在小号上说些什么？可以分享吗？"

李郁泽说："没什么其他的，就是一些简单的日常。不过已经很久不用了。"

记者问："为什么？"

李老师一脸烦恼地说："我室友怕我沉迷网络，把那个小号……没收了。"